rowohlt
PAPERBACK

ROMAN

Birgit Hasselbusch

TOD D'AZUR

Rowohlt Taschenbuch Verlag

Originalausgabe
Veröffentlicht im Rowohlt Taschenbuch Verlag,
Reinbek bei Hamburg, Mai 2012

Lektorat Silke Kramer
Umschlaggestaltung any.way, Barbara Hanke / Cordula Schmidt
(Abbildung: thinkstockphotos.de; iStockphoto.com)
Foto der Autorin © Rolf Otzipka
Satz Dolly PostScript (InDesign) bei KCS GmbH, Buchholz bei Hamburg
Druck und Bindung CPI – Clausen & Bosse, Leck
Printed in Germany
ISBN 978 3 499 21619 0

Wikipedia: Au-pair [o ˈpɛːɐ̯] bezeichnet junge Erwachsene, die gegen Verpflegung, Unterkunft und Taschengeld bei einer Gastfamilie im Ausland meist mit Kindern tätig sind, um im Gegenzug Sprache und Kultur des Landes kennenzulernen. Das französische Adjektiv **au pair** bedeutet wörtlich übersetzt *auf Gegenleistung*.
PS: In manchen Fällen kann die Gegenleistung aber auch Grenzen überschreiten und tödlich sein …

Wenn die alle wüssten. Die Kinder, die fröhlich im warmen Sand umherspringen und ins Mittelmeer abtauchen. Oder die Mütter, die sich träge auf ihren Badelaken rekeln. Die sich nur bewegen, um eine Buchseite umzublättern, lasziv die Sonnenbrille zurechtzurücken, in Zeitlupe eine Flasche Wasser zum Mund zu führen oder die Tube Sonnencreme aufzudrehen. Ach, der herrliche Duft von Sonnencreme. Sofort fühle ich mich sommerlich, frisch und frei. Den halben Tag schon liege ich faul am Strand von Monte Carlo. Endlich mal keine Hektik. Allerdings müsste ich mich auch schon wieder eincremen. Langsam beginne ich bei den Beinen. Eigentlich bin ich eher fahrig und ungeduldig und lasse gerne mal einige Stellen aus, weil ich gedanklich schon drei Schritte weiter bin und zum nächsten Termin hetzen will. Jetzt aber habe ich alle Zeit der Welt. Als ich mit dem Eincremen beim Oberkörper ankomme, taste ich vorsichtig meinen Hals ab und berühre die silberne Kette mit dem Seesternanhänger. Die soll möglichst keine Sonnenmilch abbekommen. Keiner um mich herum ahnt, woher ich diese Kette habe und wie dieses schöne Fleckchen Erde mein Leben komplett verändert hat.

Schlaf, Kindlein, schlaf,
Und blök nicht wie ein Schaf,
Sonst kommt des Gangsters Händelein,
Erschießt mein liebes Kindelein,
Schlaf, Kindlein, schlaf.

1. Alle reden immer nur von den letzten Worten. Den berühmten letzten, die jemand spricht, bevor er stirbt. Was aber ist mit den ersten Worten? Ich, Ella Thomsen, werde gleich meine allerersten Worte sprechen. Nicht Mama, Papa oder Ball, sondern meinen ersten Satz ins Mikrophon. Noch dreißig Sekunden, bis der Musiktitel zu Ende ist, das Rotlicht angeht und ich die Hörer von Radio Bleue begrüße. Meine Hand zittert. Den Daumennagel habe ich vor Aufregung angeknabbert. Kein Wunder. Urplötzlich wird mir bewusst, dass ich nicht vor zehn schlafenden Klassenkameraden ein Referat halte, sondern vor Tausenden von Menschen spreche, die da draußen vor ihren Radiogeräten sitzen, im Auto, bei der Arbeit und beim Essen.

«Tu so, als würdest du zu einer einzigen Person sprechen.»

Das hat mir mein Chef geraten. Es ist nur so schwierig umzusetzen, denn mit einem Mal habe ich ein Bild im Kopf. Von Millionen Menschen, die alle nur auf mich starren. Ich schaue mich kurz im Studio um, keine Menschenseele, nur da draußen lauern die gesichtslosen Fratzen der Hörer. So schlimm wird es schon nicht werden, versuche ich mich zu beruhigen, die werden schon alle gute Laune haben. Schließlich bin ich hier an einem der schönsten Orte der Erde, am Mittelmeer. Da sind doch alle entspannt. Oder?

Ich kann nichts dagegen tun. Ich zittere.

Vielleicht hätte ich doch lieber etwas Anständiges lernen sollen. Bankkauffrau oder im Lager eines Supermarktes Kartons auspacken.

Dass mein Chef mich überhaupt so früh ans Mikrophon lässt, so ein Küken, ist ein Vertrauensbeweis. Ich möchte ihn auf keinen Fall enttäuschen. Mein Mund ist ein wenig trocken. Jetzt noch einen Schluck Wasser trinken, nein, das wäre unklug. Womöglich verschlucke ich mich, und meine ersten Worte gehen in einem Hustenschwall unter. Dann lieber den roten Kopf in Kauf nehmen. Den bemerkt keiner.

«Du bist rot wie 'ne Glühbirne, Baby, du bist heiß. Jetzt leg los. Ella die Erste in zehn, neun, acht ...»

So spornt mich unser Techniker Jean-Luc mit einem feisten Grinsen an. Auf einmal ist er hinter der Glasscheibe erschienen und spricht über die Taste zu mir. Abhauen geht nicht mehr. Sagt man nicht immer, Lampenfieber kitzelt das Beste aus einem heraus? Ich ziehe den Regler mit der Musik herunter, mache das Mikrophon an und spreche meine berühmten ersten Worte: «Bonjour und hallo, hier ist Ella Thomsen für Sie. Das ist meine Premiere bei Radio Bleue. Und ich kann Ihnen sagen: Mein anderes erstes Mal war nicht halb so aufregend!»

Jean-Luc klatscht durch die Scheibe Beifall, und mein Chef Theo Reimer verdreht leicht die Augen. Aber er lächelt dabei. Ich habe großes Glück mit ihm. Bislang war er noch nie sauer auf mich, selbst dann nicht, wenn ich totalen Bockmist baue. Vielleicht sieht er in mir die Tochter, die er nie hatte. Oder er hat einfach keine Lust auf Streit, den hat er mit seiner Exfrau schon häufig genug, hat er einmal gesagt. Die Sendung geht richtig gut los. Ich komme zum eigentlichen Thema.

«Wenn ich nicht hier beim Radio angefangen hätte, würde ich jetzt als Au-pair-Mädchen in London arbeiten», plaudere ich weiter. «Daraus ist nichts geworden. Ich wüsste aber gerne, wie es ist, Au-pair-Mädchen in Monte Carlo zu sein!? Wie sind die Familien, habt ihr viel Freizeit und esst ihr von goldenen Tellern? Hier bei Radio Bleue möchten wir eine Sendung nur über euch und das Leben als Kindermädchen machen. Legt die Schnuller aus der Hand und ruft mich an!»

Ich gebe die Telefonnummer durch und spiele die nächste Musik ab.

«Das war gut, wirklich», lobt Jean-Luc. «Du hast die Mädchen direkt angesprochen. Wenn die nicht alle gerade Windeln wechseln, bekommst du bestimmt viele Anrufe. Hier klingelt es schon, ich gehe ran!»

Ich wünsche mir so sehr, dass meine erste Sendung ein Erfolg wird. Völlig enthusiastisch hatte ich meinem Chef das Thema vorgeschlagen. Au-pairs. Damit würde man auch eine jüngere Zielgruppe ansprechen als bisher. Jetzt müssen nur noch genügend Mädchen anrufen, die ich dann zum Interview treffen kann, um Porträts über sie zu machen. Für eine Sondersendung. Ich habe alles genau vor Augen und Ohren.

«Hab ich es doch gesagt. Du hast schon eine Anruferin dran!» Jean-Luc hält den gestreckten Daumen hoch.

Yes, denke ich, oder besser Oui. Es läuft.

Ich blende den Musiktitel aus und spreche auf die letzten Takte des Liedes.

«Eben noch an der Wickelkommode, jetzt schon bei Radio Bleue live auf Sendung. Welches Au-pair-Mädchen habe ich dran?», frage ich fröhlich.

«Das ist nicht wichtig!», sagt eine Frau.

Ich erschrecke, weil sie so unfreundlich klingt.

«Lassen Sie die Finger von den Au-pair-Mädchen, sonst … sonst …»

«Sonst muss ich selbst die Windeln wechseln?», gehe ich dazwischen.

«Sonst passiert was!», antwortet die Frau barsch.

Klack, aufgelegt.

Mit weit aufgerissenen Augen starre ich das Mikro an. Was war das denn?

Ich bin so geschockt, dass ich komplett vergesse, etwas zu sagen. Jean-Luc macht hektische Zeichen hinter der Scheibe.

Ich muss mich fangen.

«Ja, äh, ein schlechter Scherz war das, hoffe ich mal», stammele ich, «auf den Schreck ein bisschen Musik!»

Langsam setze ich die Kopfhörer ab, drehe mich vom Mikrophon weg und schaue entgeistert meinen Chef und den Techniker an. Haben die beiden auch gehört, was ich da gerade gehört habe?

So habe ich mir meine erste Sendung bei Radio Bleue nicht vorgestellt – gleich vom ersten Anrufer anonym bedroht zu werden.

2.

Der Vater meiner Freundin hatte mir das Volontariat bei Radio Bleue besorgt. Auf der Abifeier. Ich stand mit Maria in einer Ecke, und ihr Vater kam zu uns, um mich für meine Rede, die ich in der Aula gehalten hatte, zu loben. Spontan hatte ich mich hinreißen lassen, alle Liebesbeziehungen des Abi-Jahrgangs witzig Revue passieren zu lassen. Selbstverständlich nicht, ohne eine versteckte, sarkastische Bemerkung gegen meinen Ex loszulassen, der mit seiner Chemie-Tischnachbarin angebandelt hatte. Vor versammelter Lehrer- und Schülermannschaft hatte ich über die beiden irgendetwas gesagt wie: Anstatt in Reagenzgläsern haben die beiden eher am lebenden Objekt herumexperimentiert. Ich hatte, mit zwei Ausnahmen, die Lacher auf meiner Seite.

Marias Vater, Herr Rösner, meinte, ich solle unbedingt Journalistin werden.

«In meiner Anwaltskanzlei brauchen die Mitarbeiter elendig viele und sauteure Rhetorikkurse, um öffentlich sprechen zu können. Und selbst nach dem Coaching bekommt kaum einer seinen Text stolperfrei rüber», erklärte er und fügte noch hinzu: «Erst recht nicht mit locker eingestreuten Gags.»

Er fand schon immer, ich habe viel Talent. Ich fand, wir hatten einfach alle zu viel getrunken. Mein angesäuselter Zustand war ein Grund, dass ich mich intensiv mit Herrn Rösner unterhielt. Immer wenn ich bei meiner besten Freundin Maria war, war er noch bei der Arbeit. So viele Worte wie auf dieser Abifeier hatte ich noch nie mit ihm gewechselt. Der zweite Grund war, dass mein Ex mich aus einiger Entfernung skeptisch beobachtete. Es gefiel mir, dass er sich zwischen Jungsklo und 7 b versteckte, um herauszufinden, was ich, die bekloppte Ella, mal wieder im Schilde führte. Bei mir wusste er angeblich nie, woran er war. Weil ich eben noch fröhlich, liebevoll, himmelhochjauchzend und im nächsten Moment aufbrausend, wütend und zu Tode betrübt sein konnte. Oder urplötzlich die irrsinnigsten Einfälle hatte. Mein Ex konnte damit nicht umgehen. Ich zuckte nur mit den Schultern.

«Ich bin eben Skorpion! Musste dir halt eine Waage suchen.»

Die Chemie-Tante ist Steinbock – und er Spießer.

«Ich könnte dir vielleicht einen Platz bei einem Radiosender besorgen!», sagte Marias Vater. «Ein Bekannter von mir hat den aufgebaut, meine Firma hat ihn beraten. Er sucht einen Volontär, also jemanden, der eine Radio-Ausbildung macht. Das wäre bestimmt das Richtige für dich. Soll ich mal nachfragen?»

Mir war schon bewusst, dass andere in meinem Alter

sonst was dafür täten, genau so ein Angebot zu bekommen, und dass dies meine große Chance war. Mein Plan, später mal irgendwas mit Sprachen zu studieren, war nicht wirklich ausgegoren. Eigentlich hatte ich schon einer Familie in England zugesagt, dort als Au-pair-Mädchen anzufangen. Was sollte ich jetzt sagen? Wer würde schon lange zögern, wenn er die Wahl hätte zwischen Windeln und Mikrophon? Und zwischen England und Frankreich!?

«Der Radiosender ist übrigens in Monaco, an der Côte d'Azur, in der Nähe von Nizza. Die senden aber auf Deutsch», erklärte Herr Rösner, der es offenbar ziemlich gut mit mir meinte. Dabei dachte ich immer, er würde noch nicht einmal meinen Namen kennen.

«Willst *du* nicht dahin?», fragte ich Maria.

«Nö, zu dir passt das viel besser. Ich habe ja schon den Studienplatz!», antwortete sie nur. Nie klang das Wort Studium schöner. Ich hätte sie knutschen können.

«Der Sender ist für die vielen Touristen, die dort Urlaub machen», fuhr mein neuer Förderer fort.

«Oder durchgängig da unten im Süden wohnen. Na, Ella, hilft dir das vielleicht bei der Entscheidung?»

Ich nickte nur, aber innerlich schrie ich längst: «Na klar!»

«Ich rufe gleich morgen bei ihm an. Versprechen kann ich aber nichts!»

3.

Seit ein paar Monaten sitze ich nun in der Radioredaktion in Monte Carlo, bei Radio Bleue. Im Fürstentum! Gleich um die Ecke von dem Ort, an dem Charlène ihrem Fürsten Albert das «Oui»-Wort gegeben hat. Mein neuer Arbeitsplatz bietet freie Sicht aufs Meer!

Aber dafür habe ich momentan keinen Blick. Theo Reimer versucht, mich zu beruhigen.

«Ella, was glaubst du, wie viele Spinner beim Radio anrufen? Nimm dir das bitte nicht so zu Herzen.»

Ich kann immer noch nicht fassen, dass die Frau mich bedroht hat.

«Wieso sagt die so etwas? Es geht doch nur um Au-pair-Mädchen.»

«Was weißt du denn? Vielleicht war das eine Frau, deren Mann mit dem Kindermädchen durchgebrannt ist. Weiß man doch nie», phantasiert Jean-Luc sich eine Erklärung zusammen. «So was passiert dauernd!»

«Ach ja? Wie viele Drohungen hast du denn schon bekommen?»

Jean-Luc blickt zerknirscht.

«Jetzt mal abgesehen von der Drohung meiner Exfreundin, mich zu vernichten – keine!»

«Mann, nicht solche Scherze bitte, das ist eine ernste Sache.»

Theo Reimer mischt sich ein. «Mach dir nichts draus, Ella. Es gibt wirklich immer wieder Bekloppte, okay?»

«Na gut!»

Ich bin eigentlich nicht der Typ, der sich leicht einschüchtern lässt. Aber die Worte der Frau klangen bedrohlich. Vielleicht auch nur, weil ich nicht damit gerechnet hatte, dass mich jemand anmachen würde. Immerhin ist mir damit etwas Außergewöhnliches passiert. An diese erste Sendung werde ich mich immer erinnern. Hauptsache, meine Eltern bekommen davon nichts mit. Sie würden es vielleicht nicht ganz so locker sehen.

Sie hatten gleich mehrere Einwände: «Wohin willst du? Nach Monte Carlo? Das ist doch nicht echt da!»

Echt schon, aber anders. Ganz anders. Understatement ist nicht bei den Monegassen. Da wird geklotzt und nicht gekleckert. Eine gewisse Summe muss man schon auf den Tisch legen, um die Aufnahmeprüfung für das Fürstentum Monaco zu bestehen. Ohne ein Guthaben im mindestens siebenstelligen Bereich heißt es auch hier: Rien ne va plus. Nichts geht mehr. Dann bekommt man keine Wohnung. Warum die so begehrt sind, versteht sowieso keiner. Wenn man nicht wüsste, dass Monte Carlo zusammen mit Saint-Tropez und dem Cap d'Antibes das très Schickste an der Côte ist und ein Appartement mit Blick auf den Hafen das absolute Must für jeden A-, B- und auch Y-Promi, würde ich denken, ich wäre in Hamburg-Mümmelmannsberg gelandet. Da, wo ein Hochhaus neben dem anderen steht. Also eine Art Sozialbausiedlung für Reiche. Wo man anstelle von Besenkammern Pelzkammern hat, sein Kleingeld mal eben im Casino loswird oder am Hafen für den Gegenwert eines Lottojackpots einen halben Tag auf einer der Yachten abhängen kann.

Ich wohne nicht in Monaco. Das kann ich mir nicht leisten, finde es aber auch gar nicht schlimm. Wer will schon in einem Land wohnen, in dem man rund um die Uhr von tausend Kameras beschattet wird? Die hängen an jeder Straßenecke. Big Brother auf Monegassisch. Stattdessen habe ich ein klitzekleines *studio* in Nizza angemietet, en miniature, Schlafnische, *kitchenette* (Küche mit Bar und Hockern), ein Sessel und ein Minibad. Nicht weit entfernt von der wunderhübschen Altstadt und dem Strand! Die allererste Wohnung meines Lebens ist zwar kleiner als die Speisekammer zu Hause in Deutschland, aber wen stört's, wenn man mit 19 Jahren allein (in Worten: ohne Eltern!!) wohnen kann.

Okay, meine Eltern greifen mir finanziell ein klein wenig unter die Arme. Sie haben mir sogar ein winziges, gebrauchtes, zerschrammtes Auto gekauft. Als mein Chef Theo Reimer das sah, lachte er laut.

«Das gefällt mir. Eine Schrottkarre zwischen all den

Nobelkarossen! Endlich mal ein Mädchen ohne Schickimicki!»

Dafür würde mein Volontärsgehalt auch gar nicht reichen. Bei der Wohnungssuche hat mir Theo Reimer geholfen. Ein Mann übrigens, den ich sofort adoptieren würde, wäre das nicht komplett unlogisch. Ich finde, er ist genau so, wie man gerne seinen Vater hätte: nicht zu streng, nicht zu nachgiebig, spendabel, lustig, ernsthaft, einer, der Tacheles redet. Wenn man Mist baut, sagt er Sätze wie: «Gleich klatscht es. Aber keinen Beifall!»

Da weiß ich wenigstens sofort, woran ich bin. Und nach Feierabend lässt er mich machen, was ich will. Das Wort Mentor klingt so hochtrabend, aber im Grunde ist er genau das für mich. Er hat mich Frischling als Volontärin eingestellt und mir alles beigebracht, was man als Radiofrau so wissen muss.

«So hältst du ein Mikrophon, Ella. So stellst du auf Pressekonferenzen die richtigen Fragen, so bearbeitest du dein Tonmaterial im Computer, so hältst du die Hände an den Reglern im Studio – und SO lässt du die Finger besser von Tonassi Jean-Luc!»

Wie gesagt, wie ein Vater.

Wohl fühle ich mich bei Radio Bleue, dem kleinen, aber sehr feinen Sender mit zehn Mitarbeitern, die moderieren, Musik auswählen, Beiträge machen oder aber im Marketingbereich Werbekunden an Land ziehen. Seit einem knappen halben Jahr habe ich nun schon diesen Arbeitsplatz an der Sonne. Ich darf sogar diese Sondersendung vorbereiten! Dabei soll es um Monaco und den Lebensstil der Menschen hier gehen und um Dinge, die mir selber am Herzen liegen. Deswegen habe ich das Thema *Au-pair-Mädchen* vorgeschlagen. Obwohl ich bedroht worden bin in der Sendung, will ich dranbleiben. Das nehme ich mir fest vor, als ich aus dem Radiogebäude auf die Straße trete.

«Sie haben aber viel Müll!», sage ich zu einer Frau, die gerade mit zwei riesigen Papiertüten aus dem Nachbarhaus tritt. Darauf nur die teuersten Modelabels.

Die Frau ist sehr blond und sehr aufgetakelt.

«Das ist kein Müll», gibt sie zurück.

«Wie kein Müll?», frage ich. «Was denn dann?»

«Das lassen Sie mal meine Sorge sein», sagt die Blondine schnippisch.

Schnellen Schrittes geht sie zu den Mülltonnen und wirft die Tüten hinein. Danach klopft sie sich die Hände ab und verschwindet wieder.

Schade um die Tüten, denke ich. Die sehen gut aus. Da würden sich meine neuen Badesachen schön drin machen. Aber wieso hat sie gesagt, dass es kein Müll ist?

«Denkst du wirklich, sie hat Müll weggeworfen?», fragt Jean-Luc, der das Gespräch offenbar belauscht hat. Wie aus dem Nichts ist er hinter mir aufgetaucht.

«Ja, was denn sonst?»

«Den Müll entsorgt ihre Haushälterin. Sie selbst wirft immer nur ihre Klamotten weg.»

«Waaas? Ihre Klamotten?», frage ich ungläubig.

«Genau. Sie kauft aus Langeweile bei Chanel oder Gucci für ein paar Tausender Hosen, Jacken und Schuhe, und dann trägt sie sie einmal oder gar nicht, weil sie zu Hause merkt, dass ihr die Sachen doch nicht stehen, und dann wirft sie sie ein paar Wochen später weg.»

«Das glaube ich jetzt nicht. Wieso tauscht sie sie nicht um?»

«Das wäre ihr zu peinlich und der Weg zu weit. Außerdem hat ihr Mann so viel Geld, dass sie jeden Tag einen ganzen Kleiderschrank im Müll versenken könnte. Solche Leute gibt's hier in Monaco.»

«Wieso bringt sie die Sachen denn nicht in die Altkleidersammlung?»

«So weit denkt sie nicht.»

«Aber das ist doch total bekloppt! Sind die Leute hier echt so?»

«Sie schon!»

«Und holt sich nicht irgendjemand ihre Kleidung da wieder raus?»

«Doch. Die Müllabfuhr!»

Ich stelle mir einen Riesen-Designer-Müllberg vor, auf dem ungetragene Prada-Täschchen neben nagelneuen Oscar-de-la-Renta-Höschen liegen.

«Woher weißt du das eigentlich alles so genau?», will ich von Jean-Luc wissen.

«Ach, ich kenne die Frau», sagt er und blickt zur Seite.

Woher, will ich gar nicht mehr wissen. Vermutlich von einer Tätigkeit, bei der die Frau ihre neue Kleidung auch nicht trägt …

Mann, sind die hier alle reich. So viele Geldscheine gebündelt in einem kleinen Ort, der nur ein Stück größer als Helgoland ist. Und mittendrin Touristen, die aus allen Ecken der Welt kommen, kurz die Pracht bestaunen, um danach wieder von ihren Reisebussen verschluckt zu werden. Au-pair-Mädchen hingegen leben inmitten der Reichen und Schönen, obwohl sie selber vielleicht aus eher armen Verhältnissen kommen. Wie kommen sie wohl mit diesem Luxusleben, zu dem sie nur halb gehören, klar? Ich würde zu gerne wissen, was für Mädchen hier arbeiten, ob es ihnen gut dabei geht oder ob sie sich ausgebeutet fühlen. Und ob die Kinder, auf die sie aufpassen, Diamantenschnuller haben. Natürlich würde ich wahnsinnig gerne einige der Wohnungen oder Häuser inspizieren. Vor allem möchte ich eins unbedingt live und in Farbe sehen: eine Pelzkammer.

«Wie kommst du auf Pelzkammern?», will Theo Reimer wissen.

«Na ja, in einem Zeitungsartikel habe ich einmal gelesen, dass viele Monegassen diese Kammern haben sollen.»

«So ein Quatsch. Ich kenne niemanden, der so etwas hat!», schüttelt Reimer den Kopf.

«Und genau deswegen muss ich sie suchen!», raune ich ihm verschwörerisch zu, und er grinst.

«Mal abgesehen von dieser blöden Anruferin war deine erste Sendung übrigens nicht schlecht. Ein bisschen Sprechunterricht brauchst du aber noch. Dann klingst du nicht mehr wie eine Operndiva!», sagt Reimer.

«Ich befürchte, das ist kein Kompliment!?»

«Man soll ja im Radio nicht singen, sondern sprechen, und das möglichst nicht über mehrere Oktaven. Also, du bist noch lange kein Profi, aber das bekommen wir schon hin! Du darfst weitersingen, äh, moderieren!»

4.

«Schröder hier, aus Nizza. Guten Tag!», höre ich eine Stimme am anderen Ende, als ich ans Telefon gehe. Oh, eine Hörerin! Sofort wird mir mulmig. Bitte nicht schon wieder eine Drohung! Aber nein, die Frau ist viel älter. Die mit der Morddrohung hat zwar deutsch gesprochen. Aber irgendwie mit Akzent. Vielleicht ist sie Engländerin? Frau Schröder will etwas ganz anderes, was fast so schlimm ist wie eine Morddrohung.

«Ich vermisse seit einigen Tagen ihre nette Moderatorin, diese Désirée. Schade, dass sie nicht auf Sendung ist, ich hör sie doch immer so gerne.» Désirée von Strobel ist die andere Frau im Sender und gerade in Deutschland zu einer Probewoche beim Fernsehen. Bisher hatten wir nicht viel miteinander zu tun, weil Désirée am Morgen moderiert. Wenn sie es beim Fernsehen nicht schafft, kommt sie wieder zurück nach Monaco. Wie erkläre ich jetzt bloß Frau Schröder, wo Désirée steckt? Das mit der Probewoche ist nämlich top secret. «Die Désiréeeee», beginne ich und dehne ihr ré um ein paar éeees, «hat es mit dem Hals. Sie kriegt zurzeit keinen Ton raus, Mandelentzündung oder so.»

«Ach, die Arme! Das tut mir aber leid. Grüßen Sie sie bitte von mir. Sie soll Honig mit Zitronenminze und Thymian nehmen, ich schicke ihr was.»

«Tun Sie das, Frau Schröder», ermuntere ich die Frau, verabschiede mich und überlege, ob mir auch ein Hörer irgendwann mal etwas schicken wird. Désirée bekommt ständig Fanpost; ihr Fach ist immer proppenvoll. Désirée ist auch die Einzige, die Autogrammkarten hat. Dabei habe ich auch eine sehr schöne Unterschrift.

Eine halbe Stunde nach diesem Telefonat will ich zur Toilette. In dem Moment fliegt die Tür auf, und ausgerechnet Désirée stürmt herein. «Hallööööchen, da bin ich wieder. Gab es etwas? Irgendwelche Anrufe?»

Désirée schaut mich kaum an und stellt sich gleich vor den Spiegel.

«Nö!» Ich schüttele den Kopf. Vielleicht ist es kindisch, aber mich wurmt es irgendwie, dass Désirée ständig Fananrufe bekommt.

Vielleicht ärgert es mich auch nur, dass ich mich im Spiegel direkt mit ihr vergleichen kann.

Ich: schulterlange, straßenköterblonde Fusselhaare. Und Désirée: lange, glänzende, schwarze Mähne. Sie moderiert die Frühsendung, steht jeden Morgen um halb fünf auf, was man ihr aber nicht ansieht. Mein Teint ist viel fahler und blasser. Könnte auch an ihrer dicken Make-up-Schicht liegen.

«Und wie war's beim Fernsehen?», traue ich mich zu fragen.

«Ach ja, gut. Sehr gut! Ich kann mich einfach nicht entscheiden, was ich will. Radio in Monte Carlo oder Fernsehen in Deutschland!»

Désirée macht das geschickt, finde ich. Was sie eben gesagt hat, kann alles bedeuten. Vielleicht hat sie eine Absage beim Fernsehen bekommen und tut jetzt so, als könne sie sich nicht von Radio Bleue trennen.

Ich will ihr aber nicht zu viele Gemeinheiten unterstellen.

«Sag mal, du hast eine Drohung in deiner ersten Sendung bekommen?», wechselt Désirée das Thema.

So wie sie es sagt, klingt es, als habe ich in meiner ersten Sendung ein neues T-Shirt bekommen.

«Äh, ja. War eine komische Sache», erkläre ich.

«Ich hatte noch nie eine», meint sie beinahe schmollend.

Wie ist die denn drauf?

«Komisch. Ich finde nämlich, du machst deine Arbeit ganz gut. Mich würde nur mal interessieren, was dich hierher verschlagen hat.»

Tja, was wollte ich eigentlich noch mal hier? Meinen Exfreund vergessen vielleicht.

Jetzt bin ich also hier, im Land des blühenden Lavendels, in dem mir hoffentlich auch etwas blüht. Vielleicht sogar ein kleines Abenteuer? Neues Land, neues Spiel, neues Leben, neue Liebe!

Vielleicht kann ich meinem Ex und seinem neuen Reagenzglas schon bald eine Ansichtskarte schicken mit den Worten: «Macht euch um mich keine Sorgen. Heute roter Teppich in Monte Carlo, morgen Vernissage auf Korsika. Gros bisous von Ella. PS: Grüße auch von Jean-Paul.» Oder wahlweise Jean-Philippe oder wem auch immer! Vielleicht kann ich aber auch bald mit *Ella und Guillaume* unterschreiben.

Guillaume ist mein Nachbar in Nizza. Er wohnt gemeinsam mit zwei Freunden schräg über mir im Dachgeschoss. Die drei studieren Informatik, was nicht wirklich aufregend klingt. Er ist aber nicht so ein typischer Computer-Freak, blass, weltfremd, gefangen in seinen Bits and Bytes.

Im Gegenteil: 21 Jahre alt, hat wahnsinnig was auf dem Kasten, zumindest technische Sachen, von denen ich keinen blassen Schimmer habe. Er hat mir schon so viel beigebracht. Und möglicherweise folgt noch einiges. (Nicht nur im technischen Bereich!) Na gut, er ist ein filou, komm ich heut nicht, komm ich morgen. Aber er hat lachende Augen und ist witzig. Das find ich klasse. Auch diesen lässigen Auftritt, als er sich mir vorgestellt hat: Plötzlich steht ein Typ mit halblangen Haaren vor meiner Tür, im engen weißen T-Shirt und selbstgenähten Surfer-Shorts. Und was macht er? Er fragt nicht, ob ich etwas Zucker für ihn habe, sondern eine Steckdose. «Salut, ich bin Guillaume. Wir probieren da oben so einiges aus, also mit unseren Computern. Alle Steckdosen sind belegt, ich müsste aber dringend mein Handy aufladen. Geht das?»

Coole Nummer. Na klar, darf er das. Schade nur, dass er nach dem Einstöpseln sofort wieder nach oben verschwindet. Lange sitze ich neben seinem Handy und kann mich nur schwer beherrschen, schnell mal die Kontakte und SMS meines neuen Nachbarn zu checken. Später bringe ich das gute Stück aufgeladen nach oben, selbst bis zu den Haarspitzen mit Hormonen aufgeladen.

Ich betrete das Computer-Reich, stolpere über Kabel, leere Pizzakartons und ein paar Freunde von Guillaume.

«Mann, Guillaume, eine ordentliche Deutsche, hättest du nicht mal den Abwasch machen können?», piesackt ihn sein Mitbewohner.

«Stimmt, ich hätte die Pizzakartons mal in die Spülmaschine stellen können», gibt Guillaume grinsend zurück.

«Soll ich schnell was helfen?», frage ich und merke, wie bekloppt das ist. Denn ich habe ja nun gar nichts damit zu tun. War noch nie in der Wohnung, habe hier noch nie etwas gegessen oder getrunken und will den Abwasch machen.

«Das ist nett von dir, Ella, aber ich habe ja noch nicht einmal echtes Geschirr!»

So sieht es also aus, wenn Jungs was mit Technik ausprobieren. Ich überlegte, wie es wohl wäre, wenn er auch mal etwas mit mir ausprobieren würde.

5.

Endlich! Heute Abend treffen wir uns. Guillaume und ich um 19 Uhr im Café Nice. Unser erstes Tête-à-Tête. Ob Guillaume es auch so romantisch sieht, bezweifele ich eher. Ich selber kann mich kaum auf das Rendezvous vorbereiten, weil ich immer noch versuche, eine Au-pair-Agentur an die Strippe zu bekommen.

«Hier ist Ella Thomsen von Radio Bleue. Ich möchte einen großen Beitrag über Sie und die Au-pair-Mädchen machen. Rufen Sie mich doch bitte zurück. Merci!»

Wie oft hatte ich diesen Spruch bereits auf Band hinterlassen? Ob der Anrufbeantworter kaputt ist? Auf all meine Nachrichten habe ich bisher keine einzige Antwort bekommen. Die können ja schlecht Urlaub machen. Und an meinem Französisch kann es auch nicht liegen. Das ist inzwischen wirklich ganz passabel. Auch dank Guillaume. Ohne die blöde Agentur komme ich nicht an die Au-pairs heran, und die ganze Geschichte wird nicht rund. Denn in der Sendung hat sich außer der «mörderischen» Frau niemand gemeldet. Vor Wut zerkaue ich meinen Kugelschreiber.

«Na, komm, Ella, es eilt ja nicht, die melden sich bestimmt bald», tröstet mich Theo Reimer. «Ansonsten suchst du dir vielleicht einfach ein anderes Thema!?»

«Bestimmt nicht», gebe ich energisch zurück. «Kurz vorm Ziel aufgeben ist nicht mein Ding. Du hast doch gesagt, ich soll die Anruferin nicht ernst nehmen. Das wäre ja so, als wenn man kurz vor einem Treffen mit einem Mann sagt, man wolle doch nicht mehr. Und dann weiß man nie, was daraus geworden wäre. Apropos: Ich muss los!», rufe ich nach einem Blick auf meine Uhr. Ich schalte meinen Computer aus und pferche meine Unterlagen in mein Fach.

«Na, dann viel Spaß mit deinem Computer-Crack!»

Reimer zwinkert mir zu. Okay, manchmal hat er auch nervige väterliche Anzeichen. Ich verdrehe die Augen und sprinte die Treppe hinunter.

Schlaf, Kindlein, schlaf,
Dein Vater ist ein Schaf,
Deine Mutter ist ein Vollidiot,
Die Oma, die ist lange tot,
Schlaf, Kindlein, schlaf

6.

«Oh, nein. Bitte tun Sie das nicht!» Ich flehe die Polizistin an, die gerade einen Strafzettel hinter meinen Scheibenwischer klemmt.

«Zu spät», sagt die. Ein anderer Mann befestigt zeitgleich eine Kralle am linken Reifen meines VW Polo. Losfahren ist nicht.

«Zut alors», fluche ich. Ein wütendes *«Putain»*, *«La vache»* oder gar *«Fait chier»* schicke ich noch hinterher. Mehr Schimpfwörter habe ich auch gar nicht im Repertoire. Die Polizistin hört mich nicht mehr, sie ist schon weitergegangen, die nächsten Parksünder aufschreiben.

Wie kommen die auf die Idee, mich mit so einer Wegfahrsperre aufzuhalten? Okay, natürlich ist das absolute Halteverbot kein besonders günstiger Parkplatz. Aber stehe ich da nicht schon seit Monaten, tagein, tagaus?

Ich setze mich auf den Bordstein und pfriemele am Vorderrad herum, um die Kralle zu entfernen. Doch nichts tut sich. Ich reiße, drücke, hebele und fluche weiter. Bei 27 Grad läuft mir der Schweiß über die Stirn und den Rücken hinunter. Wie gut, dass ich heute die transparente, helle Tunika angezogen habe. Ich darf gar nicht daran denken, dass Guillaume bei einem eiskalten Getränk im Café auf mich wartet. Ich hatte mich so sehr auf diesen Tag gefreut und darauf, Guillaume endlich näher kennenzulernen. Stattdessen liege ich unter meinem Auto.

«Na, will er nicht?», höre ich eine deutsche Stimme über mir.

«Und ob er will. Wenn er jetzt allerdings so lange auf mich warten muss, befürchte ich, dass er nicht mehr wirklich will, weil er denkt, ich will nicht», platze ich heraus, in Gedanken an Guillaume.

«Ich wollte eigentlich wissen, ob der Wagen nicht will», sagt die Stimme.

Äh, peinlich, was rede ich da? Und wieso kann er überhaupt Deutsch? Er muss mein Hamburger Kennzeichen gesehen haben und davon ausgegangen sein, dass ich Deutsche bin. Ich brauche jemanden, der mir beispringt.

«Können Sie mir helfen, die Kralle abzubekommen?»

Der Fremde erleidet beinahe einen Herzanfall angesichts der Bitte.

«Sind Sie wahnsinnig?», ruft er empört. «Die buchten Sie sofort ein! Und mich gleich mit! Die sehen hier alles.»

Mit dramatischer Geste zeigt er auf eine Kamera, die direkt über uns angebracht ist.

«Das ist eine Rundumbewachung. Da sollte man besser nicht nachts sturzbetrunken einen Laternenpfahl küssen», stimme ich ihm zu.

Die Antwort scheint mein Gegenüber zu erheitern.

«Um das zu sehen, würde ich mich sogar einbuchten lassen», erwidert er lachend, und ich frage mich, in was ich da hineingeraten bin. Was erzähle ich diesem Unbekannten eigentlich für einen Schwachsinn? Ich will so schnell wie möglich zu Guillaume! Mehrfach habe ich erfolglos versucht, ihn auf seinem Handy zu erreichen. Ob das Café im Funkloch liegt? Als ich wieder unter dem Auto hervorkrieche, steht da ein Typ, Haare mittelbraun und ein wenig größer als ich. Outfitmäßig so lala, Jeans und Jackett und ein gebügeltes T-Shirt ohne jede Falte.

«Ich kann Ihnen aber auch anders helfen. Ich kenne nämlich jemanden bei der Polizei», schlägt der Fremde vor, und ich schöpfe Hoffnung. «Und übrigens: Ich bin Jens Freese aus München!»

«Was machen Sie denn hier?», frage ich.

«Ich fang hier beim Radio an. Als Moderator. Hier in dem Gebäude ist es, glaube ich.»

«Wie bitte, bei uns? Bei Radio Bleue», platze ich erstaunt heraus.

«Ach, Sie sind da auch?», erkundigt sich Jens interessiert.

«Ja, aber unser Chef hat nichts davon gesagt, dass ein Neuer kommt.»

«Na ja, so neu bin ich ja auch gar nicht mehr. Schon 29.»

Ich lache. «Sehr witzig, so habe ich es natürlich nicht gemeint. Wir wussten wirklich nicht, dass Sie kommen.» Ich weiß nicht, wie ich es finden soll, dass auf einmal noch ein Moderator mit im Spiel ist. Ob meine Chancen auf eine eigene Sendung dadurch sinken? Innerlich schüttele ich den Kopf über mich und mein Konkurrenzdenken. Lass den doch erst mal ankommen. Aber wieso hat Theo Reimer uns das verschwiegen?

Jens kann offenbar Gedanken lesen.

«Der Chef wusste bis vor kurzem noch gar nichts davon. Mich hat der Besitzer des Senders, Andreas Schmidt, in Deutschland eingestellt und irgendwie vergessen, euren Chef zu informieren. Ist irgendwie blöd gelaufen. Hoffentlich ist Herr Reimer nicht sauer deswegen?»

Das wüsste ich auch gerne. Normalerweise mag er es gar nicht, wenn über seinen Kopf hinweg entschieden wird. Außerdem habe ich schon ein paarmal mitbekommen, wie

Reimer sich über die «idiotischen Entscheidungen» von diesem Schmidt aufgeregt hat. Toll wird er es nicht finden. Aber für die internen Streitereien kann Jens ja nichts.

«Ich bin übrigens Volontärin hier, seit einem guten halben Jahr. Ella heiße ich, aus Hamburg, hallo!» Ich gebe ihm die Hand.

«Na, wenn wir Kollegen sind, können wir uns ja auch duzen, oder?»

«Gute Idee. Und wen kennst du nun bei der Polizei?»

«Ach, einen Bekannten von Schmidt. Ich habe Glück gehabt. In München gibt es zwar auch viele Radiosender. Aber das hier ist etwas ganz Besonderes. Eine coole Herausforderung, oder?»

Ich nicke und bin erleichtert, dass Jens offenbar auch über Connections an den Job gekommen ist.

«Der Typ bei der Polizei kann uns vielleicht mit deiner Kralle aus der Patsche helfen. Obwohl die Polizei hier megastreng sein soll.»

Ich finde es schon ein bisschen arrogant, wie Jens Freese so selbstsicher behauptet, alles regeln zu können. Bestimmt ist er ein Hochstapler! Sehr gespannt bin ich, wie er das machen will. Einfach ins Polizeipräsidium reinmarschieren, mit den Fingern schnippen und dem Erstbesten zurufen: «Entfernen Sie binnen zehn Sekunden die Kralle am Auto dieser Frau. Sie ist in geheimer Mission unterwegs und darf keinesfalls weiter behindert werden!»

7.

Nachdem ich wieder aus meiner Action-Phantasie aufgetaucht bin, sind Jens und ich im Büro von Kommissar Alain Magnien. Da dieser kein Wort Deutsch spricht, erklärt Jens ihm die Sache mit der Autokralle. Sein Französisch ist richtig gut. Ich bin ein wenig neidisch, dachte, ich sei im Sender die große Ausnahme, und nun kommt noch einer, der auf Französisch weiter als bis drei zählen kann. Beide lachen und feixen, als würden sie sich seit Jahren kennen und die Kralle wäre lediglich ein Kavaliersdelikt. Als das Telefon klingelt, nimmt Monsieur Magnien den Anruf entgegen und setzt plötzlich einen sehr ernsten Gesichtsausdruck auf.

«Oui, on arrive! Wir kommen», sagt er in den Hörer und steht dabei stramm.

Wer kann das denn wohl gewesen sein? Jens zuckt auch nur mit den Schultern. Ein paar Etagen fahren wir mit dem Fahrstuhl nach oben. Zu Hauptkommissar Bernard Cochet. Oha, gleich die oberste Adresse! Fast so, als würde man in einem Supermarkt auf der Suche nach Milch den Filialleiter rufen. Wieso um alles in der Welt sollte sich ein Kommissar für den zerschrammten Polo einer Deutschen interessieren?

«Bonjour», grüßt Cochet, den ich mir ganz anders vorgestellt habe. Ich dachte, Hauptkommissare sind jenseits der sechzig, haben schütteres Haar und sehen aus wie eine Mischung aus Derrick und Columbo. Dieses Exemplar ist um die vierzig und eine Mischung aus allen je da gewesenen James-Bond-Darstellern. Sozusagen ein Sean Roger Pierce Craig. Er begrüßt mich in gutem Deutsch und bietet mir beinahe akzentfrei ein Wasser an. Ich wundere mich. Es kommt selten vor, dass Franzosen etwas anderes als Französisch sprechen.

Ich gebe mich vorsichtshalber etwas reserviert, weil ich keine Ahnung habe, was ich hier soll.

«Meine Mutter stammt aus dem Elsass», erzählt Cochet und streicht sich über seine schwarzen Haare, die voller Gel richtig schmierig aussehen. «Deswegen spreche ich ganz passabel Deutsch!»

Fishing for compliments – was für ein Lackaffe, denke ich. Hoffentlich erwartet er nicht, dass ich auf die Knie falle und ihn für sein vorzügliches Deutsch lobe.

Das tut Jens an meiner Stelle.

«Sie haben eine tolle Aussprache!», sagt er tatsächlich, und ich muss innerlich würgen. Der ist vielleicht unsympathisch. Also der Hauptkommissar. Bei Jens Freese bin ich mir noch nicht so ganz sicher, auch wenn das eben eine Schleimspur zu viel war. Vielleicht ist Jens aber auch einfach nur klüger als ich und macht sich so klein, damit ohne Bußgeld die Kralle von meinem Auto entfernt wird. Cochet und Jens reden weiter über unterschiedliche Dialekte und Dinge, die mich momentan überhaupt nicht interessieren.

Ich schaue aus dem Fenster und schweife mit meinen Gedanken ab. Der Ausblick ist umwerfend. Man sieht direkt auf den Hafen von Monaco. Da unten dümpeln die Yachten im türkisblauen Meer.

«Kommen wir am besten zur Sache», beginnt Bernard Cochet plötzlich mit todernster Miene den eigentlichen Teil des Besuchs. Jens hat die Kralle am Auto angesprochen sowie meine Strafzettel, und ich befürchte, dass er uns beide gleich vor die Tür setzen wird, weil sich ein Bernard Cochet sicher nicht um solche Bagatellen kümmert. Der Chef, der die Drecksarbeit machen soll. Wo gibt es denn so etwas? Cochet hingegen scheint den Fall interessant genug zu finden.

«Ihnen ist hoffentlich klar, dass Sie sich in einer schlimmen Situation befinden. So viele unbezahlte Strafzettel! Das sieht die Polizei in Monaco gar nicht gerne. Tja, Mademoiselle Thomsen, am besten, Sie packen sofort Ihre Sachen und machen sich auf dem schnellsten Weg zurück nach Hamburg. Sie haben sich nicht an unsere Regeln gehalten, deswegen müssen wir handeln.»

Ich sitze mit offenem Mund da und schnappe nach Luft. Ich muss mich zusammenreißen, um nicht loszuheulen. Wer gibt schon gerne freiwillig seinen Arbeitsplatz an der

Sonne auf? Radio Bleue macht sich nicht nur im Lebenslauf gut, auch in der Seele. Während ich im Geiste schon meinen Rückflug antrete, sagt Cochet plötzlich: «Aber vielleicht gibt es doch noch einen Ausweg. Machen Sie genau das, was ich Ihnen sage.»

Ich schnappe nach Luft. Was wird das denn hier?

«Was genau meinen Sie?», frage ich unsicher.

«Kümmern Sie sich nicht weiter um die Au-pair-Mädchen!», sagt er.

Mit verdattertem Gesicht schaue ich von Cochet zu Jens. Der sieht unbeteiligt aus dem Fenster. Toller Kumpel!

«So was Ähnliches habe ich schon einmal gehört. Was soll denn das überhaupt?»

Cochet genießt es offenbar, mich im Unklaren zu lassen.

«Wir haben hier nicht nur Kameras, unsere Ohren sind auch größer als in anderen Ländern», erklärt er vage.

Hat er etwa auch meine Sendung gehört? Mit der Drohung?

«Wenn Sie sich Sorgen um mich machen, ich fand den Anruf gar nicht so schlimm.»

«Sie verstehen mich offenbar falsch!», fährt Cochet fort. «Es geht nicht um Sie, sondern um die Bewohner von Monaco. Sie genießen eine gewisse Diskretion. Und da wird es gar nicht gerne gesehen, wenn jemand herumschnüffelt.»

Der Ton ist mir entschieden zu kalt und schneidend. Ich bin ist doch keine Schwerverbrecherin.

«Aber ich habe doch nur für eine Geschichte recherchiert», versuche ich mich zu wehren. Was ist eigentlich mit der Pressefreiheit?, überlege ich, ohne zu wissen, ob das in Monte Carlo überhaupt zählt. Die haben hier offenbar ihre eigenen Gesetze.

«Na komm, Ella, reg dich nicht so auf. Vielleicht ist es besser, wenn du auf den Kommissar hörst. Mach doch lieber einen Beitrag über die Strände.»

Ich schaue Jens wie einen Geistesgestörten an. Den

Mann, von dem ich vor zwei Stunden noch nicht einmal wusste, dass er mir mal ganz gehörig auf den Geist gehen wird. Erster Tag im Land, dann einen auf Helfer machen und am Ende einen Rückzieher. Schlappschwanz.

Ich ordne kurz meine Gedanken und sage: «Ich bin in dieses Polizeikommissariat marschiert, weil ich eine Kralle am Auto wegen Falschparkens habe. Richtig?» Ich nicke mir selber zu. «Nicht mehr und nicht weniger. Kurz darauf sitze ich in der obersten Etage und werde wie eine Kriminelle behandelt. Wegen einer Geschichte über Au-pair-Mädchen!?»

Keiner antwortet. Da stimmt doch irgendwas nicht. Habe ich doch gleich bemerkt, dass der Kerl tückische Augen hat.

«Das mit den Knöllchen ist tatsächlich nur ein Kavaliersdelikt», stimmt Cochet mir zögernd zu, und ich atme auf. Gleich ist dieser Wahnsinn vorbei, er hat selbst gemerkt, dass er zu weit gegangen ist.

«Aber die Sache mit den Steuern ist da schon schwerwiegender!», fährt er fort, und mir wird schlagartig übel. Steuern, welche Steuern? Ich bin doch hier in Monaco, da muss man kein Geld ans Finanzamt zahlen. Ähnlich wie in Liechtenstein oder auf den Cayman-Inseln. Oder?

«In Monaco gilt das Prinzip der Steuerbefreiung», wende ich ein und hoffe, dass das wirklich so ist.

«Das stimmt», nickt Cochet. «Aber wohnen Sie wirklich in Monaco, Frau Thomsen? Oder wohnen Sie nicht doch eher in Nizza?»

Mein Pulsschlag setzt einen kurzen Moment aus. Der Mann hat recht, ich wohne dort seit einem guten halben Jahr. Ängstlich denke ich an meine Probezeit, die ich eigentlich bald erfolgreich beenden wollte. Cochet blättert lässig in einer Mappe.

«Also, was meinen Sie? Wollen Sie das mit den Au-pairs seinlassen? Es ist doch nur zu Ihrem Besten», fährt er mit deutlich freundlicherer Stimme fort. Er lächelt mich an. Sein Mund. Seine Augen nicht.

Ich nicke.

«Seien Sie froh, dass ich mich so freundlich um Sie kümmere. Haben wir uns verstanden?»

Auch wenn ich die Worte nicht verstanden hätte, sein Gesichtsausdruck lässt keinen Zweifel daran, dass er es ernst meint. «Ich veranlasse nun, dass die Autokralle entfernt wird.»

«Danke.» Ich nicke wieder.

Merkwürdige Vorstellung.

Auf dem Weg nach draußen ignoriere ich Jens. Grußlos verlasse ich das Zimmer des schmierigen Polizeichefs. Eilig stürme ich die Treppen hinunter. Der Fahrstuhl wäre jetzt nicht richtig. Ich muss Dampf ablassen. Das geht gut beim Treppensprint. Was sollte das eben? Wieso darf ich keine Au-pair-Mädchen interviewen? Wahrscheinlich, denke ich gehässig, hat dieser Cochet etwas mit einer laufen und nun Angst, dass seine Frau alles herausbekommt.

Das ist doch alles kompletter Schwachsinn. Intimsphäre der reichen Monegassen schützen. Ist das im Gesetz hier verankert, dass man die nicht ansprechen darf? Und was hat Jens damit zu tun? Komplett naiv hat er mich in die Höhle des Löwen geführt. Ein genialer Einstand. Spannend zu sehen, wie er das wiedergutmachen will. Soll ich Theo Reimer davon erzählen? Der muss erst einmal verdauen, dass Jens überhaupt da ist. Und was können die mir überhaupt? Ob das mit den Steuern stimmt? Tausend Gedanken schießen kreuz und quer durch mein Hirn. Viel zu viele Fragen. Eins weiß ich sicher: Ich, Ella, die ich mich noch mit jedem Lehrer angelegt habe, lasse mich doch nicht von der monegassischen Polizei einschüchtern. Niemals. Als ich mich vergewissert habe, dass die Kralle wirklich weg ist und ich zur Not flüchten könnte, fasse ich einen Entschluss. An den Au-pairs bleibe ich dran!

8.

So schnell wie möglich fahre ich über die Moyenne Corniche, eine kurvenreiche Küstenstraße, zurück nach Nizza. Gerade ist die blaue Stunde angebrochen, die Stunde, in der die Sonne noch nicht ganz untergegangen ist und der Himmel sich zu einem verwaschenen Blau verfärbt. Die schönste Zeit des Tages. Ich lege meine Lieblingsmusik ein.

«À nos actes manqués» von Jean-Jacques Goldman, gibt es auch in einer Neuauflage von M Pokora. Die alte Version gefällt mir besser. «À nos actes manqués» bedeutet in etwa so viel wie: «Auf all das, was wir nicht gemacht, was wir verpasst haben!» Ich will nichts verpassen im Leben, nicht den Weg des geringsten Widerstands gehen.

Ganz banal betrachtet, macht die Melodie auch einfach nur gute Laune. Sie hat mir beim letzten und vorletzten Liebeskummer geholfen und wirkt bei drohender Kündigung sowie Landesverweis offenbar auch. Sobald ich diese Musik höre, möchte ich nie wieder weg aus Frankreich. Während ich lauthals singend die Küstenstraße entlangfahre, erinnere ich mich daran, wie mich alle für verrückt hielten, als ich nach Südfrankreich zog.

«Die wieder! Typisch, immer anders sein!», sagten die Skeptiker, die noch in zwanzig Jahren beim immer selben Chinesen Gericht Nummer 2 b süßsauer bestellen werden.

«Die traut sich wenigstens was!», verteidigten mich meine Freunde. Allen voran Maria, die ich ganz schön vermisse. Mein Gleichgewicht, das sanfte Korrektiv. Hat mich immer gebremst, nicht ausgebremst, sondern lediglich vor großen Dummheiten bewahrt. Vor Jan Heinze aus der Parallelklasse zum Beispiel. Maria, die meine kruden Gedankengänge immer versteht. Oder zumindest so tut. Ich hole mein Handy aus der Tasche und rufe sie an. Hoffentlich sitzt Maria nicht gerade in einer Vorlesung oder «übt» mit einem Kommilitonen. Sie geht nicht ran, aber allein ihre Stimme auf der Mailbox zu hören beruhigt mich.

«Na, lassen dich deine Profs mal wieder nicht gehen? Vielleicht bin ich hier bald weg. Zurück in Deutschland. Oder im Gefängnis oder so. Könnte sein. Was macht dein Daniel? Hoffentlich alles gut. Hier ist alles super, bis auf die Sache mit den Au-pairs und dem Polizeichef und der anonymen Drohung. Ach so, könntest du noch deinen Vater fragen, ob man in Monte Carlo Steuern zahlen muss, wenn man in Nizza wohnt? Besuch mich doch bald mal. Sollte ich tot oder im Gefängnis sein, lass ich dir den Schlüssel für mein Apartment beim Nachbarn. Bei Guillaume. Oh Gott, den hätte ich ja fast vergessen. Tschüs!»

Wie gesagt, Maria gibt ihr Bestes, solche wirren Gedanken zu kapieren. Oder war die Nachricht jetzt eben doch nicht so glücklich? Egal. Ich habe vorerst andere Sorgen.

«Oh, nö!», fluche ich leise. Guillaume ist tatsächlich nicht mehr da. Im Café keine Spur von ihm. Auch oben in der WG rührt sich nichts. Ich gehe vor seiner Wohnungstür in die Hocke. Durch den Briefschlitz erspähe ich nur eine überquellende Mülltüte, die im Flur steht. Genervt falle ich ein wenig später auf mein Bett in meinem kleinen Studio. Bestimmt hat er keine Lust mehr auf mich, nachdem ich ihn versetzt habe. Was hätte ich dafür getan, neben Guillaume auf einem Korbsessel zu sitzen, ein wenig mit ihm zu flirten und anzudeuten, dass ich nicht nur wunderbar mit ihm lachen und reden kann, sondern auch schweigen. Was würde eine Femme fatale in meiner Situation tun? Richtig – aktiv werden! Also rufe ich bei Guillaume an, höre es in der Etage über mir klingeln und auch wie sein Anrufbeantworter anspringt. Ich hinterlasse eine weitere Nachricht, entschuldige mich tausendmal für mein Wegbleiben und lege auf. Mehr kann ich für den Moment nicht tun. Zeitgleich klingelt das Handy.

«Ella, hier ist Theo Reimer. Ich habe gehört, dass du die Au-pairs nicht mehr machen willst.»

«Wie bitte?», schießt es aus mir eine Spur zu laut heraus. «Wer sagt das denn?»

«Na, Jens Freese. Den hast du ja durch Zufall kennengelernt.»

Theo hat einen Tonfall, den ich nicht recht deuten kann.

«Wusstest du eigentlich, dass Jens zu uns kommt?», frage ich.

«Sagen wir mal so», gibt er zurück. «Das habe ich recht kurzfristig erfahren. Der Schmidt hält es auch nicht für nötig ...» Den Rest des Satzes murmelt er leise in seinen Bart. «Jedenfalls bin immer noch ich der redaktionelle Chef. Und von mir aus kannst du weiter an den Au-pairs herumrecherchieren!» Er sagt das sehr energisch, und ich meine, Trotz in seiner Stimme zu hören. Wahrscheinlich will er nur dem Schmidt eins auswischen. Vermutlich weiß er auch gar nicht genau, was auf dem Polizeirevier passiert ist. Ich will ihm gerade erzählen, wie Jens Freese mich reingelegt hat, halte mich aber doch lieber zurück. Theo würde sich nur aufregen, wenn er von Steuer und Knöllchenproblemen hört. Und vielleicht würde er seine Entscheidung, mir freie Hand zu geben, doch wieder zurücknehmen,

«Der hat dir gar nichts über mich zu erzählen!», gifte ich nur los. «Das mit den Au-pairs geht weiter.»

«Ganz meine Meinung. Na, du und Jens, ihr scheint euch ja richtig zu mögen. Ist doch immer schön, wenn ein angenehmes Arbeitsklima herrscht», scherzt mein Chef. «Genauso ein harmonisches Arbeitsklima wie zwischen dir und Schmidt», wage ich mich vor.

Theo Reimer schnalzt nur mit der Zunge und lenkt ab: «Egal. Jedenfalls hast du morgen früh einen Interviewtermin an der Universität in Nizza mit einem Sportprofessor. Es geht um Trainingsmethoden bei Profifußballern.»

«Ein Sportprofessor?», frage ich entsetzt. «Äh, wieso das denn? Kann Jens das nicht machen?»

«Ja, finde ich auch. Er ist aber wohl etwas langsamer.

Der muss noch so viel Papierkram erledigen.» Na, das kann noch heiter werden zwischen den beiden, wenn Reimer Jens jetzt schon so auf dem Kieker hat. «Außerdem hat er mir gesagt», fährt Reimer fort. «dass du dich bestimmt freust, wenn du was Neues angehen kannst.»

Was fällt diesem Jens eigentlich ein? Das kann ich auch. Papierkram erledigen? Vermutlich seine Steuerunterlagen sortieren. Oder eher Kante auf Kante legen und nach Buchstaben sortieren. Das kann dauern bei so einem Ordnungsfanatiker. Oder er sucht nach einem Au-pair-Mädchen, das ihm den Haushalt schmeißt.

«Bist du noch da, Ella? Du bist unsere Allrounderin, unsere Frau für alle Fälle. Also keine Widerrede. Du bist morgen früh um neun Uhr an der Uni. Es geht da auch um Werbekunden. Ist wichtig für uns. Wir senden live um 9:15 Uhr. Danke und tschüs. Hab's eilig!»

Das ist der vierte Schock des Tages. Erst die Kralle, dann Jens und der Kommissar, Guillaume und jetzt dieses Interview mit einem Sportspezialisten. Es ist 21 Uhr. Den Abend und die kommende Nacht werde ich also nicht mit Guillaume verbringen, sondern mit einem Computer, «google» und der Frage: «Wie um alles in der Welt trainieren wohl Fußballer?»

9.

Ich will gerade mit der Recherche beginnen, als es an der Tür klingelt. Neugierig spähe ich aus dem Fenster mit den blauen Fensterläden. Wenn ich mich ganz weit hinauslehne und meinen Oberkörper schlangenförmig drehe, kann ich das Meer zwar nicht sehen, aber riechen und hören. Wenn ich mich über den kleinen schmiedeeisernen Balkon, auf den grad mal ein halber Stuhl draufpasst, nach unten beuge, schaue ich direkt auf eine der kleinen Gassen im Vieux-Nice, der Altstadt von Nizza. Unten steht niemand, stelle ich erstaunt fest, dafür klopft es nun an der Tür.

«Salut, je sais que tu es là!»

Ich werde leicht hektisch. Es ist Guillaume. Also raus aus der Jogginghose, rein in den Jeansrock und eine Spange in die Haare gewürgt. Das ging schneller als ein Boxen-Stopp in der Formel 1! Ich öffne schwungvoll. Dunkelbraune Haare, etwas zu lang, was lässig aussieht, denn er selbst ist mit 1,86 m auch etwas zu lang, was zuweilen tollpatschig wirkt. Ist bestimmt auch nicht leicht für ihn, eine Freundin zu finden, denn die Französinnen sind in der Regel drei Köpfe kleiner. Ich frage mich kurz, ob er sich nur deshalb mit mir trifft, weil ich mit 1,72 m größer als die Durchschnittsfranzösin bin und er sich beim Küssen nicht so zu verrenken braucht und keinen Rückenschaden riskiert. Aber was überlege ich da? Wir haben uns ja noch gar nicht geküsst. Bis auf die zwei Begrüßungsküsse auf die Wange, versteht sich. Und ich weiß auch gar nicht, ob ich das eigentlich will. Ich erkläre ihm, dass es mir wahnsinnig leidtut, dass ich ihn vorhin versetzt habe. Inzwischen finde ich die Vorstellung auch cool, dass ich einen so beliebten Studenten in einem Café habe schmorenlassen und er jetzt bei mir angetrabt kommt und überhaupt nicht sauer ist. In der Disziplin «Anbetungswürdige Frau» habe ich damit gerade den Aufstieg in die Champions League geschafft.

«Macht nichts, ich war selber gar nicht dort. Hatte was Dringendes zu erledigen.»

Wie bitte? Er war gar nicht da? Meine Gewissensbisse, die ich während meines Aufenthalts im Polizeipräsidium hatte, weil ich dachte, dass Guillaume die Minuten zählt, bis ich komme: alles umsonst.

«Und wieso hast du nicht angerufen und mir abgesagt?», frage ich beleidigt.

«Ach, komm schon. Hab ich nicht dran gedacht, reg dich

nicht auf. Jetzt sind wir quitt. Du warst nicht da, ich auch nicht. Lass uns was essen gehen. Ich habe einen riesigen Kohldampf.»

Okay, mit einem solchen Vorschlag kriegt man mich immer.

Also schlendern wir in der lauen Abendluft durch die Gassen vom Vieux-Nice und essen in einem Restaurant eine Pizza.

«Wollen wir morgen Nachmittag zusammen an den Strand gehen?», fragt Guillaume zwischen zwei Bissen.

Betont gelangweilt hebe ich meine Augenbrauen.

«Mal sehen, ihr Studenten mögt ja viel Zeit haben, aber ich muss arbeiten. Bin an einer großen Sache dran. Kannst dich ja morgen noch mal melden.»

Das klingt komplett überheblich und leidenschaftslos, in irgendeinem Buch stand aber, dass Französinnen immer genau das Gegenteil von dem tun oder sagen, was sie eigentlich wollen.

So richtig gut eingefunden in meine neue Rolle als geheimnisvolle Verführerin habe ich mich noch nicht.

«Na gut. Dann eben nicht!», sagt Guillaume nur und zuckt mit den Schultern.

Große Enttäuschung sieht anders aus. Dabei hat er auch etwas gutzumachen. Mich einfach sitzenzulassen in dem Café. Gut, ich war auch nicht da. Trotzdem. Ein bisschen Anstrengung ist bestimmt nicht schlecht für ihn.

Vor der Haustür haben wir nicht diese peinliche Situation, dass wir uns verlegen auf den Füßen herumtreten. Nicht wissend, ob der eine nun zum anderen mitkommen soll. Nicht, dass das zur Debatte stünde, nur für den Fall dass, ist es praktisch, im selben Haus zu wohnen. Schweigend gehen wir die Treppenstufen hinauf.

Ich überlege, wie ich reagieren soll, wenn er mir einen Abschiedskuss geben will. Passiert mir schließlich nicht jeden Tag. Schnell verabschiede ich mich.

«Ich muss morgen früh raus», sage ich noch und ärgere sich im selben Atemzug. Ich winke ihm zu und verschwinde in Richtung Wohnung. Das sind die Anstandsregeln, die man einhält, aber Regeln haben mir noch nie gefallen. Was für ein blödes Spielchen. Viel lieber hätte ich ihn mit hineingenommen. Einfach nur so zum Quatschen. Ich habe ihn gerne um mich herum. Leben und lieben ist nicht leicht, denke ich, als sich ein blauer, ausgebeulter Turnschuh zwischen Tür und Rahmen schiebt.

«Ich hoffe, deutsche Mädchen meinen auch ja, wenn sie nein sagen? C'est pas vrai, hab ich nicht recht?»

Ich öffne die Tür wieder ein kleines Stückchen, schließlich möchte ich ihm nicht den Fuß zerquetschen.

10.

Als der Wecker klingelt, springe ich übernächtigt, aber glücklich aus dem Bett. Guillaume ist erst sehr spät gegangen. Wir haben lange auf meinem Sofa gesessen, die Schultern aneinandergelehnt, weil es so schmal ist. Schön war das. Mehr ist nicht passiert. Aber ich habe vor lauter Aufregung nicht einschlafen können und angefangen zu grübeln. Über Cochet und Jens und Guillaume. Drei Männer in meinem Leben. Einer davon überflüssig, der andere merkwürdig und beim dritten ist noch nicht entschieden, in welche Schublade er gehört. Nach einer Nacht drüber schlafen bin ich immer noch ein bisschen sauer auf Jens.

Ich schnappe mir einen Apfel, meine Tasche und das transportable Übertragungsgerät. Damit kann man sich direkt in die Sendung hineinschalten. Der Bericht über den Sportmenschen soll um Viertel nach neun laufen. Soweit ich bislang weiß, ist der Dozent auch Trainer der Ersten Herren von Nizza. Ein Deutscher, der extra wegen seiner revolutionären (Trainings-)Methoden geholt wurde. Vielleicht eignet er sich auch als Personal Trainer für mich. All die Croissants machen sich allmählich bemerkbar. Vor allem soll der Mann interviewt werden, weil er Deutscher ist. Radio Bleue, das deutschsprachige Radio an der Côte d'Azur, ist über jeden Landsmann glücklich. Da kommen auch mal Leute ans Mikrophon, die in Deutschland gnadenlos aussortiert würden. Hauptsache, die Sprache stimmt. Ich klopfe an die Tür des Professors. Er öffnet und begrüßt mich freundlich. Der ist aber nett. Plötzlich ist es mir total peinlich, dass ich mich nicht besser vorbereitet habe. Ich stelle die Verbindung ins Sendestudio zu Radio Bleue her.

«Beweg dich bitte nicht von der Stelle, das Netz könnte zusammenbrechen», sagt Jean-Luc als Erstes, und ich werde nervös. «Sag mal was!»

«Gern. Darf ich atmen?»

«Ohne atmen wäre besser. Aber mach ruhig!»

«Witzbold!» Ich merke, wie sich in meiner linken Hand ein Krampf bildet. Auf der Seite, auf der das Gerät über der Schulter hängt.

«Hast du etwa dieses uralte Teil mit? Das benutzt doch kein Mensch mehr», lacht Jean-Luc über Kopfhörer. «Wieso hast du nicht dieses neue, megaleichte mitgenommen?»

«Weil du mir mal dieses hier mitgegeben hast!», erwidere ich.

«Non, hab ich nicht! Aber ist ja jetzt auch egal, gleich bist du dran.»

Okay, es geht los – also stelle ich die sieben W-Fragen des Journalismus: «Wer, wann, wo, wie, wieso, weshalb, warum.»

Das reicht zum Glück völlig aus, um den Professor anzupiksen. Er redet wie ein Wasserfall, und ich denke, dass ich ihm vielleicht mal meinen Deutschlehrer schicken sollte. Aber alles läuft wie geschmiert. Gott sei Dank!

Gut gelaunt verlasse ich sein Büro und halte auf dem Weg kurz am Schwarzen Brett. Dort hängt das bunte Plakat einer Studentenband, die demnächst ein Konzert gibt. Daneben befindet sich die Annonce eines Jungen, der einen Tennispartner sucht. Außerdem ein Foto von einem süßen, entlaufenen Kätzchen. Ich bleibe kurz stehen und entdecke einen Zettel. In blauer schräger Schrift steht dort:

«Recherche Au-pair à Monte Carlo.» Eine Suchanzeige für ein Au-pair. Die Nummer notiere ich mir und beschließe, so schnell wie möglich dort anzurufen. Wird ja wohl nicht verboten sein, hängt hier schließlich öffentlich aus. Und in Nizza hat Polizeichef Cochet garantiert keine Kameras installiert. Beschwingt von dieser Aussicht, stecke ich den Schnipsel mit der Kontaktnummer in meine Tasche. Danach drücke ich mich noch etwas auf dem Uni-Gang herum, in der Hoffnung, Guillaume über den Weg zu laufen. Vielleicht liegt er wach im Bett und grübelt darüber, wie er die halbe Nacht mit mir auf meinem Sofa fand? Wahrscheinlicher ist, dass er tief und fest schläft. Meine gute Laune kann das nicht vermiesen. Ich laufe zu meinem Auto. Den Strafzettel begrüße ich wie einen alten Bekannten. Glücklich singe ich «À nos actes manqués» mit.

Sofort bin ich noch besser gelaunt und gönne mir für die Rückfahrt die Route am Meer entlang. Ich gröle so laut, dass ich mein Handy beinahe überhört hätte. Ich stoppe in einer Parkbucht. Am Apparat ist Theo Reimer.

«Ella, das hat ja wunderbar geklappt! Ich hätte nicht gedacht, dass du dich so gut im Sport auskennst. Möchtest du dich vielleicht in der Sportredaktion bewerben?»

«Nö, eigentlich nicht, lass mal lieber.»

«Na ja, jedenfalls hast du dem Mann schöne Sachen entlockt, es war so persönlich, weiblich.»

Weiblich!? Bei Reimer kann man sich nie sicher sein, ob dies tatsächlich ein reines Lob sein sollte. Ich nehme das Beste an. Ich bombardiere ihn gleich mit meiner neuesten

Errungenschaft. «Ich habe die Nummer von einer Au-pair-Familie am Schwarzen Brett gefunden. Da rufe ich mal an. Vielleicht komme ich so an Interviewpartner.»

«Gute Idee. Du bist wirklich nicht faul, Mädchen.»

«Aber sag bitte Jens nichts davon!»

Theo lacht trocken auf. «Bestimmt nicht. Du kannst dich auf mich verlassen. Dem bringe ich erst einmal das Moderieren bei.»

Na ja, jetzt bläht er sich aber ein wenig zu sehr auf, finde ich. Schön und gut, dass er stinksauer auf Schmidt ist, dass der über seinen Kopf hinweg etwas entschieden hat. Aber muss das ausgerechnet Jens ausbaden? Und beibringen muss man ihm sicher auch nichts mehr, schließlich ist er ein Profi. Da übertreibt Reimer doch ganz schön. Nur, weil er sich in seiner Ehre gekränkt fühlt. Ich allerdings profitiere offenbar davon.

«Nimm dir doch den Rest des Tages frei und entspann dich!», bietet mein Chef mir jetzt an.

«Okay!», lache ich. «Danke. Aber danach sind die Aupairs dran.»

«Versuch es einfach! Eine Sendung mit Höreranrufen wäre wirklich nett.»

Hurra, ich habe einen ganzen Tag unerwartet frei. Wenn das immer so wäre, würde ich alle vorhandenen Professoren an der Universität interviewen und die, die bereits in Rente sind, von mir aus gleich mit. Ich wende fröhlich den Wagen und fahre in Richtung Antibes. Dort parke ich an der großen Hafenmauer, hinter der ein Strand versteckt ist. Hier wollte ich schon immer mal hin. Bisher hatte ich noch nicht die nötige Zeit gefunden. Meine Mitschülerinnen würden mich beneiden. In der Schule war man der Held, wenn man sagen konnte, dass man an der Côte d'Azur Ferien machte.

Ich schlendere durch die kleinen Gassen des Städtchens. Der ist es!, denke ich, als ich ins Schaufenster einer Boutique sehe. Ein lilafarbener Badeanzug. So einen hatte ich schon immer gesucht. Außerdem kaufe ich noch ein Handtuch und Sonnencreme. Beim Bäcker grinst mich ein superknuspriges, dunkel gebackenes Baguette an. Jetzt fehlt nur noch ein Stück Käse. Ich wähle einen Comté, dazu Tomaten und eine Flasche Vittel. Super, die haben hier sogar Plastikmesser. Meine Habseligkeiten schleppe ich zum Strand. Heute ist zum Glück nicht viel los. Ich wage mich in meinem neuen Badeanzug ans Wasser. Weil die Luft schon schön warm ist, stippe ich meinen Zeh hinein. Brrr, nee, das muss nicht sein. Auf meinem Handtuch sitzend, breche ich ein dickes Stück Baguette ab, schneide ein Stück Käse ab und lege etwas Tomate aufs Brot. Ein paar Meter weiter spielt ein Pärchen Frisbee. Die Sonnenstrahlen prickeln angenehm auf der Haut. Ich beobachte den Mann und die Frau, die inzwischen mehr im Sand liegen und herumtollen, als dass sie Frisbee spielen, und meine Gedanken wandern kurz zu Guillaume. Aber nur ganz kurz. Es ist ja wirklich schön hier. Aber so ganz allein auf Dauer etwas langweilig. Wen hätte ich denn eigentlich am liebsten neben mir?, überlege ich. Ich weiß es nicht so recht. Die Antwort nimmt mir mein Handy ab. Piep-piep macht es. Ich greife nach dem Telefon und lese mit einem Grinsen die eingegangene SMS: «Ich liebe das Studium. Niemand merkt, wenn man mal drei Tage schwänzt! Brauche dringend Sonne. Ich buche jetzt einen Flug. Holst du mich ab? À bientôt, Maria!»

11. Die Nummer ist aus Monaco. Eine freundliche Dame nimmt ab und ist erstaunt.

«Ach, Sie rufen wegen der Au-pair-Stelle an? Hängt der Zettel immer noch an dem Schwarzen Brett in der Uni?»

«Ja, haben Sie schon jemanden gefunden?»

Die Frau denkt vermutlich, ich sei selber auf der Suche nach einer Stelle, entschuldigt sich: «Ja, ja, wir haben jemanden. Der Zettel ist wirklich schon monatealt. Aber wenn Sie möchten, kann ich mich mal umhören für Sie! Sie kommen aus Deutschland?»

Ich sage ja.

Im Hintergrund beginnt ein Baby zu weinen.

«Tatjana, c'est le bébé. Tu t'en occupes?», ruft die Frau in den Raum. «Verzeihung, ich habe nur eben mit unserem Au-pair-Mädchen gesprochen.»

«Tatjana?», frage ich.

«Ja, genau. Sie kommt aus Polen. Vor einem Jahr hatten wir ein Mädchen aus Deutschland, aber sie ist nicht mehr da.»

Die Frau klingt auf einmal ganz anders. Der Tonfall ein wenig nachdenklich und zögernd. Vielleicht hat sie schlechte Erfahrungen mit ihrem deutschen Au-pair-Mädchen gemacht?

«Was ist denn passiert?», hake ich nach und erkläre, dass ich für das Radio etwas über Au-pairs machen möchte.

«Ach, das ist eine längere Geschichte. War nicht so glücklich. Am Ende war sie nicht mehr da», gibt sie zurück.

Bestimmt gab es Ärger mit einem Jungen oder wegen der Freizeit. Das habe ich schon häufiger gehört, dass Au-pair-Mädchen sich verlieben und sich daraufhin mit ihrer Familie verkrachen und ausbüxen, also weglaufen. Andersherum gibt es aber auch Horrorgeschichten über Familien, die anfangs nett sind und den Eltern daheim versichern, dass sie sich gut kümmern werden, um die Au-pairs dann wie Sklavinnen zu behandeln. Alles schon da gewesen. Keine Ahnung, was hier zur Entzweiung geführt hat.

Ich habe das Gefühl, die Dame möchte noch etwas sagen, im Hintergrund steigert sich das Schreien des Babys aber im Sekundentakt.

«Tatjana, viens vite!» Die Frau klingt nicht mehr wirklich entspannt. Ihr polnisches Au-pair wäre mir als Interviewpartnerin auch keine große Hilfe, es sei denn, sie kann Deutsch.

«Aber warten Sie, ich kann Ihnen die Nummer meiner Nachbarin ein paar Häuser weiter geben. Die haben schon sehr lange Janne. Ein deutsches Mädchen.»

Ich notiere die Nummer, bin mir aber nicht sicher, ob die Frau meinen Dank bei dem Lautstärkepegel im Hintergrund noch gehört hat.

12. Janne Schuster hebt sofort ab. Sie klingt skeptisch, als ich mich vorstelle. «Ich arbeite für einen deutschen Radiosender hier in Monte Carlo und würde gerne eine Sendung über das Leben von Au-pairs machen. Störe ich dich gerade?»

Janne ist allein zu Hause.

«Ich bereite gerade das Mittagessen für die beiden Kinder zu. Die muss ich gleich aus der Schule abholen. Es passt nicht wirklich gut!»

Das ist nicht die Antwort, die ich mir erhofft hatte. «Aber du hast doch bestimmt auch irgendwann mal frei?»

«Vormittags bin ich in der Sprachenschule. Was genau willst du denn wissen?»

Es klappert am anderen Ende der Leitung. Janne hantiert wohl nebenbei mit Töpfen und Tellern.

«Ach, ein bisschen hören, was du so machst, wie viele Stunden du dich um die Kinder kümmern musst, ob du überhaupt Zeit hast, dir die schöne Gegend anzuschauen.»

Janne zögert und überlegt lange. Aus ihr etwas herauszukitzeln dürfte nicht so einfach werden.

«So richtig viel zu erzählen habe ich gar nicht!»

Da habe ich mir wohl ausgerechnet die langweiligste aller Au-pairs herausgefischt. Ich muss dranbleiben, schließlich ist sie mein einziger Kontakt. «Vielleicht können wir uns trotzdem mal treffen. Ich würde mich freuen!»

«Wird das dann live gesendet?», fragt Janne. Es klingt ängstlich. Theo Reimer hat mir mal erklärt, dass viele Menschen Mikrophonangst haben.

«Nein, wir sprechen erst mal nur so miteinander. Das Mikrophon läuft, aber ich schneide das hinterher zusammen.»

«Ach, ich weiß nicht ...»

Mann, ist die schwer zu knacken. Ich muss anders an sie herankommen.

«Ich hätte so gerne auch ein paar Tipps von dir. Ich wollte nämlich selber als Au-pair-Mädchen nach London gehen.»

In Jannes Stimme mischt sich zum ersten Mal ein Hauch von Leben.

«Ach, wirklich? Ich dachte, du bist Moderatorin?»

Ich muss lachen. «Noch lange nicht. Ich mache meine Ausbildung beim Radio. Hatte totales Glück, dass sie mich genommen haben. Sonst würde ich jetzt auch an der Wickelkommode stehen.»

Kein Klappern mehr am anderen Ende der Leitung, Janne konzentriert sich nicht mehr auf ihre Teller.

«Ach so. Wie alt bist du denn?»

«19. Und du?»

«Ich auch!»

«Dann lass uns doch einfach mal so treffen. Und wir schauen, ob du Lust hast, was zu erzählen, okay?»

«Na gut», sagt Janne und klingt nicht mehr ganz so verschlossen.

Wir verabreden uns für den kommenden Sonntag, Jannes einzigen freien Tag. Ich schlage ein Café in Nizzas Altstadt vor. Jenes Café, in dem ich eigentlich Guillaume näherkommen wollte. Ich bin zufrieden mit dem Gespräch, immerhin ist ein Treffen rausgekommen. Was alles andere als einfach war. Allerdings bleibt der Beigeschmack, einer Vegetarierin ein Steak serviert zu haben, was sie partout nicht haben wollte.

Schlaf, Kindlein schlaf,
Dein Vater ist ein Schaf,
Deine Mutter ist im fremden Land,
Warum nur ist sie weggerannt?
Schlaf, Kindlein, schlaf

13. Sie ist hübsch, aber blass. Eine Jeans und ein T-Shirt trägt sie. Irgendwie sieht Janne geschafft aus. Als einzigen Schmuck hat sie eine Kette mit einem Anhänger in Form eines Seesterns um. Sie sitzt mit verschränkten Armen auf dem Stuhl.

«Hallo, ich bin Ella. Toll, dass du gekommen bist.»

«Richtig lange habe ich aber nicht Zeit.»

Bevor Janne einen Rückzieher macht, bestelle ich zwei kühle Getränke und ein wenig Chips, Schinken und Käse. Janne sieht so aus, als könne sie etwas auf den Rippen vertragen. Sie schielt unsicher auf das Mikrophon in meiner Hand.

«Woher kommst du denn eigentlich?», frage ich und stecke das Mikrophon zurück in die Tasche. Erleichtert atmet Janne auf.

«Aus einem kleinen Ort in der Nähe von Schwerin, oben an der Ostsee. Da wohnen meine Eltern.»

«Ach! Da in der Nähe war ich mal an einem Wochenende. Fand ich toll, ihr habt so breite Strände! Warum bist du denn eigentlich hier?»

«Gute Frage!», stöhnt Janne. «Manchmal frage ich mich das auch. Vor allem im Sommer. Du glaubst nicht, wie sich die Leute dann am Strand übereinanderstapeln. Ein Handtuch neben dem anderen. Das ist wirklich vollkommen anders als zu Hause.»

Ich hole das Mikrophon heraus und lasse mir von Janne mit einem Nicken das Okay geben, es einzuschalten.

«Aber na ja, so häufig bin ich gar nicht am Strand, hab ja auch nicht ständig frei. Manchmal gehe ich mit den Kindern ans Wasser. Die Eltern sind ja sehr beschäftigt.»

Sie verdreht die Augen leicht gen Himmel.

Da haben wir wohl ein gutes Beispiel für die Sklaventreiberfamilien. Janne erzählt vorsichtig, dass die Arbeit schwieriger ist, als sie dachte. Frühmorgens die Kinder fertig machen, dann Sprachenschule, schnell zurück nach Hause, kochen, Kinder wieder abholen, Bett.

«Nicht halb so glamourös, wie ich mir das in meinem Nest an der Ostsee ausgemalt habe.»

Sicherlich muss es anstrengend sein, die Kinder anderer Leute zu betreuen.

«Die Eltern arbeiten viel. Der Vater zumindest, die Mutter hat viele Termine, mit Freundinnen und beim Friseur.»

Ich schmunzele. Janne hat Humor, unter einer dicken Schicht Schüchternheit versteckt, aber langsam taut sie auf.

«Sag mal, hättest du Lust, noch ein Stück an der Promenade entlangzulaufen?»

Janne zögert. «Ich muss eigentlich bald den Zug kriegen, um pünktlich wieder zu Hause zu sein.»

«Ach komm, nur ein paar Meter.»

Janne steht zögerlich auf. Ich zahle für uns beide, wofür Janne sich sehr höflich bedankt. Wir gehen durch ein Arkadentor hindurch direkt zur Strandpromenade, der Promenade des Anglais.

«Jetzt bin ich schon so lange in Monaco und war noch nicht ein einziges Mal hier in Nizza.»

«Echt nicht? Lassen sie dich nie weg?»

«Ganz selten. Auch heute wollten sie es eigentlich nicht. Ich habe aber so viel gearbeitet, dass ich das Recht auf eine freie Stunde habe.» Janne sagt das mit Nachdruck. «Aber heute Nachmittag muss ich wieder zu Hause sein», erklärt sie und blickt auf ihre Uhr. Ein bisschen Zeit hat sie noch.

«Toll, nicht?», nehme ich den Faden auf. «Da ist man extra von zu Hause weg, ins Ausland, um sich nicht mehr von seinen Eltern herumkommandieren zu lassen, und dann kommt man vom Regen in die Traufe.»

Janne lacht. Und zum ersten Mal lachen ihre Augen mit.

Sie erzählt Anekdoten über die Familie, die Kinder, die glauben, alles zu dürfen. Bloß, weil die Eltern viel Geld haben. «Die Hose des dreijährigen Sohns kostet mehr als der gesamte Inhalt meines Kleiderschranks. Aber das ist mir nicht so wichtig. Es geht darum, wie man jemanden behandelt. Manchmal sitze ich in meinem Zimmer und bin einfach nur geschafft.»

Ich überlege, ob es wohl allen Au-pair-Mädchen so geht. Wir setzen uns auf die Mauer, die den Strand von der Promenade abtrennt. Unter uns ist der Steinstrand. «Ein paarmal war ich auch mit Rebecca am Strand, auch einer Au-pair, aber als sie dicker wurde, hatte sie keine Lust mehr darauf. Der Sand in Monaco ist schöner.»

«Auf jeden Fall gemütlicher», stimme ich ihr zu. Ich frage sie, ob ich noch einmal mein Mikro anstellen darf. Ich darf.

«Einmal», ereifert sich Janne «hatte ich wirklich hohes Fieber. Ich lag schon im Bett, hatte nicht mit der Familie zu Abend gegessen. Und dann? Klopft es an meiner Tür, der Vater ruft durch die Tür, dass ich zum Tischabräumen kommen kann. Da habe ich richtig geweint.»

Horror ist das! Natürlich sind Au-pairs nicht die eigenen Kinder und bekommen auch Geld (nicht gerade viel, wie Janne berichtet). Ein wenig Fürsorge ist aber doch bitte schön nicht zu viel verlangt. Wie ein Familienmitglied sollten sie behandelt werden, quasi wie die große Schwester.

Weint sie? Ich schiele schräg zu Janne und bin mir nicht ganz sicher, ob das Feuchte in den Augenwinkeln Tränen sind. Könnte auch von der Meeresbrise kommen.

«Und wie ist es so in der Sprachenschule?», frage ich nach und schaue versonnen aufs Meer. Angenehm warm ist es. Bald wird es so heiß sein, dass man sich nur noch an den Strand schleppen kann. Aber jetzt im Frühling ist es genau richtig.

Janne springt auf. «Ich muss los!», sagt sie hektisch, ohne auf meine Frage zu antworten, und reißt mich aus meiner relaxten Stimmung.

«Jetzt schon? Hast du nicht noch ein wenig Zeit?»

Janne schüttelt den Kopf. «Nein, die flippen komplett aus.» Jetzt hat sie wieder den gehetzten Blick von vorhin drauf. Als ich mich erheben will, um mich von ihr zu verabschieden, klingelt mein Handy. «Entschuldige, kann ich kurz rangehen?»

Janne zuckt mit den Achseln und nickt.

«Hallo? Maria! Hey, super, dass du anrufst.» Ich freue mich so sehr, die Stimme meiner Freundin zu hören. Wir haben so lange nicht mehr miteinander gesprochen. «War deine SMS ein Scherz, oder kommst du wirklich?», frage ich. «Echt, du kommst. Schon übermorgen? Ob ich was dagegen habe? Natürlich nicht. Ich weiß nur nicht, ob ich arbeiten muss. Aber das sehen wir dann. Sonst musst du so lange bei Guillaume warten.» Ich lache. Maria kreischt ins Telefon. Ich schaue kurz mit einem entschuldigenden Blick zu Janne. Sie grinst. «Ich muss aufhören. Mail mir doch deine Ankunftszeit. Ich hol dich ab. Tschüs!!» Glücklich drücke ich den roten Knopf auf dem Handy. Maria! Kommt! Mich! Besuchen!

«Wer war denn das?», fragt Janne. Die erste persönliche Frage, die sie stellt.

«Meine beste Freundin Maria aus Hamburg. Sie kommt mich besuchen.»

«Mal eben so?»

«Eigentlich studiert sie. Aber ihr Vater meint es sehr gut mit ihr. Er hat mir den Job hier besorgt und möchte bestimmt, dass Maria nachsieht, ob alles in Ordnung ist. Das wird klasse.»

«Ach, wäre das toll, wenn mich mal eine Freundin besuchen würde», sagt Janne nachdenklich. «Seit Rebecca weg ist, hatte ich keine richtige Freundin mehr.»

Blöd, denke ich. Wenn man ein anderes Au-pair-Mädchen aus einer anderen Stadt kennenlernt, das dann wieder zurückmuss.

«Wenn Maria da ist, können wir gerne mal was zusammen machen», schlage ich vor. «Hast du Lust?»

«Lust schon. Mal sehen, ob ich Zeit habe.»

Mein Blick fällt auf einen Eisstand. «Ich hab so Lust auf Nusseis. Möchtest du auch eins?»

«Nee, bloß nicht!», sagt Janne angewidert und wedelt abwehrend mit den Händen.

Jemand, der kein Eis mag. Hab ich noch nie getroffen. Kein Wunder, dass sie so dünn ist, denke ich und bekomme sofort ein schlechtes Gewissen.

«Äh, nee, muss ja auch nicht sein», mache ich eine verbale Rolle rückwärts.

«Doch, Eis ist schon okay. Bloß bitte kein Nusseis. Ich bin allergisch gegen Nüsse. Aber sieben Kugeln Schokolade wären prima!»

Ich lache und stehe auf. Janne ist strange, aber auch lustig. Irgendwie mag ich sie. Hinter ihrer Maske steckt ein fröhliches, humorvolles Mädchen. Eisschleckend flanieren wir weiter am Strand entlang. Ob ich das Thema Sprachenschule noch einmal anschneiden soll?

«Meinst du wirklich, ich könnte mal was mit euch unternehmen, mit Maria und dir?», wagt Janne sich vor.

«Na klar. Wir können vielleicht ins Kino, oder besser in einen Club mit französischer Musik!»

«Das wär schön. Ich frage vielleicht mal bei meiner Familie nach.»

«Was sagen denn deine Eltern dazu?», erkundige ich mich, als ich das Mikrophon wieder angestellt habe. Inzwischen merkt Janne gar nicht mehr, dass es läuft.

Janne schaut zu Boden, ihre Augen glänzen wieder.

«Ich erzähle ihnen das alles gar nicht so genau. Wir haben uns Weihnachten kurz gesehen, da war ich zu Hause.»

«Das war bestimmt schön.»

Jannes Augen leuchten wie die Kerzen am Weihnachtsbaum.

«Ja, ich hab mich so wohl gefühlt. Wir haben Gans mit Rotkohl gegessen, richtige Portionen und deftig, wir haben gesungen und uns hübsche Geschenke gemacht. Mama hat Schmuck bekommen, ich einen schönen Rock, Papa eine Uhr, dann sind wir in die Kirche, das war klasse.»

Janne berichtet, wie schwer es war, wieder zurückzufliegen. Von den Problemen mit der Familie hat sie zu Hause gar nichts erzählt. Ihre Eltern hätten sie nie wieder weggelassen. Für die beiden ist Monte Carlo eine komplett andere Welt, die sie nur aus dem Fernsehen kennen. Irgendwie unwirklich.

«Warum machst du das denn weiter?»

Janne stockt kurz. «Weil ich unbedingt richtig Französisch lernen möchte. Deswegen gehe ich ja auch in die Sprachenschule *Beausoleil*. Obwohl es da auch nicht so leicht ist. Vielleicht wechsel ich einfach die Familie.»

Ich lausche und werde wütend. Am liebsten würde ich zu ihren Gasteltern rennen und ihnen mal ganz gehörig die Meinung geigen. Wie kann man jemanden nur so blöd behandeln? Da haben mit Sicherheit Gefängnisinsassen mehr Ausgang.

«Guck mal, dahinten!» Janne zeigt auf blaue Netze am Strand.

«Was ist das?», frage ich.

«Trampoline, oder?»

Da sehe ich es auch. Na klar. Vier Trampoline, die nebeneinander am Strand stehen und von Netzen umzäunt sind. Zwei kleine Kinder hüpfen darauf herum.

«Bei uns an der Ostsee haben sie die auch am Strand. Die sind super.» Janne strahlt übers ganze Gesicht. «Ich war früher mal beim Turnen. Da haben wir immer einen Salto auf dem Trampolin gemacht.»

Ich bin beeindruckt. «Ob du das noch kannst?»

«Ich weiß nicht genau. Mein Trainer hat immer gesagt, ich sei ganz gelenkig.»

Das kann ich mir gut vorstellen. Janne hat die Figur einer Turnerin. Sie hat einen Schwanenhals, die Seesternkette steht ihr sehr gut. Ich bekomme prompt wieder Gewissensbisse und denke an das Eis in meinem Magen. Und die braunen Nusseisflecken auf meiner Bluse. Typisch, dass ich wieder gekleckert habe. Aber egal. Darüber ärgere ich mich schon lange nicht mehr.

«Probier es doch mal aus!», schlage ich vor. Janne ziert sich, aber ich merke, dass sie unbedingt will. «Nur, wenn du mitmachst.»

«Äh, ich bin nicht so die zarte Kunstturnerin. Ich kann eher mit Bällen», verteidige ich mich.

«Macht nichts, ich zeig dir, wie es geht.» Janne ist komplett in ihrem Element. Als wir bei den Trampolinen angekommen sind, zieht sie schnell ihre Schuhe aus, auch die fünf Euro können sie nicht abschrecken. Zögerlich klettere ich hinterher. Janne steht schon auf dem blauen, weichen Boden und springt hoch und höher; dreimal so hoch wie ich. Ich knalle ein paarmal hin.

«Mehr aus der Hocke rauskommen, Ella», rät sie mir, und schon flutscht es auch bei mir besser.

Als Janne ihren Salto hinlegt, strahlt sie wie ein kleines Kind. «Das ist super! Endlich mal wieder. Ich kam mir schon komplett verrostet vor in den letzten Monaten!»

«Wenn ich mir das so anschaue», gebe ich schnaufend zurück, «komme ich mir mein gesamtes Leben verrostet vor!»

Nach zehn Minuten müssen wir runter. Janne lacht immer noch, hat eine frische Gesichtsfarbe und ist null außer Puste. Ganz im Gegensatz zu mir.

«Oh, mon Dieu. Ich muss erst einmal wieder Luft bekommen. Das ist ja besser als eine halbe Stunde Jogging!»

«Na klar. Sag ich doch!», meint Janne strahlend.

Ich freue mich, dass sie sich so freut. Kurz beuge ich mich nach unten, um meine Turnschuhe zuzubinden. Als ich mich wieder aufrichte, sieht Jannes Gesicht komplett anders aus. Von Lachen und Fröhlichkeit kann keine Rede mehr sein. «Ella, ich muss los. Es ist schon viel zu spät!» Voller Angst starrt sie ihre Uhr an. Verdammt, stimmt, wir haben komplett die Zeit vergessen. «Kannst du nicht anrufen und sagen, dass du etwas später kommst?», schlage ich vor.

«Dann gibt es richtig Ärger!» Hastig schlüpft Janne in ihre Schuhe und will lossprinten. «Nun warte doch. Auf die paar Minuten kommt es doch auch nicht mehr an. Ich fahre dich mit meinem Auto. Dann bist du schneller da!»

«Wirklich?», fragt Janne hoffnungsfroh.

«Na klar. Ich will doch nicht, dass du Ärger bekommst.»

Auf dem Weg zum Auto bitte ich Janne darum, ein Foto von ihr machen zu dürfen, das ich möglicherweise auf die Radio-Bleue-Homepage stellen will. Erst ziert Janne sich, lässt es dann aber doch zu. Seit sie weiß, dass ich sie im Auto bringe, ist sie wieder etwas entspannter.

Als wir in meinem Wagen sitzen, atmet sie hörbar auf. «Vielleicht merken sie gar nicht, dass ich so spät komme.»

«Soll ich mit reinkommen und dich entschuldigen?», will ich wissen.

«Das ist nett, Ella. Aber eine ganz schlechte Idee.»

«Meinst du, ich kann deine Eltern in Monte Carlo mal interviewen?», hake ich nach.

«Waas? Nein, das geht, glaube ich, auf keinen Fall! Es sei denn, du legst dich neben die Mutter auf die Massagebank oder begleitest den Vater in eine seiner Sitzungen.» Sie hat wieder dieses kleine, fiese Grinsen aufgelegt, das mir so gefällt.

Die müssen wirklich streng sein, denke ich.

«Wenn Maria da ist, rufen wir dich an, ja?»

«Äh ja, würde ich gern, ich frag nach, okay? Danke, Ella. Es war toll heute.» Hastig packt sie ihre Sachen zusammen, als wir vor ihrer Tür in Monaco halten.

Ich kritzele etwas auf einen Zettel und reiche ihn Janne.

«Hier ist meine Nummer, wenn du vielleicht doch Zeit hast. Oder noch andere Au-pairs kennst, die Lust haben, mir ein Interview zu geben.»

Janne schüttelt den Kopf. «Mal sehen.» Sie gibt mir auch ihre Handynummer.

Ich hoffe, dass sie ihren Gasteltern mal ordentlich was erzählt, oder zumindest fürs Erste einen freien Abend herausschlagen kann.

14.

«Kann es sein, dass du neulich bei mir etwas vergessen hast?» Ich lehne mich locker an die Haustür und schaue Guillaume direkt in die Augen.

«Was soll ich denn vergessen haben?», fragt er mit einem Lächeln zurück.

«Na, mich!», sage ich und stupse ihn gegen den Arm und lache.

Ja, ich gebe es zu, ich habe Oberwasser, der Tag mit Janne war toll, das Interview auch, sie hat einiges erzählt. Daraus kann ich bestimmt einen guten Beitrag stricken. Den ersten meines Lebens. Ich gehe wie auf Watte. Endlich läuft mal was rund. Und Maria kommt. Das ist sowieso die allerbeste Nachricht des Tages. Was ich ihr alles zeigen werde. Die Stadt, den Strand, den Sender. Vielleicht treffen wir da auch Jens. Dann kann Maria mal sagen, was sie von ihm hält. Ich bin nämlich recht unentschieden bei diesem Thema. Mal ist er ganz nett, dann wieder seltsam. Ich werde nicht recht schlau aus ihm. Und ihre Meinung zu Guillaume interessiert mich selbstverständlich auch. Mir schwirrt der Kopf. Am liebsten würde ich sofort mit dem Beitrag loslegen. Keine Ahnung, ob er wirklich gesendet wird. Aber übermütig male ich mir aus, wie Reimer der Mund offen stehen bleibt, weil ich ein hochkarätiges, brisantes Thema so taktvoll und intelligent umgesetzt habe.

Hallo, Frau Thomsen, ist da irgendjemand zu Hause?, meldet sich mein inneres Ich zu Wort.

Wir reden hier über einen simplen Radiobeitrag, der in dem Haufen der unzähligen Buchstaben und Wörter im Äther schlicht und einfach verpuffen wird.

Aber egal. Hauptsache, ich darf die Sendung machen. Und Guillaume lässt mich nicht länger im Flur stehen.

«Ich bräuchte mal bitte deine Hilfe!»

«Na, komm herein.»

Endlich!

Ich habe folgenden Plan: Guillaume hilft mir beim Bearbeiten des Tonmaterials. Und später machen wir unter Umständen da weiter, wo wir gestern aufgehört haben.

Aber erst einmal Janne.

Ihr habe ich versprochen, das Interview seriös zu bearbeiten und später zu senden. Bevor die Arbeit nicht getan ist, will ich nicht an Ablenkung denken.

Eine Stimme reißt mich aus meinen Gedanken. «Salut, hallo!»

Eine brünette ältere Französin streckt mir im Flur energisch eine Hand entgegen. In der anderen Hand trägt sie eine Tüte mit Müll. Sie stellt sich als Isabelle vor. Wo kommt die denn jetzt bitte her? Und zu wem gehört sie? Für Guillaume ist sie eigentlich viel zu alt, obwohl sie sehr attraktiv aussieht. Steht Guillaume auf ältere Frauen? Dann kann ich gleich einpacken.

Sei nicht zickig, Ella. Gib dich ganz normal und natürlich, ermahne ich mich. Isabelle mustert mich von oben bis unten und sieht dann Guillaume mit einem vielsagenden Blick an. Sie lächelt mich an, zieht sich die Jacke über und küsst Guillaume mehrfach auf die Wangen. Guillaume flüstert ihr etwas ins Ohr, Isabelle verzieht die Mundwinkel und verschwindet mitsamt der Mülltüte und vier Pizzaschachteln in Richtung Tür. Scheint beleidigt zu sein. Hat sie einen Anspruch auf Guillaume, habe ich ein Exklusivrecht? Wer hat das schon auf irgendjemanden. Es trifft mich zu sehen, wie vertraut die beiden miteinander umgehen. Aber er weiß ja noch nicht einmal, dass ich ihn auf meiner Kandidatenliste ganz oben platziert habe. Das wusste ich bis vor kurzem ja selber nicht. Dass ausgerechnet jetzt eine andere Frau ins Spiel kommt, nagt an mir und verunsichert mich. «Wer war das denn?», frage ich möglichst unbeteiligt, nachdem die Tür ins Schloss gefallen ist.

«Ach, niemand», gibt Guillaume zurück. «Unsere Putzfrau!»

Stimmt, sie hat ja den Müll runtergetragen. Na, der hat seine Frauen wirklich gut im Griff. Ob er mich nachher noch bittet, mal schnell durchzuwischen? Nötig hätte es die Wohnung auf jeden Fall.

«Wir arbeiten manchmal zusammen!», sagt Guillaume vage. Ich verkneife mir zu fragen, was die beiden sonst noch so zusammen machen.

«Könntest du mir helfen, ein Interview am Computer zu schneiden?»

«Wieso machst du das nicht bei Radio Bleue?»

Wie uncharmant. Anstatt sich zu freuen, dass ich ihm, nur ihm technisch wirklich vertraue, reagiert er eher neutral. Habe ich ihn womöglich doch gestört beim «Arbeiten mit Isabelle»? Hätte er mich doch gleich rausschmeißen können.

Sicherlich wäre es ebenso möglich gewesen, sich ins Auto zu setzen, nach Monte Carlo zu fahren und im Sender zu arbeiten. Ich habe aber keine Lust, nach so einem netten Tag in einer derart unpersönlichen Umgebung zu schuften. Das hätte viele Überstunden bedeutet, da Jean-Luc, der Techniker, mir sicherlich noch ausführlich von seinen neuesten Liebeseroberungen erzählt hätte.

«Im Sender ist so viel los heute. Die bereiten da eine große Sendung vor», schwindele ich eine Antwort zusammen. «Außerdem wäre es toll, wenn du mir noch ein paar Tricks mit dem Schnittprogramm zeigen könntest.»

«Na klar, mache ich doch gerne», verspricht Guillaume und streicht mir dabei zärtlich über die Schulter.

Na, endlich eine Reaktion, wie ich sie mir erhofft habe. Eng, sehr eng beieinander sitzen wir beide auf Stühlen vor Guillaumes Computer. Per USB-Kabel lädt er das Tonmaterial aus meinem Aufnahmegerät in seinen Rechner. Zwanzig Minuten Interview habe ich in mehreren kleinen Teilen aufgezeichnet.

Die besten Sätze von Janne schneiden wir zu kleinen Clips zurecht. Ich schreibe die wichtigsten Informationen mit, aus denen ich meinen Text formulieren werde.

«Willst du eigentlich nur über Janne den Bericht machen?», fragt Guillaume.

Damit trifft er einen Nerv. Eigentlich wollte ich ja mehrere Mädchen interviewen, aber woher nehmen?

«Ich hätte gerne noch eine Stimme von jemandem aus der Au-pair-Agentur gehabt, aber die melden sich nicht. Und mehr Mädchen habe ich bisher nicht. Meinst du, das geht so nicht?»

«Doch, ich finde es gut. Janne erzählt sehr schön, obwohl

ich kaum Deutsch verstehe. Aber irgendwie klingt sie am Anfang ein bisschen traurig. Findest du nicht?»

Findet er wirklich? So ein bisschen hatte ich ja auch den Eindruck, dass Janne etwas belastet. Bei der Gastfamilie kein Wunder. Am Rande nehme ich freudig wahr, dass in Guillaume eventuell ein großer Frauenversteher schlummert.

15.

«Salut. Un pain au chocolat s'il te plaît!» Genau das brauche ich jetzt. Ein Schokoladencroissant. Dazu bestelle ich mir in dem Café auf dem Blumenmarkt in der Altstadt von Nizza noch einen warmen Kakao. Na gut. Damit ist mein Kalorienbedarf für den Tag eigentlich gedeckt. Habe ich mir aber auch verdient. Bis tief in die Nacht habe ich mit Guillaume den Beitrag geschnitten. Und trotz Müdigkeit bin ich eben doch glatt joggen gewesen. So euphorisiert, wie ich war, bin ich zur Promenade des Anglais getrabt. Um die frühe Uhrzeit waren kaum Jogger unterwegs. Denjenigen, die an mir vorbeigelaufen sind, habe ich fröhlich zugenickt, und sie haben zurückgegrüßt. Es ist aber einfach auch ein riesengroßer Unterschied, ob man mit hochgezogenen Schultern bei Schmuddelwetter in Hamburg an griesgrämigen anderen Läufern vorbeijoggt oder aber am Strand von Nizza und dabei den Sonnenaufgang beobachtet und die kleinen Schaumkronen auf dem azurblauen Meer. Im Café genieße ich mein Croissant und blättere mich durch den *Nice Matin*. Mein Französisch ist um einiges besser geworden, seit ich regelmäßig die Tageszeitung lese. Lesen bildet. Vor allem Wörter wie Capricorne oder Sagittaire habe ich neu gelernt, was hochtrabender klingt, als es ist. Die Wörter heißen Steinbock und Schütze, sind also Sternzeichen, weil ich ehrlich gesagt als Allererstes in der Zeitung das Horoskop studiere. Ich selber bin ja Skorpion.

«Et alors, Ella, ton horoscope?» Der Kellner Marc wischt den Tisch neben mir ab und schaut interessiert zu mir herüber.

Er zieht mich gerne damit auf, dass ich hier Tag für Tag sitze, mein Horoskop lese und entweder total begeistert oder bedröppelt schaue. Je nachdem, was ich gerade über die Skorpione gelesen habe. Marc ist ungefähr Mitte 50. Ich darf ihn duzen. Ich mag ihn, weil ich jeden Tag hier sitzen kann, er mich kurz mit dem Horoskop neckt, dann aber auch wieder in Ruhe lässt. Ich weiß noch nicht einmal, was Guillaume und Jens für Sternzeichen sind. Theo ist Waage. Das passt.

«Comme ci, comme ca!», antworte ich Marc.

Er schaut mir von hinten über die Schulter, fährt mit seinem Finger über die Horoskopzeilen und liest halblaut vor. «Sie werden die Liebe Ihres Lebens kennenlernen. Sie müssen es nur bemerken. Schauen Sie sich um, die Liebe steht direkt hinter Ihnen», liest er weiter seinen selbsterfundenen Text vor.

Ich lache laut los, drehe mich zu ihm und klopfe ihm scherzhaft mit der Zeitung über die Finger. Recht hat er. Horoskope sind totaler Schwachsinn, aber interessanter als die Börsenkurse. Gerne würde ich hier den ganzen Tag verbringen, ein Buch lesen und einfach nur sinnlos in die Gegend starren. Das geht nur leider nicht, weil ich zur Arbeit muss und vorher noch duschen. Schweren Herzens trinke ich meinen Kakao aus, bezahle und lasse 50 Cent Trinkgeld auf dem Bistrotisch liegen. Marc zwinkert mir aufmunternd zu. Auf dem Blumenmarkt kaufe ich mir einen kleinen Strauß Lavendel. Beim Bäcker nehme ich noch ein normales und ein Schokocroissant mit. Die Tüte lege ich kurze Zeit später bei Guillaume vor die Haustür. Als kleines

Dankeschön. Ich will ihn nicht wecken, klingele deswegen nicht.

Theo Reimer sagt nichts. Lange nicht. Das kann alles bedeuten. Ich halte die Luft an, weil ich auf sein Urteil warte. Ich habe ihm den Beitrag über Janne vorgespielt, den Guillaume und ich bis tief in die Nacht zusammengeschnippelt haben. Als ich völlig übermüdet mit den Clips fertig war, wollte ich noch schnell den Text einsprechen, aber Guillaume hat mich zurückgehalten.

«Ich verstehe natürlich nicht halb so viel wie du von dem Geschäft», hatte er gesagt, und ich war mir nicht sicher, ob er sich über mich lustig machte. Sein Gesicht sah aber besorgt aus. «Vielleicht solltest du dich lieber ein wenig ausruhen und dann den Text sprechen. Sonst klingst du zu müde. Das wäre für deinen ersten Beitrag bestimmt nicht so toll.»

Mir gefiel, dass er sich so kümmerte und dass er recht hatte. Vor allem gefiel mir, dass Guillaume unter «sich ausruhen» verstand, dass er mich auf sein Bett dirigierte, meinen Kopf in seiner Armkuhle platzierte und wir beide in dieser Haltung ein paar Stunden dösten. Irgendwie innig, aber irgendwie auch wie Bruder und Schwester. Als wir wieder aufwachten, fühlte ich mich fit genug, den Beitrag einzusprechen. Danach war ich beim Joggen.

«Der Sprechunterricht scheint etwas gebracht zu haben», beginnt Theo Reimer endlich. «Du singst längst nicht mehr so wie zu Beginn, Ella, hier und da betonst du noch falsch, aber im Großen und Ganzen nicht schlecht. Vor allem klingst du hellwach, das ist klasse.»

Ich versuche meine Gesichtszüge unter Kontrolle zu halten, um nicht in lautes Lachen auszubrechen. Ich klinge also hellwach. Wenn er wüsste, wie es zustande gekommen ist und wie es beinahe geklungen hätte. Wie eine Schlaftablette auf Valium.

«Müde ist ein Fremdwort für mich. In meinem Alter

ist man auch nach drei Tagen ohne Schlaf noch fit wie ein Turnschuh!», necke ich meinen Chef, der mein ausgelassenes Geplapper mit einem Gähnen quittiert.

«Mal ehrlich, ist das okay, was ich gemacht habe?», frage ich noch einmal nach und klinge unsicher.

«Doch, das gefällt mir tatsächlich gut. Du hast Talent, Ella. Das Handwerkszeug bringe ich dir schon bei. Aber die Lebendigkeit und Stimmlage, die hat man, oder man hat sie nicht. Du hast sie.»

Ich strahle übers ganze Gesicht. Das Lob bedeutet mir mehr als jedes Sternchen, das ich je von einem Deutschlehrer unter meine Aufsätze gemalt bekommen habe. Wenn Theo Reimer findet, ich habe die Grundlagen, eine gute Journalistin und Moderatorin zu werden, dann will ich ihm nicht widersprechen. Und ihn nicht enttäuschen.

Und ganz nebenbei kann ich mich ausgiebigst bei Guillaume dafür bedanken, dass er mich zum Schlafen gezwungen hat. Ich spüre weiter leichtes Unbehagen, was Guillaume betrifft. Dafür habe ich in Sachen Männer einfach zu wenig Erfahrung und immer noch im Blut, dass ich stets nur der gute Kumpel bin. Außerdem wüsste ich gerne, wer diese Frau bei ihm war. Ich möchte so ungerne austauschbar sein. Für ihn.

«Hey, unsere Knöllchen-Lady! Schön, dich wiederzusehen. Wie geht's dir?»

Jens ist wie aus dem Nichts neben mir aufgetaucht und lächelt mich an. Den hatte ich gar nicht mehr auf der Rechnung, viel zu sehr hatte ich mich über seinen Auftritt im Polizeipräsidium geärgert. Wie er mich da hat auflaufen lassen. Und nun steht er neben mir und tut so, als sei nichts gewesen. Verdammt, er riecht gut. Ich merke, wie ich ein paar Millimeter näher an ihn heranrücke. Dieser herbe Duft zieht mich an wie ein Magnet. Das passt mir gar nicht, weil ich ihm eigentlich die kühle Schulter zeigen will. «Na, hattest du schon deine erste Sendung?», frage ich deshalb betont sachlich und rücke wieder ein Stück ab.

Jens grinst, und ich befürchte, dass er bemerkt haben könnte, was ich gedacht habe.

«Oh, sieh mal, du haarst! Und das im Frühling!», sagt er und zupft sich ein straßenköterblondes Haar von seinem T-Shirt. Dabei zucken seine Mundwinkel ein wenig. Wie ist das Haar denn jetzt bitte da hingekommen?

«Oh, entschuldige!», sage ich übertrieben bestürzt und denke daran, wie glatt gebügelt sein Hemd neulich war. Akribisch scanne ich sein T-Shirt ab und entferne nicht vorhandene Fusseln und Haare. «Bestimmt hattest du noch nie auch nur einen Fleck auf deiner Kleidung.»

Er nickt ernsthaft: «Stimmt, ich kaufe mir dann immer sofort ein neues Hemd. Wenn sich mir nur eine Frau mit fusselnden Haaren nähert, halte ich schon Ausschau nach dem nächsten Geschäft.»

«Bist du echt so ein ganz Ordentlicher?», frage ich, schaue mich um, sehe Papierstapel, leere Tassen und angetrunkene Orangensaftflaschen neben allerlei mehr oder weniger wichtigen Notizen liegen und spüre leichte Panik in mir aufsteigen. Ich bin das genaue Gegenteil.

«Na ja, ich werde auch Mister Akkurat genannt, aber das hat bestimmt nichts zu bedeuten», sagt er lächelnd. «Als ich meine Lehre gemacht habe, wollte mein Chef immer, dass wir megagenau sind und die Zettel so aufeinanderlegen, dass kein Fitzelchen hervorschaut. Das prägt einen fürs Leben.»

Oha, das wäre nichts für mich gewesen. Obwohl: Dann müsste ich nicht mehr drei Stunden pro Woche nach meinem Schlüssel und der EC-Karte suchen. Prompt bleibt Jens' Blick an den vier Flaschen hängen. Allesamt mit einem Rest Flüssigkeit drin. Die Pfütze Orangensaft in der einen Flasche hat schon einen Schimmelflaum angesetzt. Schnell schaue ich in eine andere Richtung.

«Sieh mal, Ella. Diese Flaschen da zum Beispiel. Ist das nicht eklig, dass die da so rumstehen und der Besitzer sie weder austrinkt noch wegbringt?»

Ich nicke heftig, so als wäre ich unglaublich entsetzt.

«Aber ich bin mir sicher», flüstert er, «dass du mir helfen wirst, den Übeltäter zu finden. Stimmt's?»

Ich fühle mich ertappt. Die stehen da bestimmt schon seit Weihnachten. Dringend muss ich in einem unauffälligen Moment die Flaschen entsorgen. Um schnell wieder die Oberhand zu gewinnen, bringe ich das Gespräch zurück auf Jens' Sendung. «Also, wie lief es nun?»

«Es lief ganz gut. Also so mittel, um ehrlich zu sein.» Theo Reimer ist hinzugekommen und verdreht neben Jens die Augen.

Ich horche auf. Ist schwierig, die Unnahbare, Desinteressierte zu spielen, wenn man von unstillbarer Neugierde getrieben wird. «Was ist denn passiert?», frage ich besorgt.

«Ach, Jens hatte ein wenig mit der Technik zu kämpfen.»

«Okay, was heißt das genau?» Obwohl er sich blöd auf dem Polizeipräsidium benommen hat, soll er nicht gleich wieder gefeuert werden. Die Redaktion könnte gut jemanden gebrauchen, der hier mal klar Schiff macht und Ordnung in die Zettelwirtschaft bringt.

«Na ja, ich habe ein paar Knöpfe am Mischpult verwechselt», bemerkt Jens zerknirscht. Doch in seinen Augen blitzt ein schelmisches Flackern, als amüsiere er sich köstlich.

«Beim Telefoninterview mit dem deutschen Honorarkonsul. Wir haben live gesprochen, und dann habe ich aus Versehen den Knopf für das Gewinnspiel aktiviert.»

«Hör auf!», rufe ich. «Und was ist dann passiert?»

«Wir haben über Wirtschaftsperspektiven und so einen langweiligen Kram geredet.» Während er das erzählt, räuspert Reimer sich sehr laut und wirft Jens einen erzürnten Blick zu. Den ignoriert Jens. Na, das kann ja noch heiter werden mit den beiden.

«Der Konsul sprach gerade todernst über Prognosen und Ähnliches. Und plötzlich hörte man, wie jemand sagt: ‹Sie haben gewonnen!› – und dann so einen Tusch.»

«Oh nein!» Ich schlage mir die Hand vor den Mund. Wie der Konsul wohl reagiert hat? Bestimmt ist er so ein knochentrockener Typ, der überhaupt keinen Spaß versteht.

«Er konnte gar nicht mehr reagieren!», fährt Jens fort.

«Wieso das nicht?»

«Ich habe ihn aus der Leitung geschmissen!»

«Was?» Ich muss mich sehr zusammenreißen, um nicht loszuprusten.

«Ich wollte diesen Tusch ausmachen und habe stattdessen den Telefonregler ausgeschaltet. Mitten im Satz war er weg.»

All diese Fehler passieren jedem mal, aber doch nicht einem Radioprofi wie Jens, würde man denken. Das sind echte Anfängerfehler, die einem unterlaufen, wenn man adrenalingeschwängert vor lauter Aufregung nicht mehr weiß, was man tut. Ich spreche da aus Erfahrung.

«Ich habe die Knöpfe noch nicht so drauf. Vielleicht kannst du mir ein wenig Nachhilfe geben?», bittet Jens mich.

Bin ich hier im falschen Film gelandet? Das wäre in etwa so, als würde der Trainer vom HSV den Balljungen bitten, ihm bei der Aufstellung zu helfen.

«Soll ich dir beibringen, wie man in einer Oper singt?», frage ich scherzend.

«Das hört sich gut an. Noch lieber wäre mir aber, du würdest mir bei meiner nächsten Sendung ein paar kühle Getränke servieren», schlägt Jens mit unschuldigem Blick vor und schielt dabei in Richtung Schimmelflaschen.

Ich lache.

Blöd, dass ich komplett vergessen habe, dass ich eigentlich nie wieder ein Wort mit diesem Freese wechseln wollte. Und nun fühle ich mich extrem wohl in seiner Gegenwart, weil er Humor hat, sich selbst nicht so ernst nimmt und sich auch nicht von Reimers ernstem Gesichtsausdruck aus der Fassung bringen lässt.

«Ella, du weißt doch, dass du schon viel besser sprichst. Nun fang doch nicht wieder mit der Opernsängerin an.» Theo ist immer noch voller Ernst bei der Sache.

«Aber wie man sich verspricht und falsche Knöpfe drückt, können wir gerne zusammen üben!», ermuntere ich Jens. Warum soll ich mich nicht mal mit ihm treffen und ihm eine zweite Chance geben, sich ganz anders zu präsentieren? Könnte es sein, dass ich doch übertrieben reagiert habe, als ich Jens so schnell abgestraft habe? Momentan hat es den Anschein, als würde Jens sich tatsächlich um mich sorgen. Es schmeichelt mir, dass er sich für mich interessiert, obwohl er zehn Jahre älter ist. Und ihm scheint es ähnlich zu gehen.

«Von mir aus jetzt gleich!» Jens greift meinen Vorschlag, mit ihm üben zu wollen, sofort auf.

Na, der macht keine Gefangenen. Wenigstens einer, der weiß, was er will, und es auch sagt. Das gefällt mir. Reimer nicht.

«Mooment, bevor ihr beiden weggeht und euch einen schönen Abend macht, würde ich noch gerne über deinen Bericht sprechen, Ella.»

Ich erschrecke. Das hätte ich beinahe vergessen. Wie gut, dass er nicht das Wort Au-pair in den Mund genommen hat. Sonst hätte ich noch ein Problem mit Jens. Was mache ich denn jetzt? Ich werfe Reimer einen vielsagenden Blick zu. Der würde momentan, glaube ich, alles tun, um Jens loszuwerden.

«Herr Freese, haben Sie eigentlich schon Ihren Arbeitsausweis abgeholt?», fragt er streng.

«Nö, den habe ich noch nicht!», gibt Jens zurück.

«Dann machen Sie das besser jetzt, sonst kommen Sie hier morgen nicht rein! Unten im ersten Stock finden Sie die Kollegen, die machen dann auch gleich ein Foto von Ihnen.»

Jens zuckt nur mit den Schultern. «Okay!», sagt er.

«Soll ich dir meine Bürste leihen?», frage ich. «Damit deine Haare auf dem Foto ordentlich aussehen!?» Eigentlich wollte ich ja nicht so nett zu ihm sein.

Jens schüttelt den Kopf. «Lass mal gut sein. Ich versuch's mal mit dem wilden Bad-Hair-Look.»

Als Jens in den Fahrstuhl gestiegen ist, platzt es aus Theo Reimer heraus. «Der Typ ist irgendwie merkwürdig. Mit dem stimmt was nicht. Und überheblich ist er auch, findest du nicht?»

Fand ich bis vorhin auch noch. Aber jetzt ...

Ich antworte nichts.

Reimer redet sich in Rage. «Solche Fehler hast nicht mal du in deiner ersten Sendung gemacht. Dem Schmidt werde ich was erzählen, also wirklich. Und der Freese bestimmt auch nicht, welche Beiträge bei uns laufen. Das habe immer noch ich zu entscheiden!»

Einerseits freue ich mich, dass er sich so für meine Au-pair-Sendung starkmacht, andererseits finde ich, dass er etwas übertreibt. So schlimm ist Jens nun auch wieder nicht. «Aber seine Stimme ist gut, oder?»

«Ja, kann sein», gibt Reimer widerwillig zu. «Aber das ist ja nicht alles. Bist du weiter an deinem Thema dran?»

Ich nicke und verspreche für meine Sendung, Interviewgäste zu bekommen. Gleich morgen werde ich mich dahinterklemmen, gelobe ich.

«Gut, das ist gut. Und dem Schmidt sage ich, dass dieser Jens hier gar nichts zu suchen hat.»

«Da war keiner mehr, die haben schon lange Feierabend da unten!» Jens steht plötzlich wieder im Raum.

Ob er mitbekommen hat, dass Reimer ihn absichtlich weggeschickt hat, um ungestört mit mir reden zu können? Theo sieht so aus, als fühle er sich ertappt.

Er reißt sich zusammen und atmet tief durch: «Und ihr habt jetzt ein Rendezvous?», fragt er.

Ich glaube, es sollte eine versöhnliche, aber komplett harmlose Frage sein. Ich jedoch werde knallrot, weil Reimer uns wie zwei verliebte Teenies behandelt, die er gerade auf dem Schulhof beim Knutschen erwischt hat.

«Äh, ja, also nein, na ja, äh, wir gucken mal», gebe ich zurück.

«Genau so sollte eine Moderatorin klingen, Ella. Klare, gerade Sätze ohne Ähs und Ohs. Mannomann!»

Reimer schüttelt den Kopf und schaut mich mit hochgezogenen Augenbrauen an. Das bricht das Eis. Alle lachen, auch Jens. Denn die Vorstellung, dass hier zwei Radiomoderatoren am Werk sind, von denen der eine falsche Knöpfe drückt und die andere stottert, ist skurril.

«Der Beitrag läuft morgen früh bei Désirée in der Sendung», ruft Reimer mir noch hinterher, als Jens und ich schon auf dem Weg nach draußen sind.

«Warte, ich nehme noch schnell die Flaschen mit», sage ich und staple die leeren Flaschen auf meinen Armen. Ich komme mir vor wie im Supermarkt, wenn ich vergesse, einen Einkaufswagen oder Korb zu nehmen, und spätestens an der Milchtheke nur noch mit Mühe Joghurt, Gemüse und Kartoffeln zur Kasse balancieren kann.

«Hoppla», sagt Jens und fängt eine Flasche auf, die mir hinuntergeflutscht ist und beinahe auf dem Boden zerschellt wäre. Er schnappt sich zwei weitere und stellt sie im Erdgeschoss vor der Kantine in der Getränkekiste ab. «Jetzt lass uns was wirklich Schönes trinken gehen.» Er zwinkert mir zu.

16.

«Das ist doch ein Wortspiel, verstehst du das denn nicht?!»

Ich stütze mich mit einem Arm auf den Tresen vom *Vin sur Zinc*, einer Restaurant-Bar in Monte Carlo, und nehme einen Schluck aus meinem Rotweinglas. Schmeckt definitiv besser als abgestandenes Wasser.

«Nö, ich kann zwar Französisch, aber ich kann nicht um die Ecke denken.»

«Vin heißt Wein, und Zinc heißt Theke!», beginne ich meine Erklärung.

Jens zuckt bloß mit den Schultern. «Wo ist da das Wortspiel?»

«Na ja, Vingt, also anders geschrieben, heißt doch *zwanzig* und cinq *fünf*. Praktisch zwanzig von fünf! Kapierst du das?»

Ich kichere, weil wir beide schon gemeinsam eine drei viertel Flasche Wein geleert haben und seit einer Stunde nur Banalitäten austauschen. Herrliche Nichtigkeiten, die überhaupt nichts mit der Arbeit zu tun haben. Einfach nur über das quatschen, was uns in den Kopf schießt. Mehrfach habe ich das Gefühl, dass er mir direkt ins Hirn hineinschaut. Ob mein Kopf gläsern ist? Ich stelle erleichtert fest, dass Jens ähnliche Freude daran hat, Quatsch zu reden wie ich.

«Das Einzige, was ich kapiere, ist, dass du eine Megastreberin bist», sagt Jens neckend. «Wer weiß denn schon, was Theke auf Französisch heißt!»

«Dir reicht es wahrscheinlich, wenn du weißt, wo die nächste Theke ist», kontere ich.

«Richtig. Aber nur, wenn die Theke frisch gewischt ist. Klar, oder? Und nicht nur in Französisch bist du top, auch Mathe kannst du, das ist mir unheimlich!»

Diesmal schaue ich wie ein Fragezeichen.

«Na, hier mit 20 geteilt durch fünf minus die Wurzel vom Tresen. Da komm ich um die Uhrzeit nicht mehr mit!»

Er kratzt sich mit der rechten Hand am Kopf. Die linke hat er, ähnlich wie ich, auf den Tresen gestützt. So können wir uns beide mit schrägem Kopf ansehen. Hoffentlich benutzt er nicht jeden Tag dasselbe Aftershave, sonst kann ich mich nur schwer zusammenreißen. Ich bin mir sicher, dass lediglich sein Duft mir die Sinne raubt und ich ihm deswegen mein halbes Leben anvertraue. Aber wahrscheinlich würde ich ihn auch so debil angrinsen, hätte er 4711 aufgetragen, oder Mottenspray.

«Worin bist *du* denn gut?», frage ich Jens nach einer Weile.

«Falsche Knöpfe drücken!», merkt Jens selbstironisch an. «Und darin, es mir mit Kolleginnen zu verscherzen. Die Nummer auf dem Polizeirevier hast du mir übelgenommen, stimmt's?»

«Ich hab mich sehr bevormundet gefühlt. Was sollte das denn eigentlich?»

Jens richtet sich leicht auf. «Ich habe einfach bemerkt, dass dem Polizeichef die Sache wichtig war. Ich wollte vermitteln, aber vielleicht bin ich etwas übers Ziel hinausgeschossen. Das tut mir leid.»

«Finde ich toll, dass du das zugibst.» Wenn Menschen Fehler zugeben können, ist das eine gute Grundlage für einen Eins-a-Charakter. Ich mag Männer, die auch Schwächen eingestehen und nicht immer nur mit angespanntem Bizeps durch die Gegend laufen. Davon hatte ich in der Schule den ein oder anderen Kandidaten. Zugegebenermaßen wollte ich Jens zuerst auch in diese Schublade packen. Vielleicht kann ich ihn unter «Fehlstart» verbuchen, einmal auf «Reset» drücken und ab sofort bei ihm die richtigen Knöpfe drücken.

«Ich wollte dich vor dir selbst bewahren. Habe gehört, dass du manchmal ein lockeres Mundwerk hast.»

«Von wem hast du das gehört?» Ich setze mich angriffslustig hin. Sicherlich habe ich es gerne, wenn Männer mit

Schwächen umgehen können, damit waren aber ihre, die Fehler der Männer, und nicht meine Fehler gemeint.

«Reg dich ab, alles halb so wild. Schmidt hat mir am Telefon gesagt, dass da endlich mal eine Frau in der Redaktion ist, die kein Blatt vor den Mund nimmt.»

Sofort entspannen sich meine Gesichtszüge. Ein Tadel klingt anders.

«Trotzdem werde ich ein wenig darauf achten, was du so über den Sender schickst», beendet Jens das Gespräch über den Job.

«Achte du mal lieber drauf, welchen Regler du ziehst!», gebe ich ihm noch mit auf den Weg und beschließe, ihm nichts von dem Interview mit Janne zu erzählen. Von Reimer habe ich schließlich grünes Licht bekommen, und außerdem habe ich Jannes Nummer ja von dem Schwarzen Brett in Nizza. Ist also nicht gegen die Vereinbarung, versuche ich mich selbst zu beruhigen. Ein ungutes Gefühl bleibt, weil ich nicht wissen möchte, wie Jens reagiert, wenn er merkt, dass ich ihn ein wenig hintergehe.

Jens hebt die Flasche hoch und schüttelt sie hin und her. «Da hilft kein Schütteln und kein Klopfen, aus der Flasche muss der letzte Tropfen!», zitiert Jens einen Spruch, der meiner Meinung nach irgendwie anders geht. Aber mein Hirn ist zu benebelt, um länger an einem Thema hängenzubleiben. Zu viel Rotwein auf leeren Magen, die Konsequenzen bekomme ich allmählich zu spüren.

«Wir hätten etwas essen sollen, dann würden sich mein Kopf und Magen vielleicht nicht wie ein Rollfeld anfühlen, auf dem Flugzeuge starten und landen.»

Jens verzieht das Gesicht, sein schlechtes Gewissen hat sich gemeldet.

«Oh, du hast recht, darauf hätte ich achten müssen. Und dann hab ich dir auch noch alle Nüsse weggefuttert!» Dabei zeigt er auf das fast leere Glas, das vor uns beiden auf dem Tresen steht.

«Möchtest du ein Glas Wasser?»

Ich schüttele den Kopf.

«Leider habe ich noch etwas vor», sagt Jens entschuldigend. «Deswegen können wir heute nicht mehr zusammen essen. Aber ich würde dich gerne bald mal einladen, wenn du Lust hast!?»

Ich nicke begeistert.

Jens verschwindet kurz auf der Toilette. Während ich langsam vom Hocker hinunterrutsche, rasen die Gedanken durch meinen benebelten Kopf, ich kann sie kaum festhalten. Nur einer hält sich hartnäckig: Mit wem ist er wohl verabredet? Immerhin ist es schon 22 Uhr.

Ich traue mich nicht, Jens direkt darauf anzusprechen, dafür kenne ich ihn noch nicht lange genug. Toll, erst «erwische» ich Guillaume in seiner Wohnung mit einer älteren Frau, und jetzt macht Jens einen auf geheimnisvoll. Ich schmolle ein wenig, versuche aber, nicht zu belämmert zu schauen. Soll er bloß nicht merken, dass ich wegen seines Dates vor Neugier fast platze.

«Ich hab so einen Hunger», erkläre ich mir selber. Der Barmann hinter dem Tresen hat es nicht gehört. Meine Hand greift nach dem Glas mit den Nüssen. Kurz vorm Ziel schnappt eine andere Hand danach. Zack! landen die Nüsse in Jens' Hand und kurz danach in seinem Mund.

«Na, du bist vielleicht ein Kavalier!», beschwere ich mich.

«Weil ich bezahlt habe, meinst du? Das habe ich gern getan. Und wegen der Nüsse: Ich wollte bloß nicht, dass du von dem Salz so einen Durst bekommst. Schließlich sind die Flaschen in der Redaktion auch nicht mehr da.»

Witzbold. Und das mit dem Durst wäre mir relativ egal gewesen, denke ich, als wir beide auf die Straße, den Boulevard Princesse Charlotte, treten.

Wir gehen ein paar Meter schweigend nebeneinanderher. Es ist angenehm. Bei anderen Jungs habe ich oft das Gefühl, ohne Punkt und Komma plappern zu müssen. Aber dieses Schweigen sagt tausendmal mehr als andere Gespräche. Ich bin betrunken, sonst würde ich nicht schon so schwärmen. Das muss aufhören. Guillaume fände das bestimmt auch nicht gut. Vermute ich einfach mal.

Mein Auto steht vor dem Gebäude von Radio Bleue, im absoluten Halteverbot, wo sonst. Mit diesem Schädel dürfte eine Fahrt nach Nizza eine sehr wackelige Angelegenheit werden.

«Du steigst da nicht ein. Du glaubst ja wohl nicht, dass ich dich noch fahren lasse.» Es schmeichelt mir, dass Jens so besorgt ist.

«Wie sollen wir denn dann nach Hause kommen?»

«Ich will auch nicht mehr fahren. Lass uns die Bahn nehmen. Das ist eine schöne Strecke am Meer entlang.»

«Wohnst du denn auch in Nizza?», frage ich.

«Nein, woanders, aber ich muss da noch hin!» Näher äußert er sich nicht. Keine Straße, keine Adresse und vor allem kein Name. Mist.

Jens schiebt mich ins Taxi, das uns zum Bahnhof bringt. Im Zug hoffe ich, dass er nicht bemerkt, dass ich ihn und seine verwuschelten Haare mustere.

«Deine Augen hängen auf halb acht. Du siehst doch eh nur die Hälfte», meldet er sich prompt grinsend zu Wort.

Ich lächele, richte den Blick nach links zum Fenster, überlege, mit wem er sich wohl gleich trifft, und schaue dabei versonnen auf die Landschaft hinaus.

«Schön hier», murmele ich, während mein Magen zu knurren beginnt.

«Das klingt ja wie ein Hurrikan, so grollend!», bemerkt Jens belustigt.

«Kein Wunder, wenn du mir alle Nüsse wegisst.»

Jens öffnet seine Tasche, holt eine Papiertüte hervor und reicht sie mir.

«Als Wiedergutmachung habe ich dir in der Bar vorhin das hier besorgt. Magst du das?»

Ich entferne das Papier, lege ein knuspriges Baguette mit rohem Schinken frei und beiße so begeistert hinein, dass es kracht. Ich kaue genüsslich, grinse vor mich hin und schaue Jens an. «Ja, das mag ich sehr!»

17.

Er bringt mich bis vor die Tür. In diesem Fall hätte er gerne weniger den Kavalier spielen können, finde ich. Je näher wir meiner Haustür kommen, um so hibbeliger und nervöser werde ich. Was, wenn Guillaume gleich aus der Tür tritt und uns beide zusammen sieht? Er soll keinen falschen Eindruck bekommen. Andererseits wäre es vielleicht gar nicht das Schlechteste, schließlich hat er mir neulich auch diese Frau präsentiert, ohne Vorwarnung. Trotz allem Für und Wider bin ich erleichtert, dass Guillaume sich nicht blickenlässt. Vielleicht ja auch, weil es schön ist, mit Jens alleine zu sein.

«Du wohnst sehr schön, nette Gegend!», bemerkt er anerkennend. «Passt zu dir!»

Er verspricht mir noch, mich beim nächsten Mal wirklich zum Essen einzuladen, und zeigt dabei auf meinen Mund. «Du hast da noch ein paar Krümel.»

Hektisch wische ich sie weg.

Vor einem Jahr war ich mal mit einem Klassenkameraden im Kino, der mich während des gesamten Abends darüber im Unklaren gelassen hatte, dass ich einen riesigen Himbeereisfleck auf der Nase hatte. Bemerkt hatte ich dies erst abends zu Hause im Badezimmer. Wie soll man so einem Menschen jemals wieder unter die Augen treten?

«Bis bald, und danke für das Sandwich und so», verabschiede ich mich und trete dabei verlegen von einem Fuß auf den anderen. Ich schwanke etwas, und mir ist schwummrig. Ob wegen des Weins oder der Begleitung, kann ich nicht ausmachen.

Jens winkt mir kurz zu, dreht sich um, geht ein paar Schritte und kehrt dann noch einmal zurück. «Übrigens, Ella», sagt er verschwörerisch. «Es ist keine Frau!» Kurz darauf ist er um die nächste Ecke verschwunden.

Ich klettere die Treppenstufen hinauf und will nur eins: in mein Bett und von Jens träumen. Jetzt, wo ich weiß, dass es keine direkte Konkurrentin gibt. Apropos: Auf dem zweiten Treppenabsatz schwanke ich Guillaume in die Arme. Einen Schritt hinter ihm stolpert fluchend Isabelle. Sie trägt eine riesige blaue Plastiktüte, aus der eine alte Jeans und einige T-Shirts hervorlugen. Sammelt sie hier Sachen für einen Flohmarkt ein?

«Hey, noch nicht im Bett?», fragt Guillaume.

«Nein, noch nicht. Aber hoffentlich gleich!» Ich merke erst jetzt, dass der Satz sehr zweideutig war. Und das vor dieser Frau.

«Willst du noch mit zu mir hochkommen?», fragt Guillaume.

Fragend blicke ich zu Isabelle.

«Ich gehe jetzt sowieso! Ich habe noch einiges zu tun», sagt sie mit beleidigter Stimme und deutet mit dem Kinn auf die blaue Tüte.

Schläft sie in Guillaumes T-Shirts, oder was macht sie damit? Eifersüchtig klingt sie nicht. Eher schlecht gelaunt. In meinem Zustand würde ich aber vielleicht auch nicht mehr merken, wenn mir eine Krähe die Augen aushackt.

«Also, hast du noch Lust, mit hochzukommen?», fragt Guillaume erneut.

Ich denke «nein» und nicke.

Guillaume freut sich. «Ich bringe eben noch schnell Isabelle nach unten.»

In Guillaumes Küche sitzen sein Mitbewohner und zwei weitere Studenten. Ich steuere auf einen der freien Stühle zu und stolpere über eine Flasche, die umfällt und einen Mordskrach macht. Auf dem Fußboden steht eine ganze Armada an leeren Flaschen. Jens würde hier keinen Schritt reinsetzen oder mal ordentlich ausmisten. Guillaume und seine Freunde scheint es überhaupt nicht zu stören. Die leere Flasche bleibt, wo sie ist, und aus einer vollen wird mir eingeschenkt. Die Jungs haben alle Karten in der Hand. Mir geben sie auch welche.

«Was macht ihr denn?», frage ich.

«Wir spielen Karten. Le jeu des sept familles», sagt einer, der André heißt, ohne aufzuschauen.

«Das Spiel der sieben Familien!? Ist das nicht was für Kinder?», frage ich. Darüber hat uns unser Lehrer mal was im Französischunterricht erzählt. Es hat so ungefähr den Schwierigkeitsgrad von Mau-Mau.

Alle nicken. Guillaume, der sich von hinten auf meine Schulter gelehnt hat, nimmt mir eine Karte aus der Hand und wirft sie auf den Tisch. Soll mir recht sein. Ich kann sowieso nicht mehr klar denken. Guillaume. Jens. Jens. Guillaume. Ich. Mir ist das im Moment zu viel. Ich greife nach einem Apfel in einem Korb auf dem Tisch, fasse in eine matschige Stelle, lasse ihn schnell wieder los und wische die Hand unauffällig an der Gardine ab. Die Jungs rufen laut durcheinander, weil sie glauben, dass Guillaume geschummelt hat.

«Das ist doch wieder typisch!», regt sich Alain auf, schmeißt genervt seine Karten auf den Tisch und dreht absichtlich das Radio lauter.

André versucht ihn zu beruhigen, hält sein Kartenblatt aber krampfhaft in der Hand, um keine Familie verlorenzugeben.

«Du hast schon in der Schule immer geschummelt!», regt sich Alain auf.

«Stimmt, er hat sich nicht nur Karten genommen, die ihm gar nicht gehörten, sondern auch Mädchen», erklärt André.

Ich weiß nicht, ob er das ernst meint.

«Na und?», erklärt Guillaume ungerührt. «Ihr wart eben nicht schnell genug!»

Ich überlege, ob er wohl mal für eine Lehrerin geschwärmt hat. Darauf komme ich nur, weil Isabelle ja auch um einiges älter ist.

«Hast du noch ein Bier?», fragt Alain.

«Ja, aber nur, wenn du das Radio leiser machst!», gibt Guillaume zurück.

«Nur, wenn du nicht mehr schummelst!»

Während die drei Jungs sich kabbeln, höre ich, wie ein Handy vibriert. Keiner der Jungs reagiert, viel zu sehr sind sie mit sich beschäftigt. War das mein Handy? Kann nicht sein. Wo ist es überhaupt? Ich wühle meine Tasche durch. Zu spät, es vibriert nicht mehr. Hoffentlich war es nicht Jens, aber das kann ja nicht sein, schließlich ist der verabredet.

«Schon wieder die falsche Karte!», meckert André.

Hier sitzen drei Informatikstudenten am Küchentisch, die sich mit modernster Computertechnik auskennen. Und was machen sie? Sie streiten sich beim Kartenspielen. Wie kleine Kinder!

Was mache ich hier überhaupt? Guillaume hat eh nur Augen für seine Karten. «Ich bin total müde», werfe ich in die Runde. «Ich geh dann mal.»

Sofort legt Guillaume seine Karten auf den Tisch, steht auf und drückt mir einen Kuss auf die Wange. «Leg dich doch einfach in mein Bett. Ruh dich ein bisschen aus, und wenn du magst, kannst du wieder rüberkommen.»

Was für ein romantischer Vorschlag. Dabei wollte ich doch eigentlich in meinem Bett von Jens träumen. Aber ich bin so kaputt, dass mir die paar Treppenstufen zu meiner

Wohnung wie der Abstieg vom Mount Everest erscheinen. «Okay, mach ich. Bis gleich!», flüstere ich ihm zu.

Guillaume nickt, die anderen beiden reagieren nicht. Ich schleppe mich in Guillaumes Schlafzimmer, in dem der Fernseher läuft. Es sieht etwas versifft aus. Auf dem Fußboden liegt eine leere Packung Kartoffelchips. Ich stelle den Fernseher leise und lasse mich auf Guillaumes Bett fallen. Erstaunlicherweise riecht die Bettwäsche ganz frisch. Nur einen Moment werde ich mich ausruhen und dann mit den Jungs Topfschlagen oder Mensch ärgere dich nicht spielen. Ich höre ein leises Klingeln. Es kommt von unten. Lustig, finde ich, dass man durch die Wohnungsdecke mitbekommt, wenn bei mir eine Etage tiefer das Telefon klingelt. Dass jemand eine Nachricht hinterlässt, kann ich auch noch hören, den genauen Wortlaut aber nicht verstehen. Wäre ja auch noch schöner, denke ich, wenn Guillaume hier oben mitbekäme, was ich für Nachrichten bekomme. Nur ganz kurz werde ich die Augen schließen ...

18.

Désirée weckt mich. Besser gesagt, ihre Stimme aus dem Radio. Ich recke mich, reibe mir verschlafen die Augen und schiele auf die Anzeige beim Radiowecker. Es ist kurz nach neun Uhr, und ich fühle mich noch so kaputt und müde, als sei es mitten in der Nacht.

Hab ich tatsächlich bei Guillaume übernachtet?, ist der erste Gedanke, der mir in den Kopf schießt. Ich erinnere mich an das Kartenspiel und daran, dass ich danach alleine in Guillaumes Bett gefallen bin, um mich kurz auszuruhen. War wohl doch ein bisschen länger als kurz.

«Na, Schlafmütze!», sagt Guillaume neben mir. Ich bemerke mit Schreck, dass wir offenbar wirklich die Nacht miteinander verbracht haben, oder zumindest nebeneinander.

Guillaume dreht sich zu mir und grinst frech.

«Äh, ist irgendwas passiert?», frage ich umständlich, weil ich mich nicht traue, direkt zu fragen.

«Ob was passiert ist? Na klar. Du hast geschlafen wie ein Stein!»

Ich streiche mir meine verstrubbelten Haare glatt. Die müssen fürchterlich aussehen. Morgens stehen die immer kreuz und quer vom Kopf ab, als wären heftigste Orkanböen durch mein Schlafzimmer gestürmt.

«Du bist mir eine große Verführerin!», bemerkt Guillaume lächelnd, während er ein Bein aus dem Bett schwingt. «Gehst in mein Zimmer und bist fünf Minuten später eingeschlafen.»

Ein bisschen erleichtert bin ich darüber. Nicht, dass ich Guillaume komplett von meiner Liste streichen möchte, nein, nein, aber ich hätte das doch gerne im wachen und nicht komatösen Zustand miterlebt. Und vor allem nicht nach dem Abend mit Jens. Es war falsch, mich hier hinzulegen. Damit sind die falschen Signale ausgesendet. Maria wirft mir manchmal vor, dass ich gar nicht merke, was ich mit meinen Aktionen so anrichte.

«Es tut mir leid, wenn ich den Eindruck vermittelt haben könnte …», stammle ich.

«Hör bloß damit auf!», winkt Guillaume ab. «Es war ja eh nichts, rien. Aber was soll's. Tant pis. Macht nichts!» Guillaume verzieht seinen Mund zu einer Grimasse und zuckt mit den Schultern. Er zieht sich an und trottet ins Badezimmer.

Dahin würde ich auch zu gerne einen Abstecher machen.

Ich lupfe die Bettdecke an, um zu überprüfen, ob ich tatsächlich halb angezogen bin. Bin ich. Ich bin mir weiter unsicher, wie ich das Ganze finden soll. Einerseits ist es ein Zeichen großer Zuneigung, dass Guillaume mich hat ausschlafen lassen, andererseits hätte er ja auch noch einmal versuchen können, mich wieder aufzuwecken.

Hellwach bin ich, als Désirée im Radio meinen Beitrag anmoderiert. Durch die ganze Aufregung mit Jens und Guillaume hätte ich beinahe vergessen, dass heute mein großer Tag ist.

«Eins dieser vielen Au-pair-Mädchen in Monte Carlo ist die Deutsche Janne. Meine Kollegin Ella Thomsen hat sie besucht.»

Der Bericht klingt auch durch diesen kleinen Radiowecker gut, zwar etwas knarzig, aber das ist halb so wild. Ich möchte nicht zu selbstverliebt wirken, bleibe aber dennoch ruhig stehen und rühre mich nicht, um jedes Wort mitzubekommen. Dabei kenne ich den Bericht auswendig. Ob sie in der Redaktion noch einen Teil herausgeschnitten haben? Haben sie nicht. Nach knapp drei Minuten ist der Beitrag zu Ende. So viel Arbeit für ein paar Minütchen, denke ich. Aber es hat sich gelohnt.

«Glückwunsch für dein erstes Werk.»

Guillaume ist direkt hinter mir aufgetaucht. Er duftet frisch. Viel frischer als ich!

«Danke schön. Wirklich toll, dass du mir dabei geholfen hast.»

«Immer wieder gern», versichert mir Guillaume. «Jetzt muss ich aber zur Uni. Soll ich dich noch nach Hause bringen?»

Ich lächele über seinen Scherz und ziehe mir schnell meine Jeans über, die zusammengeknüllt auf einem Stuhl liegt. Danach schlüpfe ich in meine Schuhe, schnappe mir die Jacke und verlasse gemeinsam mit Guillaume seine Wohnung.

Ein Stockwerk tiefer gibt er mir zwei Küsse (einen links, einen rechts) zum Abschied und läuft weiter die Treppe hinunter. Auf dem nächsten Absatz dreht er sich noch einmal um.

«Bis bald. Vielleicht trinkst du die Weinflasche das nächste Mal ja mit *mir* aus!?»

Wie meint er das wohl? Ob er eifersüchtig ist? Bei ihm weiß ich nie so recht. Er weiß ja nicht, mit wem ich gestern in der Bar war. Aber interessiert ihn das wirklich? Dass er so locker damit umgeht, könnte auch bedeuten, dass ich ihm nicht wichtig genug bin. Und außerdem hat er sich für seine Karten und Kumpels auch viel mehr interessiert als für mich.

«Wir können gerne zusammen Wein trinken», rufe ich ihm hinterher. «Aber nur, wenn du deine sieben Familien zu Hause lässt.»

19.

Er blinkt. Belustigt erinnere ich mich an die vergangene Nacht, als ich durch die Decke versucht habe, den Text mitzuhören. Dann gingen meine Lichter aus, und nun ist das Licht bei ihm an. Bei meinem Anrufbeantworter. Ich drücke auf Nachricht abhören, öffne kurz darauf meinen Kühlschrank und nehme den letzten Joghurt heraus. Gerade als ich die Kühlschranktür wieder schließen will, halte ich erschrocken inne. Die Stimme klingt aufgeregt, beinahe panisch. Es ist Janne. Sie fleht geradezu: «Bitte, Ella, du darfst das Interview nicht senden. Ich weiß, ich hab Ja gesagt, aber das war Quatsch. Tu es nicht. Lösch bitte auch das Foto. Ich kann dir das jetzt nicht erklären. Aber es ist zu gefährlich. Bitte ruf mich schnell an!»

Ich lasse den Joghurtdeckel fallen. Stocksteif stehe ich in meinem Wohnzimmer. Mann, habe ich mich erschrocken. Was kann an dem Beitrag so schrecklich sein, dass Janne solche Angst hat?

Panik hat sie, schießt es mir durch den Kopf. Panische

Angst. Aber vor wem? Vielleicht vor dem Vater der Au-pair-Familie? Vielleicht waren die Eltern stinksauer, weil sie zu spät zurückgekommen ist. Aber ihr Gastvater kann ihr doch wohl kaum verbieten, ein Interview zu geben. Vermutlich schikanieren sie Janne so sehr, dass sie gar nicht mehr klar denken kann. Ich lasse mich auf meinen Sessel fallen und verharre dort minutenlang. Das macht alles keinen Sinn. Plötzlich fällt mir der Kommissar ein, der mich davon abhalten wollte, weiter zu recherchieren. Aber wieso? Es gibt keinen Grund. Und nun Jannes Reaktion. Alles sehr merkwürdig. Wen könnte ich in dieser Sache um Rat fragen? Theo Reimer? Aber verdammt, der Radiobeitrag ist gelaufen. Ich habe ihn vorhin selber gehört. Hätte ich die Nachricht gestern Abend abgehört, hätte ich noch etwas machen können. Auch wenn ich es nicht gewollt hätte. Aber nun ist es definitiv zu spät.

Schnellen Schrittes gehe ich zur Garderobe. Vor lauter Aufregung habe ich Schwierigkeiten, mein Handy aus der Seitentasche meiner Jacke zu kramen. Das hatte gestern auch geklingelt, ich war beim Vibrieren nicht rangegangen, hatte es gar nicht gefunden. Kurz darauf hatte das Telefon unten in meiner Wohnung geklingelt. Richtig: Auf dem Handydisplay erkenne ich, dass ich einen Anruf in Abwesenheit hatte, Absender: Jannes Handynummer.

Mit zittrigen Händen tippe ich die Nummer von Radio Bleue ein und bekomme kurz darauf meinen Chef an den Apparat.

«Ella, hallo. Hast du gehört, dein Beitrag ist gelaufen. Hat mir wirklich gut gefallen. Bleibst du dran an der Sache?» Reimer klingt total entspannt.

«Hat irgendjemand angerufen?», frage ich, statt zu antworten. Ich versuche, meine Stimme fest klingen zu lassen.

«Ja, eine alte Dame, die eine Frau kannte, die mal ein Au-pair-Mädchen kannte oder so. Irgendeine Madame Bonafont. Warte, ich habe hier irgendwo ihre Nummer.»

«Nein, nein, das meine ich nicht.» Irgendeine Madame Bonafont kann ich gerade gar nicht gebrauchen.

«Hat Janne angerufen? Das Mädchen aus dem Beitrag?»

«Ach so, ja!»

«Was hat sie gesagt?»

«Sie war auf dem Anrufbeantworter. Muss gestern Abend angerufen haben. Da war niemand mehr da. Du sollst sie mal zurückrufen.»

«Wie klang sie denn?», will ich ungeduldig wissen. «Aufgeregt?»

«Ja, ein wenig. Ist doch klar. Wenn zum ersten Mal etwas über dich im Radio läuft. Ich weiß noch, bei meinem ersten Beitrag ...»

«Oh, die Verbindung ist schlecht», unterbreche ich meinen Chef unsanft. Für solche «Es war einmal»-Geschichten habe ich keine Zeit.

«Ich muss auflegen. Sonst war nichts Besonderes, oder?»

«Nur ein Anruf von Schmidt aus Deutschland. Der will sich jetzt auch noch inhaltlich ins Programm einmischen. Aber das geht zu weit.»

Ich unterbreche ihn erneut.

«Gleich ist mein Akku leer», sage ich hektisch. «Bis dann.»

«Brauchst du noch die Nummer dieser Hörerin, Madame Bonafont?»

«Jetzt nicht. Leg sie mir in mein Fach.»

Klack, beende ich die Verbindung. Wenn Reimer so cool ist, dann hat Janne vielleicht überreagiert. Nichts ist passiert. Keine Polizei ist bei Radio Bleue aufgetaucht. Ich bin nicht in Handschellen abgeführt worden. Kein Grund, so einen Alarm zu schlagen. Ich werde ein wenig wütend auf Janne. Vorhin wäre mir beinahe das Herz stehengeblieben, weil ich dachte, etwas Schlimmes sei geschehen.

Ich muss Janne anrufen und ihr erklären, Sorge hin oder her, dass sie nicht eine ganze Redaktion aufschrecken kann.

Auf meinem Handydisplay drücke ich auf Rückruf. Jannes Nummer ist ja noch eingespeichert. Während ich auf das Tuten warte, setze ich mich auf einen Stuhl und nehme den angebrochenen Joghurt wieder in die Hand. Ich schaue mich um, suche nach einem Löffel, finde ihn auf dem Tisch und greife danach, als eine französische Stimme im Handy sagt, dass die Nummer, die ich gewählt habe, vorübergehend nicht zu erreichen ist.

20.

Endlich geht sie ran. «Oh Mann, da bist du ja. Ich dachte schon, es wäre irgendetwas passiert!», brülle ich in mein Handy, um gegen den Straßenverkehr anzukommen, weil ich mit offenem Fenster fahre.

«Mensch, Ella, reg dich ab. Das Flugzeug hatte ein bisschen Verspätung. Ich stehe jetzt an der Gepäckausgabe und komme gleich heraus. Holst du mich ab?» Maria klingt fröhlich wie immer.

Ich bin auf der Promenade des Anglais unterwegs und müsste gleich den Aéroport Nice Côte d'Azur erreichen. Er liegt ganz in der Nähe von Nizza direkt am Meer. «Ich bin gleich da, Maria, brauche nur noch einen Parkplatz.»

Maria lacht. «Das heißt, dass du gerade erst zu Hause losgefahren bist, oder?»

Ich protestiere lautstark, weil das zwar sonst immer stimmt, aber heute nicht.

«Mach dir keine Sorgen, Ella, lass dir ruhig etwas Zeit. Ich habe nette Unterhaltung. Ein Franzose saß neben mir im Flieger. Ich habe seine Adresse. Er will mir die Stadt zeigen!» Ach!? Ich bin sprachlos. Meine Freundin hat noch nicht mal fünf Minuten französischen Boden unter den Füßen und schon einen persönlichen Sightseeing-Experten.

«Hör mal, *ich* wollte dir eigentlich die Stadt zeigen!», sage ich und spiele die Beleidigte.

«Na klar, weiß ich doch. Vielleicht können wir mal alle was zusammen machen. Ist auch egal, ich freu mich voll, hier zu sein. Super Wetter ist das. Jetzt komm erst mal.»

Zehn Minuten später liegen wir uns in den Armen. Es ist so schön, dass Maria da ist, endlich etwas Altbekanntes in meinem neuen, aufregenden Leben. Sie sieht gut aus, nur ein bisschen blass. Diese Hörsäle sind nicht gerade die sonnigsten Orte. Ich überlege, ob ich sie mit ihrer vornehmen Blässe necken soll.

«Hör mal, ich dachte, du wärst knackebraun», nimmt sie mich stattdessen hopp. «Musst du so viel arbeiten?»

Ich erzähle ihr, dass ich mir extra für sie freigenommen habe und wir gleich nachher an den Strand gehen können. «Vielleicht traust du dich ja auch schon ins Meer. Die älteren Franzosen baden jeden Morgen!»

Wir treten aus dem Flughafengebäude hinaus ins Freie. «Oh, ist es schön warm hier!», freut sich Maria und zieht sich sofort ihre Jeansjacke aus. Auch ihr Tuch wickelt sie schnell ab und stopft es in ihre braune Wildledertasche. «Ich gehe bestimmt ins Wasser. Das Meer sieht super aus. Vom Flugzeug aus denkt man ja, man würde direkt drin landen. Das ist irre!»

«Stimmt, das fand ich auch krass!» Ich erinnere mich an den Moment im Landeanflug, als auch ich dachte, der Pilot habe sich versteuert und wir würden direkt ins Meer fliegen. Wie lange ist das her?

«Mein Mitflieger hat mich beruhigt!» Maria dreht sich zur Seite und schaut sich suchend nach jemandem um. Schon steht ein Typ neben ihr, etwa Mitte zwanzig.

Er nickt mir kurz zu und sagt dann zu Maria: «Appelle-moi, si tu veux!», und drückt ihr einen Zettel mit seiner Telefonnummer in die Hand. Er lächelt sie umwerfend an, sie ihn noch umwerfender zurück.

«D'accord!», sagt Maria, und man würde nicht glauben, dass sie in der Schule Latein hatte. «Na, du machst keine halben Sachen, oder?», frage ich «Was ist denn mit Daniel?»

Maria wirft ihre dunklen Locken durch die Luft und verzieht ihren Mund. «Nix, gar nichts. Der kann mich mal!»

«Okay, kann es sein, dass ich irgendwas nicht mitbekommen habe?», frage ich und bekomme ein schlechtes Gewissen, weil ich meiner besten Freundin bei ihrem Liebeskummer offenbar nicht beigestanden habe.

Inzwischen haben wir mein Auto erreicht, und ich verstaue Marias Tasche im Kofferraum. Sie schüttelt den Kopf. «Mach dir keine Sorgen, das ging ganz schnell. Ich erzähle es dir gleich.»

Ich starte das Auto und steuere wieder auf die Promenade des Anglais mit ihren Palmen, die uns direkt am Meer entlang zurück nach Nizza bringt.

«Wie heißt denn dein Flugbegleiter?», frage ich.

«Alex! Also eigentlich Alexandre. Er studiert Medizin! Aber vergiss den mal.» Maria ist total aufgekratzt, stößt kleine Begeisterungsschreie aus, als wir an Palmen, Promenade, Bäckereien, Meer und Schuhläden vorbeifahren. «Da will ich überall hin!», ruft sie.

«Machen wir, machen wir doch!», sage ich lachend. Es ist herrlich, dass sie da ist. Zum ersten Mal fühle ich mich hier wie im Urlaub, nehme die Umgebung ganz anders wahr als sonst. Viel intensiver. Mann, ich bin hier in einer Traumkulisse. Und was mache ich? Arbeite und recherchiere, schlage mich mit Polizeipräsidenten herum und Au-pair-Familien.

«Was tut sich denn bei dir mit deinem Nachbarn?», fragt Maria neugierig, als ich mein Auto in eine winzige Parklücke gequetscht habe und wir die Treppen zu meinem Appartement hinaufmarschieren.

«Pst, nicht so laut!», flüstere ich. «Er könnte uns hören!»

«Wäre doch super, dann würde ich ihn gleich mal kennenlernen!», gibt Maria zurück.

«Das wirst du schon noch!», antworte ich und füge etwas leiser hinzu: «Und Jens vielleicht auch!»

Maria hat gehört, dass ich noch etwas gesagt habe. «Wen?», fragt sie noch lauter als vorher.

Ich schiebe sie unsanft in meine Wohnung.

«Ach, das ist ja toll!», ruft meine Freundin, schmeißt ihre Sachen in die Ecke, kickt ihre Schuhe von den Füßen und läuft zum Fenster. «Kann man von hier aus das Meer sehen?»

«Sehen nicht, aber riechen!»

«Ich will sofort raus und alles sehen!», sagt Maria ungeduldig, als wir ihre Sachen in meinen Schrank gestopft haben.

«Du müsstest übrigens bei mir mit im Bett schlafen, oder hinten auf dem kleinen Schlafsofa!»

Maria dreht sich zu dem kleinen Sessel, den man ausklappen kann. «Na, dann lieber bei dir! Und apropos, denk bloß nicht, dass ich nicht mitbekommen habe, dass du vorhin von einem Jens gesprochen hast!»

Ich lächele. Hätte mich auch gewundert, wenn sie das nicht gehört hätte. «Wollen wir nicht erst einmal runter und ein Eis essen, bevor wir ans Eingemachte gehen?»

«Gute Idee. Nichts wie los.» Maria tauscht ihre Turnschuhe gegen ein Paar braune Sandalen. Sie hat auch noch ein Paar hellblaue, lilafarbene und schwarze dabei. «Ich brauche dringend neue Schuhe. Gibt es hier gute?»

Ich nicke. Maria und ich sind wie auf Speed. Wir plappern die ganze Zeit, meist gleichzeitig. Aber das macht nichts. Allein den Klang ihrer Stimme zu hören ist schon schön. Ich merke, wie sehr ich sie vermisst habe.

Wir laufen durch die kleinen Gassen der Altstadt von Nizza, und Maria bleibt vor jedem Schaufenster stehen. Sie will alles, jetzt sofort. Die hübschen Schuhe mit den Lederriemchen, die hässliche Tonzikade mit Lavendelgeruch, die leckeren Schokocroissants und die geschmackvollen Provence-Geschirrtücher. «Oh mein Gott», stöhnt sie. «Mein Geld könnte ich hier innerhalb von zehn Minuten ausgeben. Bewahre mich davor!»

«Ich glaube, da bin ich die Falsche!» Denn ich schaue mit genauso großen, glänzenden Augen in die Läden. Viel zu selten gehe ich shoppen. Ein Frevel ist das. «Komm, lass und hier rein!», sage ich bestimmt und ziehe Maria in einen der kleinen Schuhläden. Wir probieren ungefähr zehn Paar an, nehmen fünf in die engere Wahl und brauchen eine geschlagene halbe Stunde, um die Vor- und Nachteile von Schuhen mit Plateausohlen abzuwägen.

«Findest du Wildleder in Hell- oder Dunkelbraun besser?», fragt Maria.

«Puhhh!», sage ich, weil ich mich einfach nicht entscheiden kann. Es ist aber auch schwierig. «Die Hellen passen besser zu deinem Jeansrock mit dem Gürtel, wenn du den noch hast!?»

«Ja, habe ich noch!» Maria beißt sich grübelnd auf die Unterlippe. «Du hast recht! Aber die Dunklen sehen im Tageslicht irgendwie cooler aus, oder?»

«Stimmt. Die haben was. Sind viel edler. Aber trotzdem sommerlich. Ob sie die auch in 40 haben?» Ich wende mich an die Verkäuferin. «Meine Größe haben die hier fast nie, immer nur ein einziges Paar. Du liegst mit 38 viel besser im Rennen!», kläre ich Maria über ihren großen Vorteil beim Shoppen in Frankreich auf. Sie ist ja auch fünf Zentimeter kleiner als ich.

Die Verkäuferin kommt mit «la seule paire en quarante», dem einzigen Paar in 40, zurück. «Siehste, sage ich doch!» Ich ziehe die Wildledersandalen mit dem Keilabsatz an und vergleiche meine mit denen von Maria. «Bei dir sehen die viel besser aus, ich hab so bollerige Füße», nörgele ich.

«Quatsch!», gibt sie sofort zurück. «Deine Beine sind viel länger!»

Wir lachen laut los. Ach, es ist herrlich – unser «Pamper deine Freundin»-Spiel klappt immer noch. Ich mag sie so sehr, weil ich mich in diesem Moment wirklich fühle, als hätte ich Beine bis zum Hals. Was als Nächstes kommt, kennt Maria auch schon aus dem Effeff.

«Na, frag schon!», sagt sie grinsend.

«Wärst du sauer, wenn ich mir die Gleichen kaufe?», steige ich in unseren altbekannten Dialog ein.

«Neeein, überhaupt nicht!», gibt sie zurück. «Wir müssen sie ja nicht gleichzeitig anziehen!»

Mit den dunkelbraunen Wildledersandalen in Größe 38 und 40 gehen wir zur Kasse und zahlen. Wie aus einem Mund sagen wir: «Die behalt ich gleich an!», schlüpfen wieder hinein, treten im Gleichschritt damit auf die kleine Gasse hinaus und schlendern in unseren neuen Sandalen weiter. Kopfschüttelnd blicke ich nach unten. Wir müssen unbedingt etwas dagegen unternehmen, denke ich. Also gegen die bleichen Füße.

21.

«Da stimmt was nicht!», sage ich zu Maria. Sie versteht überhaupt nicht, warum ich so aufgelöst bin, ist viel zu sehr damit beschäftigt, ihre neuen Errungenschaften auf meinem Bett auszubreiten.

Wieder und wieder versuche ich, Janne zu erwischen. Jedes Mal enttäuscht mich eine Stimme, die mir monoton, ohne jede Gefühlsregung mitteilt, dass der Angerufene nicht zu erreichen ist. Das Handy muss ausgeschaltet sein, oder Janne in einem Funkloch. Aber man ist doch nicht zwei Tage lang in einem Funkloch, überlege ich.

Mir wird beim Gedanken an Janne immer mulmiger zumute.

«Sie ist bestimmt unterwegs, wir können ja auch morgen Abend was mit ihr unternehmen», versucht Maria mich zu beruhigen.

Ich hatte ihr nur erzählt, dass ich Janne interviewt und ihr versprochen habe, mich noch einmal mit ihr zu verabreden. Für die ganze komplizierte Nebengeschichte war noch keine Zeit.

«Vielleicht könnte ich dann mal diesen Alex anrufen.»

Aha. Dieser Alex scheint ganz schön Eindruck hinterlassen zu haben.

Maria verabschiedet sich zum Duschen in mein Minibad. Ich krame die Nummer von Jannes Au-pair-Familie hervor und rufe dort an. Das hätte ich gleich tun sollen, warum habe ich es bisher immer nur auf dem Handy probiert? Auf einmal habe ich es eilig. Jetzt, da ich für mich entschieden habe, dass die Sache faul ist, kann es mir gar nicht schnell genug gehen.

«Allô?»

Da ist sie.

«Janne!», erwidere ich aufgeregt, obwohl mein Unterbewusstsein mir schon eingeflüstert hat, dass es sich nicht um die Deutsche handeln kann.

«Ah, na, endlich. Das wurde aber auch Zeit.» Ich glaube, ich habe die Dame des Hauses am Apparat. «Sind Sie das neue Au-pair-Mädchen?»

Der zackige Tonfall lenkt mich fast von meinem eigentlichen Thema ab. «Äh, nein, ist Janne da?»

«Quoi? Non! Natürlich ist Janne nicht da.»

Wieso ist sie natürlich nicht da?

«Sie ist nicht *mehr* hier.»

«Wie, wieso das denn nicht?»

Verärgert erklärt die Frau, dass Janne vor zwei Tagen gekündigt hat. «Die sind doch alle gleich, diese Mädchen. Erst wollen sie unbedingt kommen, und dann lassen sie einen hängen.»

«Ja, aber wieso ist sie denn weg?», hake ich nach.

«Hat sie nicht so genau gesagt. Irgendwas mit ihrer Familie in Deutschland, der Vater krank oder die Mutter gestorben. Ich weiß es nicht so genau. Das Einzige, was ich weiß, ist, dass ich Ersatz brauche. Kommen Sie nun?»

Ich habe noch nie eine so unfreundliche Frau kennengelernt. Schon am Telefon ist sie mir unsympathisch. Ihre größte Sorge scheint zu sein, ein paar Tage ohne Babysitter auskommen zu müssen. Janne ist ihr komplett egal.

«Nein, nein. Ich bin kein Au-pair. Ich wollte mit Janne sprechen. Haben Sie Jannes Adresse in Deutschland?»

«Nein, habe ich nicht. Ich muss los. Ein Au-pair suchen, Sie wissen ja. Wenn *Sie* mich jetzt auch im Stich lassen.»

Ich will die Frau gerade über ihren unsinnigen Gedankengang aufklären, halte mich jedoch zurück, weil es vergeudete Liebesmüh wäre.

«Na ja, danke, wenn Sie noch etwas von Janne hören, könnten Sie mich dann vielleicht anrufen?»

Beinahe hätte ich über mich selber laut gelacht. Die Wahrscheinlichkeit ist größer, dass der Fürst anruft, als dass diese Frau zum Hörer greift und sich bei mir meldet. Kein Wunder, dass Janne so eine Angst vor der Familie hatte. Wer für eine solche Schreckschraube arbeiten muss, verliert wahrscheinlich den allerletzten Humor. Unser Tag am Strand muss die reinste Entspannung für Janne gewesen sein. Und nun hat sie einen ernsten Krankheitsfall in der Familie. Angeblich. Vielleicht ist das aber auch nur vorgeschoben, grüble ich.

«Schauen Sie doch einfach in dem Kalender nach. Vielleicht steht ihre Adresse drin. Kann ja sein.»

Mit einem Schlag bin ich hellwach. «Was für ein Kalender denn?»

«Na, den hat er vergessen mitzunehmen!»

Mich wundert gar nichts mehr, nicht einmal, dass die Frau Janne mit *er* bezeichnet.

«Dürfte ich den Kalender haben?» Hoffentlich klingt das nicht so aufgewühlt, wie ich mich gerade fühle.

Ein Wunder. Ich bekomme die gnädige Erlaubnis, das Buch sofort abzuholen.

«Komm mit, Maria, ich zeig dir mal Monte Carlo und den Sender.» Ich schnappe mir meine Tasche und will los, da erscheint Maria in Unterwäsche und mit einem Handtuch über den feuchten Haaren im Wohnzimmer. Sie wundert sich nicht mehr als sonst über mich.

«Meine Haare darf ich aber noch eben föhnen, oder?»

Ich lächele. «Na gut. Aber nur, wenn du mir deinen Alex heute Abend zeigst.»

Maria wird rot. Das könnte aber auch an der heißen Luft liegen, die aus dem Föhn kommt.

Eine halbe Stunde später fahren wir über die Moyenne Corniche am Meer entlang nach Monaco. Ich erzähle ihr während der Fahrt, was es mit Janne auf sich hat, erwähne kurz Jens und Theo Reimer und den Polizeipräsidenten. Danach erwähnt Maria noch kurz Alex. Ungefähr fünf Mal. Als wir uns die Turbinenstraße hinaufschlängeln, mime ich den Sightseeing-Experten: «Hier an dieser Stelle ist Gracia Patricia den Abhang hinuntergestürzt und gestorben. Das war 1982.»

Maria blickt mich interessiert an. «Aha. Na, so schlecht in Geschichte warst du wohl doch nicht.»

Ich grinse. «Das ist die einzige Jahreszahl, die ich kenne.»

«Mir schon klar. Na, dann haben wir ja wohl alle Sehenswürdigkeiten durch, oder?» Sie weiß genau, dass ich mich besser mit Öffnungszeiten von Boutiquen als mit Jahreszahlen von Denkmälern auskenne.

«Hier stehen ja nur Hochhäuser!», ruft Maria entsetzt, als wir Monaco erreichen.

«Stimmt, total hässlich, oder?»

Sie nickt. «Egal, trotzdem irre. Meinst du, wir können mal in so eine Wohnung rein?»

«Wart's ab!», sage ich nur.

Kurz darauf parke ich in der Straße, in der Janne gewohnt hat. Hätte die Straße Augen, würde sie sie angeekelt zusammenkneifen. So ein Auto wie meins ist der Straße gewiss noch nie untergekommen. Das Haus hat Marmorfußböden und eine Treppe mit geschwungenen Handläufen. Maria schaut sich bewundernd um. «Ein Studentenflur sieht anders aus.» Wir gehen zu Fuß in den zweiten Stock und klingeln.

Kurz bevor die Tür sich öffnet, flüstere ich: «Perfekt gebügelte weiße Bluse, Föhnfrisur. Wetten?»

Maria kichert und fasst sich zeitgleich schuldbewusst in ihr verstrubbeltes, nur notdürftig geföhntes Haar. Ich bin noch nicht einmal stolz darauf, dass ich mit meiner Vermutung richtiglag. Die Bluse ist wirklich blütenweiß. Und die Frau wirkt so, als sei sie mit Perwoll gewaschen und die Gefühle aus ihr herausgespült worden.

«Hier, nehmen Sie den Taschenkalender. Dann ist alles frei für das nächste Mädchen.»

Sie sagt noch nicht einmal hallo, sondern drückt Maria nur ein DIN A5 großes weinrotes Notizbuch in die Hand. Wahrscheinlich denkt sie, Maria sei ich.

Als die Frau die Tür wieder schließen will, wage ich es noch, eine Frage zu stellen.

«Wieso meinten Sie eigentlich vorhin am Telefon, *er* habe es vergessen mitzunehmen.»

«Na, der Mann!»

«Welcher Mann denn? Hat Janne ihre Sachen nicht selbst mitgenommen!?»

«Nein, die habe ich gar nicht mehr gesehen. Sie hat nur angerufen und gesagt, dass jemand kommt und alles abholt.»

Ich verstehe die Welt nicht mehr. Wer könnte das gewesen sein?

«Haben Sie sich darüber nicht gewundert?»

Die Frau schüttelt den Kopf, wobei sie sich rechts und links die perfekt sitzenden Haare zurechtzupft. «Über die Au-pair-Mädchen wundere ich mich schon lange nicht mehr. Mich haben so viele sitzenlassen.»

Kein Wunder, denke ich.

«Nein. Ich meinte, ob Sie es nicht merkwürdig fanden, dass irgendein Mann die Sachen abgeholt hat?»

«Wieso? Sie hat doch am Telefon angekündigt, dass jemand kommt. Und dann war der Butler eben da!»

Ich pruste los. Natürlich ist die Situation nicht wirklich witzig. Ich weiß, dass irgendetwas mit Janne nicht stimmt, dass etwas passiert sein muss. Aber diese Frau vor mir, die so fernab von jedem normalen Leben ist, denkt tatsächlich, dass ein Butler Jannes Sachen abgeholt hat. Sie kommt nicht einmal auf die Idee, wie absurd es ist, ein karg bezahltes Au-pair-Mädchen könne einen Assistenten, Butler oder Diener angestellt haben, um ein paar Koffer einzusammeln.

«Was ist los?», fragt Maria neben mir ungeduldig, weil sie mitlachen will, ihr Französisch aber nicht ausreicht.

«Später», vertröste ich sie. «Wissen Sie denn, wie der Mann heißt? Wer das war?», wende ich mich wieder an die Dame.

«Keine Ahnung. Er hat sich mir nicht vorgestellt. Ich war froh, dass er alles mitgenommen hat. Bis auf das Buch.»

Hier ist nichts mehr zu holen. Wir verabschieden uns und bemerken beim Gehen, dass irgendetwas fehlt. Kinderschreien.

«Wo ist denn eigentlich das Baby, auf das Janne aufgepasst hat?», frage ich.

«Ich habe die Köchin zum Spazierengehen geschickt. Ich muss mich ja um ein neues Au-pair-Mädchen kümmern, wie Sie wissen.»

Ich höre ihre letzten Worte nicht mehr, weil wir schon halb die Treppe hinuntergelaufen sind.

«Was war das denn für eine Nummer?», fragt Maria endlich, die vor Neugierde schon platzt.

«Das war Monte Carlo!», gebe ich zurück. Und dann lässt mich ein Gedanke nicht mehr los: Wer ist der mysteriöse Unbekannte, der Jannes Sachen abgeholt hat?

Schlaf, Kindlein, schlaf,
Deine Mutter wohnt im Kaff,
Dein Vater ist ein hohes Tier,
Was kannst du armes Kind dafür,
Schlaf, Kindlein, schlaf

22.

Im Auto blättere ich hektisch durch Jannes Notizbuch. Auf fast jeder Seite finde ich ein paar Zeichnungen, schnell hingekrickelt, Strichmännchen mit Sprechblasen, ähnlich wie in Comics. Die Wörter in den Blasen sind schwer zu entziffern, aber mit Marias Hilfe bekomme ich es hin. Wir schmunzeln, als wir ein Strichmännchen in einer blütenreinen weißen Bluse und toupiertem Haar entdecken. In die Sprechblase dazu hat Janne geschrieben: «Janne, das Baby schreit!»

Getrennt durch eine Wand, sieht man ein Strichmännchen-Mädchen mit langen braunen Haaren in Jeans auf einem Bett sitzen, eine gestrichelte Gedankenblase über sich: «Die Einzige, die hier schreit, bist du!»

Ich kann nur allzu gut verstehen, wie sehr Janne die Au-pair-Mutter verabscheut hat. Sicherlich hat sie sie den ganzen Tag herumgescheucht und unsinnige Sachen erledigen lassen, bloß um sie zu beschäftigen. Sie hat ihr vermutlich nicht eine ruhige Minute gegönnt.

Wahrscheinlich ist Janne deswegen gegangen: Sie hat

vermutlich nur einen Vorwand gesucht und deshalb behauptet, ihre Eltern seien krank und sie müsse nach Hause. Einfach bloß, um von der «Raben-Au-pair-Mutter» wegzukommen, ohne sich mit ihr anzulegen. Vielleicht hat Janne sich nicht getraut, ihr ins Gesicht zu sagen, was sie von ihren Schikanen hält. Und den abrupten Rückzug für die beste Lösung gehalten. Möglicherweise hatte Janne schon eine neue Familie im Auge, eine, die sie besser behandeln würde.

Allerdings würde sich mit dem Wechsel einer Familie nicht Jannes panischer Anruf erklären lassen. Ich blättere das Notizbuch durch, finde keine Adresse aus Deutschland, dafür aber den Namen «École Beausoleil».

Es muss die Sprachenschule sein, in die Janne jeden Vormittag zum Französischlernen gegangen ist. Dort würde ich sie treffen! Oder zumindest Genaueres erfahren können.

Ein kleiner, schmuddeliger Vorraum mit einem verwaisten Tresen begrüßt Maria und mich in der *École Beausoleil*. Von einem Gang gehen mehrere Türen ab, hinter denen wir Stimmengemurmel hören. Da schwitzen die Schüler gerade im Unterricht über unregelmäßigen Verben und dem Subjonctif. Ich schnappe mir einen bunten Flyer vom Tresen und blättere gedankenverloren darin herum. Spezialisiert ist die Schule tatsächlich auf Au-pair-Mädchen, deswegen wird auch hauptsächlich Französisch angeboten. Die gehobenere Klientel, die vielleicht Spanisch, Chinesisch oder Esperanto lernen will, wird wohl eher Privatschulen aufsuchen.

Hier tummelt sich exakt meine Zielgruppe, Au-pair-Mädchen, die ich in meine Sendung einladen könnte. Und außerdem müssten hier doch viele Mädchen Janne kennen.

Ich hoffe, dass sich gleich die Türen öffnen, die Schüler wie die Ameisen nach draußen drängen und ich mittendrin Janne erkenne, die rot anläuft, sich für die konfuse Nachricht auf dem Anrufbeantworter entschuldigt und erklärt, dass sie ihre Gastfamilie nicht mehr ertragen konnte und deswegen gewechselt hat. Womit meine Theorie bewiesen und alles wieder gut wäre. Wenn nur mein bisher meist untrügliches Bauchgefühl nicht wäre.

«Bonjour, kann ich Ihnen helfen?»

Ich schrecke auf, war so in Gedanken versunken, dass ich die Schritte hinter uns nicht bemerkt hatte. Ein Mann um die 50 lächelt uns an. Er trägt eine graue Cordhose und eine Art Kittelhemd darüber. Aus der Hosentasche lugt ein Schraubenzieher. Für den Besitzer der Schule sieht er ein wenig zu, nun ja, ungepflegt aus.

Ich runzele die Stirn, und Maria versetzt mir einen unauffälligen Stoß. Das hat er bemerkt.

«Nein, ich bin kein Lehrer!», klärt er mich auch prompt auf.

Ich sollte meine Mimik besser in den Griff bekommen, dann hätte mein Gegenüber nicht sofort meine Gedanken erraten.

«Richez mein Name. Ich bin hier so eine Art Mann für alles. Möchten Sie in einen der Kurse? Die laufen schon.»

Ich schüttele den Kopf. «Nein, nein. Ich suche bloß jemanden! Und ich habe schon ein paarmal angerufen, Nachrichten auf dem Anrufbeantworter hinterlassen. Leider hat nie jemand zurückgerufen.»

«Oh, entschuldigen Sie. Der Besitzer ist im Urlaub, ich muss mich um so vieles kümmern. Da geht einiges unter.»

«Ach, macht doch nichts!», winke ich sogleich ab. Zwischen Sprachschülern und kaputten Heizungsrohren zu pendeln ist sicher nicht so einfach.

«Ihr Französisch ist ganz gut!», lobt der Mann.

Ich erröte, weil ich das gerne höre.

«Ihres ist auch nicht schlecht!», gebe ich zurück. Der Mann lacht laut auf.

«Ich tue mein Bestes!»

Maria stupst mich von der Seite an und raunt mir zu, dass sie draußen warten will. Entweder nervt es sie, dass sie bei meinem Gescherze auf Französisch nicht mitmischen kann, oder aber sie hat heimlich mit dem Rauchen angefangen. Am wahrscheinlichsten ist, dass sie schnell eine SMS an Alex schicken will. Ich nicke ihr zu, und sie eilt nach draußen.

«Wen suchen Sie denn? Das ist eine kleine Schule. Die meisten Mädchen kenne ich», nimmt der Hausmeister das Gespräch wieder auf.

«Janne. Janne Schuster.»

Der Mann nickt.

«Ja, sie war bis vor kurzem hier. Ist aber nicht mehr da.»

«Hat sie die Au-pair-Familie gewechselt?»

Er zuckt mit den Schultern. «Das weiß ich nicht so genau. Ich habe nur mitbekommen, dass sie nicht mehr zur Schule kommt. Das ist ungewöhnlich, weil es während des laufenden Schuljahres ist.»

Es wird laut um uns herum. Die Türen der Klassenzimmer gehen auf, und die Schülerinnen kommen heraus. Einige bleiben am Getränkeautomaten stehen, andere drängeln sich an dem Hausmeister und mir vorbei, um draußen vor der Tür zu rauchen.

«Es ging noch darum, ob sie Geld aus dem Kurs zurückbekommt, weil sie ja nicht alles gemacht hat. Das war schwierig, weil der Schulleiter nicht da war.» Der Mann schaut sich in der Menge der Schüler um und winkt eine junge Frau heran. «Beata, komm doch mal!»

Ich sehe eine sehr schlanke Gestalt auf mich zukommen, dunkelblond, slawischer Typ. Sie ist das perfekte Model, hat ein ebenmäßiges, aber blasses Gesicht mit hohen Wangenknochen, aus dem man alles machen kann. Die vielen Fernsehshows über angehende Möchtegern-Models haben meinen Blick dafür geschärft. Schade, dass Maria gerade jetzt draußen ist.

«Beata kommt aus Polen, sie ist schon lange hier und kennt auch Janne.»

«Hallo!», sagt Beata freundlich.

Neben ihr komme ich mir groß, bollerig und typisch deutsch vor. «Ich bin Ella und suche Janne. Janne Schuster. Sie war bis vor kurzem hier als Au-pair.»

Beata nickt. «Ja, ich weiß. Ich bin auch Au-pair. Sind wir fast alle hier.»

Beata spricht mit starkem Akzent französisch, die Grammatik ist aber einwandfrei.

«Weißt du, wo sie ist? Ich arbeite beim Radio und habe einen Beitrag über sie gemacht. Danach war sie weg.»

Dass Janne eine panische Nachricht auf meinem Anrufbeantworter hinterlassen hat, verschweige ich lieber.

«Das ist eine traurige Geschichte. Irgendjemand in Jannes Familie, ich glaube der Vater, ist krank geworden. So hat sie es uns erzählt. Genau weiß ich es nicht, sie musste Anfang der Woche Hals über Kopf weg. Ich glaube, vorgestern ist sie geflogen.»

Ich grübele und versuche, die Tage und Zeitzusammenhänge zu ordnen. Vielleicht hat Janne den Anruf ihrer Eltern an dem Tag bekommen, bevor der Beitrag lief. Janne wird überreagiert haben. Und jetzt sitzt sie schon zu Hause an der Ostsee am Krankenbett ihres Vaters. Hoffentlich ist es kein Sterbebett, denke ich, ohne den Mann genauer zu kennen.

«Und du bist beim Radio? Einem deutschen Sender?», fragt Beata und holt mich damit wieder in die Realität zurück.

«Ja, für diejenigen, die hier Urlaub machen. Es wohnen ja auch viele Deutsche hier. Vielleicht finde ich noch eine deutsche Familie, die Au-pairs bei sich hat. Ich werde nächste Woche eine ganze Sendung darüber machen. Hättest du vielleicht Lust, live in die Sendung zu kommen?»

«Nein!», sagt Beata auf Deutsch und schüttelt entsetzt

den Kopf. «Ich kann zwar ein bisschen Deutsch, aber es ist auf keinen Fall gut genug.»

«Schade. Wüsstest du jemanden, der mir helfen könnte?»

«Hm, könnte schwierig werden, jemanden zu finden», überlegt Beata laut. «Warum machst du nicht eine Sendung über die Sehenswürdigkeiten an der Côte d'Azur? Glaubst du nicht, dass das die Leute mehr interessiert?»

Ich schüttele den Kopf und überlege, warum mir alle dieses Thema ausreden wollen. Womöglich habe ich mich wirklich verrannt?

«Wir können Ihnen leider nicht helfen. Der Chef ist nicht da, und der müsste das genehmigen. Verstehen Sie?» Richez tut es richtig leid, dass er nichts für mich tun kann. Ist wohl doch nicht so einfach, wie ich gedacht habe, mal eben drei Studiogäste und vier Interviews zu besorgen. Ich verabschiede mich von den beiden und trete unverrichteter Dinge wieder auf die Straße. Maria steht dort in einer Gruppe Sprachschülerinnen. Nein, sie raucht nicht. Angeregt unterhält sie sich mit einem Mädchen.

«Ah, Ella. Komm her. Das ist Charlotte. Sie ist auch aus Deutschland. Gerade erst angekommen!»

Ich geselle mich dazu und erzähle Maria, dass es nicht so gut gelaufen ist. «Keiner konnte mir helfen.» Maria sieht mir an, dass ich frustriert bin, weil ich nicht das bekommen habe, was ich haben wollte. Und Maria weiß, wie es ist, wenn ich nicht das bekomme, was ich möchte. Jungs oder Eis zum Beispiel. Sie lächelt und wendet sich wieder an Charlotte. Ich höre interessiert zu, was sie über ihre Familie erzählt. Sie wirkt selbstbewusst, viel sicherer als Janne. Vermutlich würde sie sich nicht so lange schikanieren lassen.

«Dürfte ich dich vielleicht interviewen? Ich arbeite bei Radio Bleue, dem deutschsprachigen Sender hier», frage ich spontan. Hier auf der Straße brauche ich dazu ja wohl keine Genehmigung.

«Cool!», antwortet Charlotte. «Ich hätte auch Lust, beim Radio oder einer Zeitung zu arbeiten. Vielleicht klappt es ja nach dem Jahr als Au-pair. Na klar, kannst du mich interviewen. Richtig viel erzählen kann ich aber noch nicht.»

Während Maria auf Toilette geht, stelle ich mich mit Charlotte in eine ruhige Ecke und hole mein Aufnahmegerät aus der Tasche. Charlotte lässt sich ganz genau erklären, wie das Gerät funktioniert. Sie scheint sich wirklich für meinen Beruf zu interessieren. Einige Funktionen kenne ich noch gar nicht, zum Beispiel wie man Tonmaterial löschen oder wieder abhören kann. Guillaume wüsste bestimmt, wie das geht. Charlotte grinst mich an und wartet auf meine Fragen. Sie ist nett und scheint vor nichts Angst zu haben. Viel Material bekomme ich allerdings nicht zusammen, weil Charlotte noch nicht lange genug in Monte Carlo ist.

Ein paar lustige Anekdoten kann sie aber über die Kinder erzählen. Charlotte hat Glück gehabt. Sie hat nette Au-pair-Eltern, die ihr auch erlauben, abends wegzugehen.

Als die Pause vorbei ist, winkt Charlotte mir zu. «Tschüs. Vielleicht sehen wir uns bald mal wieder.»

Ich winke zurück. «Das wäre super. Erzähl mal lieber keinem, dass du mir ein Interview gegeben hast. Nicht, dass du Ärger bekommst!», warne ich sie.

Charlotte grinst frech. «Okay, mach ich nicht. Obwohl ich es ja mag, Ärger zu bekommen.» Dann verschwindet sie hinter der Glastür.

Kurz darauf kommt Maria heraus und hakt sich bei mir unter. «Na, hast du alles?»

«Ja!»

«Ich auch!», sagt Maria fröhlich, und wir gehen gemeinsam zum Auto zurück.

Ich bin zufrieden. Mit diesen O-Tönen von Charlotte kann ich die nächste Sendung aufpeppen. Dann rufen hoffentlich endlich mehr Hörer an.

Und wenn ich Janne erreiche, werde ich sie fragen, ob ich ihren Beitrag noch einmal senden darf. Aber erst einmal muss ich sie erreichen.

«Glaubst du, dass ein Mädchen einfach so Hals über Kopf abreist, weil der Vater krank ist?», frage ich Maria.

«Klar!», antwortet sie. «Würde ich doch auch tun. Und du auch, oder?»

«Ja, schon», gebe ich leise zurück. «Trotzdem, irgendwie dubios!»

Mein Bauchgefühl war bisher immer ein guter Berater, weil es meist richtiglag. Und beim Gedanken an Janne zwickt es in meinem Bauch in allen Ecken.

«Ach, Ella, es wird alles okay sein. Lass uns jetzt den Abend planen.»

«Hast du Alex erreicht?»

«Äh ja. Er hat sich gefreut. Ich habe behauptet, ich habe einen Anruf von einer unbekannten Nummer bekommen und gedacht, dass er es vielleicht sein könnte», erklärt Maria einen der ältesten Tricks der Handygeneration.

«Und? Was hat er geantwortet?»

«Ja, äh, das war ein bisschen peinlich. Er hat gesagt, dass er es gerne gewesen wäre, es aber nicht gewesen sein kann, weil ich ihm ja gar nicht meine Nummer gegeben habe!» Maria schaut betreten zu Boden, kann sich das Lachen aber nicht verkneifen.

«Mann, wie bekloppt ist das denn?», sage ich und lache schallend. «Wie klang er denn dabei?»

«Sehr nett. Er hat gelacht und gesagt, dass er sich freut, dass ich anrufe. Und ob wir heute Abend mal unsere Geburtsdaten austauschen wollen. Die Telefonnummern hätten wir jetzt ja schon.»

«Das klingt echt nett! Trotzdem ist es besser, wenn du solche Sachen das nächste Mal vorher mit mir durchsprichst. Wenn du verknallt bist, wirst du unlogisch und tust Dinge, die du später bereuen könntest!» Sie grinst verlegen, und ich setze noch einen drauf. «Du bist dann nicht mehr klar im Kopf!»

Maria schaut mich herausfordernd an. «Na, immer noch klar genug, um zu wissen, wie ich dir helfen kann!», sagt sie.

«Wie meinst du das?»

Maria holt ihr Handy hervor und scrollt sich in ihre Fotoleiste. «Als ich auf der Toilette war, habe ich ein paar Fotos von der Schule gemacht. Vielleicht kannst du mit denen ja was anfangen?»

Fünf Fotos sehe ich, den Empfangsbereich, einen Klassenraum hat sie geknipst und ein paar Schülerinnen. «Super, danke, Maria!», sage ich, umarme sie und scrolle weiter. «Besonders toll finde ich, dass du auch das Klo fotografiert hast!»

«Man weiß nie, wofür man's mal gebrauchen kann!», gibt sie zurück.

Ich sag's ja. Die ist total verblendet!

23.

«Das ist er!», sage ich zu Maria.

«Wer?», fragt sie.

«Frage ich mich auch!», sagt eine Stimme in der Ecke. «Meinst du mich? Oder den Sender?» Jens steht auf und kommt lächelnd auf uns zu.

Ich sage nichts, fasse stattdessen mit meiner rechten Hand meinen linken Daumen an und massiere ihn übertrieben lange, obwohl der Daumen gar nicht darum gebeten hat. Dümmlich grinsend stehe ich zwischen Jens und Maria.

Sie starrt mich mit hochgezogenen Augenbrauen an und übernimmt das Reden.

«Vermutlich meint sie beides. Hallo, ich bin Maria. Ellas Freundin aus Hamburg!»

«Ach, super! Das ist ja toll, dass du sie besuchst. Sonst hockt man hier ja nur im Sender rum.»

«Schön, dich zu sehen», sind endlich die ersten Worte, die ich leicht krächzend spreche.

Ich freue mich tatsächlich, Jens zu treffen. In den vergangenen Tagen haben sich unsere Dienste nie überschnitten, und nach dem gemeinsamen Abend hätte ich gerne das Angebot eingelöst, gemeinsam essen zu gehen.

«Find ich auch!», erwidert Jens nickend. «Zeigst du Maria den Sender? Oder musst du auch arbeiten?»

«Eigentlich habe ich frei!», finde ich endlich zu meiner normalen Tonlage wieder. «Ich wollte Maria wirklich nur mal eben das Studio zeigen!»

«Das Beste ist der Blick aufs Meer!», sagt Jens und deutet auf die Fensterscheibe.

Maria nickt anerkennend.

«Besser, als aus dem Hörsaal hinaus auf ein Hamburger Parkhaus zu blicken!», kommentiert sie die traumhafte Aussicht.

«Ist Reimer gar nicht da?», frage ich, weil ich gehofft hatte, Maria meinem Chef vorzustellen.

«Nee, irgendein Termin. Was habt ihr denn schon so gemacht?», erkundigt sich Jens.

«Ach, wir waren ...», beginnt Maria die Aufzählung. Ich versuche ihr unauffällig auf den Fuß zu treten, weil ich nicht möchte, dass sie erzählt, dass wir bei Jannes Au-pair-Familie waren. Er soll auch nicht wissen, dass wir gleich als Erstes Schuhe kaufen waren.

Genau das Gegenteil passiert. Wegen meines ungeschickten Fußtritts schaut Jens nach unten auf unsere Füße und grinst. «Ach, wie ich sehe, habt ihr die wichtigsten Sehenswürdigkeiten schon abgehakt! Ich finde, die Schuhe müssten dringend mal abends ausgeführt werden! Wie wäre es heute Abend? Oder möchtet ihr lieber alleine etwas unternehmen?»

Maria schüttelt den Kopf. «Nein, nein. Du kannst gerne mitkommen. Wir haben schon jemanden, also, ääh, es kommt vielleicht noch jemand mit!»

«Ach so. Wer denn?»

«Ein Geschäftspartner!», erwidert Maria schnell.

«Aha!» Jens lacht. «Der Schuhverkäufer?»

Maria merkt, dass sie sich in eine völlig unnütze Situation hineinkatapultiert hat. Ich beobachte amüsiert, wie sie sich windet. «Nein, er ist in der Luftfahrtbranche unterwegs!»

Jens nimmt seine Sachen und dreht sich beim Verlassen des Raums noch einmal um.

«Heute Abend 20:30 Uhr in der Bar *Jour et Nuit*? Da gibt's was zu essen, und es soll eine ganz gute Band spielen. Habt ihr Lust?»

Wir nicken beide. «Okay, bis dann! Tschüs!»

«Mann, hast du eben gestammelt, als du von Alex gesprochen hast», necke ich sie, als Jens den Raum verlassen hat.

«Besser, als gar nichts zu sagen, so wie du am Anfang!», gibt sie zurück und fügt mit warmer Stimme hinzu: «Ich finde, das ist ein guter Typ!»

«Ja, finde ich auch. Aber irgendetwas stört mich an ihm. Ich weiß bloß nicht genau, was. Vielleicht weil er so bestimmend ist!»

Maria zuckt mit den Schultern. «Weil er bestimmt hat, wo wir uns heute Abend treffen, meinst du? Das ist doch nicht schlimm!»

«Nee, das meine ich nicht. Na, egal. Ich will mal eben versuchen, die Eltern von Janne anzurufen, ohne dass ich sage, wer ich bin und was ich genau will. Wie kriege ich das nur hin?!»

Maria beobachtet mich eine Weile amüsiert, bevor sie

mich anstößt. «Mensch, Ella, überleg doch mal. Das hattest du früher aber besser drauf!»

Ich schaue sie irritiert an, weiß nicht, was sie meint.

«Na, erinner dich doch mal bitte an das Meinungsforschungsinstitut Maria-Ella! Na?!»

Da fällt es mir wieder ein. Maria und ich haben oft, wenn wir alleine zu Hause waren, Telefonstreiche gemacht. Irgendwo angerufen und uns als Institut ausgegeben, das Dinge abfragt, einfach, um zu sehen, ob die Leute darauf hereinfallen. Sind sie häufig. Maria hat recht. Warum soll es nicht wieder klappen? Manchmal haben wir uns sogar eine Decke über den Kopf gezogen, weil wir Angst hatten, die Person am anderen Ende der Leitung könnte uns über eine Kamera erkennen. Die Decke werde ich diesmal weglassen. «Sehr gute Idee! Was machst du in der Zeit? Wenn du im Zimmer bist, muss ich lachen!»

Maria tippt auf ihr Handy und dreht sich zum Flur. «Ich werde Alex mal fragen, ob er weiß, wo die Bar *Jour et Nuit* ist.»

24.

«Guten Tag, mein Name ist Riedel, ich rufe vom Forschungsinstitut Trikeno an, wir machen eine kleine Befragung. Mein Kollege sagte, Ihnen würde es jetzt passen!?»

Ich halte die Luft an und hoffe, dass Jannes Mutter, Frau Schuster, den Köder schluckt.

Die Nummer habe ich schnell herausgefunden. In dem kleinen Ort bei Schwerin gibt es nur eine Familie Schuster.

Jannes Mutter klingt freundlich. «Ach, haben Sie schon einmal angerufen? Daran kann ich mich gar nicht erinnern.»

«Es dauert ja auch nicht lange, nur ein paar Minuten», unterbreche ich die Frau, damit sie nicht misstrauisch wird.

«Na gut. Schießen Sie mal los!», sagt Frau Schuster. Sie wirkt nicht gerade wie eine Frau, die sich zu Hause um einen todkranken Mann kümmert.

«Wir holen ein paar statistische Werte zum Thema *Wohnen* ein», improvisiere ich ein möglichst realistisches Befragungsszenario. «Wie viele Leute wohnen in Ihrem Haushalt?»

«Drei!», sagt Frau Schuster wie aus der Pistole geschossen.

Ich atme erleichtert auf. Dann ist Janne ja doch wieder zu Hause. Sie hat erzählt, dass sie keine Geschwister hat, somit wären sie wirklich drei.

«Ach, nein Quatsch. Momentan ja nur zwei», korrigiert sich Jannes Mutter. «Unsere Tochter lebt vorübergehend nicht bei uns.»

«Hat sie eine eigene Wohnung?», frage ich in möglichst sachlichem Tonfall weiter.

«Nein, sie ist im Ausland. Als Au-pair. In Monte Carlo.»

«Oh, das klingt interessant. Wie lange denn?»

«Schon ein Jahr. Und sie bleibt auch noch ein Weilchen. Ihr gefällt's da sehr gut.»

Das ist genau das, was ich hören wollte. Oder eben nicht hören wollte.

Janne ist nicht wieder zurück in Mecklenburg-Vorpommern bei ihren Eltern.

«Zahlen Sie so lange Versicherungen für Ihre Tochter?», erkundige ich mich, weil ich das Gefühl habe, eine seriöse Frage nachlegen zu müssen.

«Das weiß mein Mann besser. Aber ja, sie ist noch über uns versichert. Die Familie in Monte Carlo kümmert sich aber auch um sie», erklärt Frau Schuster fröhlich.

Wenn du wüsstest, denke ich.

«Telefonieren Sie denn oft miteinander?»

«Nein, ganz selten. Das letzte Mal vor zehn Tagen vielleicht. Da ist die Familie wohl doch etwas streng. Und es ist ja auch so teuer. Aber sie schreibt oft, und wir haben uns an Weihnachten gesehen. Da war sie hier und hat so schöne Geschenke mitgebracht.»

Genau wie früher bei Marias und meinen Telefonstreichen. Jannes Mutter erzählt tatsächlich einer wildfremden Anruferin ihr halbes Leben.

«Entschuldigen Sie, dass ich es so genau wissen will, aber das gehört alles zu der Befragung. Was für Versicherungen haben Sie denn so?»

«Ach, das Übliche. Hausrat. Auto, Krankenversicherung!»

«Irgendeine besondere Zusatz-Krankenversicherung? Für den Ernstfall?», frage ich und wage mich damit auf das zweite gefährliche Terrain.

«Nicht wirklich. Nur für die Zähne. Aber sonst nichts, brauchen wir ja auch nicht. Wir sind kerngesund. Die gute Landluft, wissen Sie!», sagt Frau Schuster lachend.

Ich quäle mich, um auch ein Lachen zustande zu bringen. Ich stelle noch schnell ein paar Fragen nach der Größe des Hauses und der Anzahl der Zimmer. Als ich mich verabschiede, stellt Jannes Mutter noch fest, dass meine Stimme so jung klingt.

«Das ist ein Studentenjob!», erkläre ich.

«Unsere Tochter will auch studieren, wenn sie wieder hier ist.»

Mit einem schlechten Gewissen lege ich auf. Ich habe die Frau eindeutig hereingelegt. Ich habe ihr nicht erzählt, dass ihre Tochter verschwunden ist. Kann gar nicht genau erklären, wieso, irgendwie wollte ich nicht, dass sie sich in ihrem beschaulichen Leben Sorgen machen muss, und vor allem will ich keine schlafenden Hunde wecken. Wer weiß, was wirklich hinter dem Ganzen steckt. Vielleicht sehe ich auch einfach nur Gespenster? Vieles spricht jedoch dagegen:

Wieso nur hat Janne in der Sprachenschule und bei ihrer Familie diese Lügen erzählt? Und wieso hat sie sich heimlich davongemacht? Und wohin? Oder ist sie gar nicht freiwillig gegangen? Das ergibt alles überhaupt keinen Sinn.

Ich weiß nur eines: Ich muss Janne finden. Schnell. Und ich hoffe inständig, dass Janne genauso kerngesund ist wie ihre Eltern.

25.

Ich habe ein Déjà-vu. Als ich bei Guillaume klingele und er die Tür öffnet, steht Isabelle im Hintergrund und winkt mir mit einem Tuch in der Hand zu. Ich glaube, es ist ein Geschirrspültuch. Ich versuche sie zu ignorieren, weil ich es wirklich abartig finde, dass Guillaume ausgerechnet etwas mit einer Frau angefangen hat, die so komplett anders ist als er. Die sich so sehr in der Studentenbude ekelt, dass sie immer erst einmal feucht durchwischt. Finde ich total strange.

Vielleicht hat sie ja auch gar nichts mit Guillaume, sondern mit einem seiner Mitbewohner? Oder mit allen dreien? Oder sie ist tatsächlich die Putzfrau!? Quatsch. Die können die sich bestimmt nicht leisten. Ich ärgere mich, dass ich Maria nicht mit nach oben genommen habe, damit sie sich mal ein Bild von Guillaume machen kann und von seiner Isabelle. Maria duscht stattdessen zum zweiten Mal heute, um sich für Alex fertig zu machen. Nichts Großes, wie sie abwinkend gesagt hat, nur mal eben schnell frischmachen. Nee, klar! Ich habe keine Zeit, länger drüber nachzudenken, sondern sage Guillaume, dass ich dringend seine Hilfe brauche. Er nickt lässig und gibt Isabelle ein Zeichen, sich in die Küche oder zu einem der Mitbewohner zu verziehen.

«Wohnt sie auch hier?», frage ich Guillaume, der mich groß anschaut.

«Nee. Ich penn heute Abend bei ihr. Hier bei uns, das ist nichts für sie.»

Er bei ihr? Heute Abend? Und das sagt er mir einfach so? Komischer Kerl. Irgendwie wurmt es mich, weil er sich ein wenig mehr für mich interessieren könnte. Außerdem hätte ich ihn gerne gefragt, ob er nachher mitkommt ins *Jour et Nuit*. Das hat sich damit erledigt.

Wäre schon schön, wenn meine vermeintliche Kontrahentin Isabelle verschwinden würde, während die verschwundene Janne wieder auftaucht. Aber so einfach ist die Sache nicht.

«Was ist denn los? Du bist so aufgeregt», holt Guillaume mich zum eigentlichen Grund meines Besuchs zurück.

«Hast du noch die Schnipsel aus dem Interview, das wir neulich geschnitten haben?»

«Du meinst den Beitrag? Den habe ich weggeschmissen», erklärt Guillaume und klickt sich durch seine Audiodateien.

Ich ignoriere, dass er meinen grandiosen Bericht einfach so im virtuellen Papierkorb versenkt hat. Und auch die Illusion, dass Guillaume meine sanfte Stimme zum Einschlafen hört, ist damit zunichtegemacht.

«Nein, das ganze Interview. Also auch die Teile, die wir herausgeschnitten haben.»

Guillaume stöhnt auf und lässt dabei prustend die Lippen schlackern. Dann lehnt er sich gemütlich in seinem Sessel zurück. Er sieht an meinem Gesichtsausdruck, dass er nicht mit einem einfachen «Nö» davonkäme.

«Vielleicht finde ich noch etwas im Papierkorb.»

Nach ein paar Klicks liegt das gesamte Material wieder im Schnittprogramm. So wie neulich, als wir es gemeinsam bearbeitet haben. Da wirkte er noch um einiges enthusiastischer. Na ja, schließlich ist er ja auch auf dem Sprung zu Isabelle.

«Willst du das alles noch einmal durchhören?»

«Ja, ich muss. Ich suche etwas.»

«Ich besorg uns etwas zu trinken. Bier, Wein?»

Ich lache und schüttele den Kopf. «Nein, Wasser. Ein langweiliges Wasser bitte!»

«Willst du auch Kuchen? Selbstgebackenen?»

Mir läuft das Wasser im Mund zusammen. Das hört sich sehr lecker an, aber überhaupt nicht nach einer Jungs-WG.

«Hat Isabelle mitgebracht. Von zu Hause.»

«Nee, danke, lass mal!»

Um Isabelles Backkünste kann ich mich jetzt nicht kümmern. Ich höre das Interview von vorne bis hinten durch. Als Janne erzählt, dass sie Weihnachten bei ihren Eltern in Deutschland verbracht hat und alle so schöne Geschenke bekommen haben, lächele ich und denke an das Telefonat mit Jannes Mutter. Die hatte die Geschenke ja auch erwähnt.

Etwas Auffälliges finde ich nicht, auch keinen versteckten Hinweis auf einen Freund. Sicherlich hat Janne nicht besonders glücklich über die Familie in Monte Carlo gesprochen, aber ist das ein Beweis, dass sie wirklich alles stehen und liegen lässt?

Ein merkwürdiges Gefühl ist es, Janne in der Aufnahme sprechen zu hören.

Guillaume kommt leise zur Tür herein und drückt mir ein Glas Wasser in die Hand. «Hast du etwas gefunden?»

«Nein, leider nicht!»

«Ich verstehe das ja alles nicht richtig. Mein Deutsch ist viel zu schlecht. Aber wieso ist es überhaupt so wichtig. Für deine Sendung?»

«Nein. Janne ist weg. In ihrer Familie und in der Sprachenschule hat sie erzählt, sie würde zurück nach Deutschland fahren, weil ihr Vater krank ist. Aber das stimmt nicht. Auf dem Handy erreiche ich sie seit Tagen nicht. Das ist sehr merkwürdig. Und ich möchte einfach wissen, was mit ihr passiert ist. Ich fühle mich irgendwie schuldig.»

Guillaume nimmt kurz meine Hand in seine. «Hat Janne denn keine Freundin hier, die das wissen müsste?»

Ich stoppe die Aufnahme, Jannes Stimme im Interview verstummt. «Na klar. Sie hat doch am Anfang etwas von einer Freundin erzählt. Wie hieß die noch?»

Guillaume nimmt die Maus in die Hand und zieht den Balken zum Anfang des Interviews zurück.

«Da ist es, stopp mal, genau.» Ich lausche und klatsche in die Hände.

«Rebecca. So heißt sie.»

Dass mir das nicht vorher aufgefallen ist. Oft hört man nicht richtig zu und filtert lediglich das für einen persönlich Wichtige heraus.

Janne erzählt gerade von dem Spaß, den sie zusammen am Strand hatten. Bis Rebecca nicht mehr dahin wollte, weil sie ein wenig zugenommen hat. Ich wundere mich etwas darüber, dass die sensible Janne so ein Thema anschneidet. Vielleicht hat sie sich geärgert, weil Rebecca fand, sie sei zu dick, was gar nicht stimmte. Übliche Mädchenprobleme. Wer kann nicht ein Lied davon singen? Hoffentlich ist Rebecca noch hier.

«Frag doch in der Sprachenschule nach, die wissen bestimmt, wo du sie finden kannst.»

Ich ärgere mich darüber, nicht schon am Morgen daran gedacht zu haben. Den Namen Rebecca hätte ich zwar nicht parat gehabt, aber nach Freundinnen generell hätte ich mich sehr wohl erkundigen können.

Ob diese Rebecca noch in Monte Carlo ist? Beata hätte sie doch bestimmt erwähnt, wenn die beiden so dicke gewesen wären.

Ich zögere, noch einmal in der Sprachenschule anzurufen. Solange ich nicht weiß, wie die Fäden zusammenhängen, werde ich mir meine Informationen anders beschaffen.

Wohl oder übel rufe ich erneut in der Höhle des Löwen an, bei Jannes Au-pair-Familie. Guillaume hat mich in seinem Zimmer alleine gelassen und mir sein Festnetztelefon überlassen.

«Allô!?»

Das ist nicht die weiße gestärkte Bluse am anderen Ende der Leitung. Dafür klingt die Stimme viel zu freundlich, das erkenne ich schon nach einem Wort. Ich erkläre kurz, wer ich bin.

«Ist Madame zu sprechen?», frage ich und finde, dass dieses «Madame» so erhaben klingt, als habe ich um eine Audienz beim Papst gebeten.

«Nein, sie ist nicht da. Ich bin die Köchin. Madame ist auf der Suche nach einem neuen Au-pair-Mädchen.»

Ich kichere leise bei der Vorstellung, dass die perfekt gebügelte Madame das mondäne Monaco verlassen hat und nun durch die ordinären Seitenstraßen von Nizza irrt und jedes x-beliebige Mädchen anspricht, ob es nicht Lust auf ein Leben in Pomp und Luxus habe. Oder besser auf ein Leben neben Luxus und in Babynahrung und Windeln.

«Warum lachen Sie?», fragt die Köchin. Von der Stimme her schätze ich sie auf Ende 50.

«Ach, muss schlimm sein, wenn man mal zwei Tage ohne Angestellte auskommen muss», erwidere ich und hoffe gleichzeitig, dass ich nicht zu weit gegangen bin.

«Keine Sorge, Madame wird sich nicht überarbeiten. Ich mache die ganze andere Arbeit schon mit.»

Eine Köchin mit Galgenhumor. Das gefällt mir. Sie ist um einiges zugänglicher als ihre Chefin. Bestimmt kennt sie Janne auch viel besser.

«Wissen Sie, wo Janne ist?»

«Nein, Madame hat gesagt, sie wollte nicht mehr hier sein. Kein Wunder, so wie sie sie behandelt haben.»

«Wie meinen Sie das?»

Die Köchin überlegt, ob sie fortfahren soll. Schließlich

könnte sie ihren Job gefährden, sollte sie zu sehr über ihren Boss herziehen. Sie ringt mit sich und beschließt wohl im Stillen, dass sie das Recht hat, sich nach all der Plackerei ein wenig zu beschweren.

«Na ja, wie ein Familienmitglied haben sie sie nie behandelt. Sie musste immer für die Kinder da sein, weil Madame nie Zeit hat. Ich frage mich, warum sie überhaupt Kinder bekommen hat. Aber das ist eine andere Geschichte. Die arme Janne: Immer nur arbeiten, und dann haben sie sie noch beschuldigt, irgendeine Kette gestohlen zu haben. Nur weil die gute Madame ihre vielen Sachen nicht beieinanderhält. Schlimm. Kein Wunder, dass Janne keine Lust mehr hatte. Ach, entschuldigen Sie, ich rede und rede.»

Na, da musste wohl mal jemand seinen gesamten Frust abladen. Wenn Janne schon nicht wie eine Tochter aufgenommen worden ist, wird die Köchin auch kaum wie eine Schwester behandelt werden.

«Haben Sie Janne oft gesehen? Also wissen Sie, ob sie enge Freundinnen hatte?»

«In letzter Zeit nicht», sagt die Köchin nach kurzem Überlegen.

«Sagt Ihnen der Name Rebecca etwas?»

Eine kurze Pause entsteht.

«Das war auch so eine merkwürdige Sache», erinnert sich die Frau. «Rebecca war ständig hier. Auch wenn Madame oftmals davon genervt war. Janne und sie hatten viel Spaß zusammen.»

«Wann war das denn?»

«Ach, vor einem Jahr ungefähr. Bevor sie verschwunden ist.»

«Bevor Janne verschwunden ist?»

«Nein, Rebecca!»

«Wie verschwunden?» Ich versuche, mir meine Aufregung nicht anmerken zu lassen.

«Na, die war doch auch von einem auf den anderen Tag

weg. Janne hat mir nur kurz erzählt, dass ihre Freundin nicht mehr hier ist. Schade. Bestimmt war ihre Familie auch nicht so nett.»

Die Erklärung kommt mir merkwürdig vor. Es kann doch kein Zufall sein, dass sowohl Janne als auch Rebecca auf mysteriöse Art und Weise von heute auf morgen ihren Arbeitsplatz verlassen haben.

«Wissen Sie, wo Rebecca hin ist?»

«Nein, keine Ahnung. Tut mir leid. Ich habe in meinen Jahren schon so viele Mädchen kommen und gehen sehen. Rebecca war eine der freundlichsten, wirklich, ich mochte sie sehr.»

«Wie lange sind Sie denn schon in dem Haus?»

«Fünfundzwanzig Jahre! Ich kenne Madame noch aus ihrer Teenagerzeit. Ohne weiße Blusen», fügt sie lächelnd hinzu. «Jetzt muss ich aber mal wieder an die Arbeit!»

Ich bedanke mich bei der Köchin. Beim Auflegen stelle ich fest, dass ich sie nicht einmal nach ihrem Namen gefragt habe. Die neuen Informationen über Rebecca und ihr Verschwinden stapeln sich in meinem Hirn auf all den anderen Rätseln der vergangenen Tage.

Mein Kopf ist voll und der Magen leer. Ich habe Hunger auf Kuchen. Und ich weiß auch schon, wo ich welchen herbekomme.

Als ich die Küche betrete, steckt sich Maria gerade das letzte Stückchen Apfeltarte in den Mund. Guillaume steht am Kühlschrank und nimmt eine Flasche heraus. Maria plaudert auf Englisch mit Isabelle. Meine beste Freundin hintergeht mich wegen eines Stücks Kuchen und verbündet sich mit der Bäckerin.

«Was machst du denn hier?», frage ich und bemerke sofort, dass es viel zu zickig klingt.

«Ich habe den Föhn nicht gefunden. Hast du den vorhin weggelegt? Ich bin dann einfach hochgekommen und habe geklingelt. Du hast telefoniert.» Maria schaut mich harmlos grinsend an.

«Du hast dir doch vorhin erst die Haare gewaschen. Warum denn jetzt schon wieder? Nur für Alex?», will ich giftig wissen.

Maria tut so, als würde sie meine schlechte Laune überhaupt nicht bemerken. «Wollte ich einfach!»

Als wir wieder unten sind, frage ich: «Und wie findest du ihn?»

«Ganz okay!», antwortet sie. «Aber Isabelle hat's bestimmt nicht leicht mit ihm.»

Na, toll! Maria geht also auch davon aus, dass die beiden ein Paar sind. Mir doch egal. Dann freue ich mich eben auf Jens.

26.

Jens steht pünktlich um 20:30 Uhr vor dem *Jour et Nuit* und begrüßt uns beide mit einer Umarmung. Er hat blaue Turnschuhe an mit einem hellblauen Logo auf der Seite. Dazu trägt er Jeans und ein graues T-Shirt. Das sieht viel cooler aus als das Hemd und das Sakko, das er im Polizeipräsidium anhatte. Maria und ich sind wieder in unserem Partnerlook unterwegs, also in den gleichen Schuhen. Keine von uns wollte nachgeben und die neuen Schuhe zu Hause stehen lassen. Es ist auch jetzt noch warm genug für die offenen, hohen Sandalen. In unseren ärmellosen Kleidern könnten wir ein wenig frieren, wir haben aber beide eine Jeansjacke über dem Arm. Hätte Maria nicht ein wenig längere und dunklere Haare als ich, könnten wir glatt als Hanni und Nanni durchgehen. Alles gleich. Mit niemandem stecke ich lieber in den gleichen Sandalen als mit Maria. In diesen Schuhen fühle ich mich wie in den Ferien. Die Arbeit ist trotz Janne und Rebecca weit weg. Was für Schuhe Alex trägt, weiß ich nicht. Er ist nämlich nicht da.

Nach zehn Minuten verschwinden wir in der Kellerbar. Ohne Alex. Es ist schummrig, stylish und voll. Jens hat mit seinem Scannerblick trotz Gedränge für uns eine kleine, freie Nische organisiert. Hier sitzen wir auf gemütlichen, braunen Stoffsofas. Jens und ich nehmen Maria, die total unentspannt suchend in die Menge schaut, in unsere Mitte. Von Alex ist nichts zu sehen.

«Er kommt bestimmt bald», sagt Jens tröstend. «Vielleicht ist er einfach nur aufgehalten worden.»

«Wen meinst du denn?», fragt Maria und tut so, als gehe sie das alles gar nichts an.

Ich knuffe Maria lächelnd in die Seite. «Deinen Vater wohl kaum! Mensch, Maria!»

Jens mischt sich mitfühlend ein. «Hat er denn gesagt, dass er vorher noch irgendwas machen muss?» Jens zeigt sich wie schon in der Bar in Monte Carlo von seiner netten Seite. Auch Maria scheint ihm zu vertrauen und legt die kühle Maske ab. «Na ja, er wollte extra für mich einen Termin absagen.» Sie checkt zum hundertsten Mal ihr Handy, auf dem keine neue Nachricht angekommen ist.

«Ob ich mal ...?»

«Nein, tu das nicht!», bitte ich Maria. «Ruf ihn nicht an. Du hast doch vorhin schon als Erste angerufen und ihn gefragt, ob er mitwill. Vielleicht hat er eine Freundin und kann nicht weg!»

Maria reißt ihre Augen entsetzt auf. «Glaubst du? Aber er war doch so nett im Flieger und auch vorhin am Telefon. Nicht, dass was passiert ist.»

Ich nehme meine Freundin in den Arm, und Jens stupst sie von der anderen Seite sanft an.

«Na, dafür, dass du ihn gar nicht soo interessant fandest, machst du dir ganz schön dolle Sorgen!»

Maria schüttelt energisch den Kopf. «Na ja, nee, so wichtig ist es auch nicht. Ich möchte einfach nur nicht, dass ihm was passiert.»

Über Marias Schulter beobachte ich, wie Jens mir ein fragendes Zeichen gibt, ob er kurz gehen soll? Ich schüttele leicht den Kopf. Trotzdem dreht er sich weg und bestellt beim Kellner etwas. Kurze Zeit später stehen zwei Fruchtcocktails und ein Bier auf unserem Tisch. Dazu bekommen wir drei Teller mit Tapas, Käse, Schinken und Brot. Sofort fixiere ich die Leckereien. Maria hat gar nicht bemerkt, dass der Kellner etwas gebracht hat. Sie fixiert nur abwechselnd ihre Uhr und das Handy. Ich habe noch nie gesehen, dass ein Kerl Maria so den Verstand raubt.

Jens reicht ihr einen Cocktail. «Hier, das hilft bestimmt. Ist lecker. Und dahinten steht einer, der guckt dich schon die ganze Zeit an.»

Ich schaue mich suchend um. «Ehrlich? Wer denn?», frage ich und sehe, wie Jens mit den Augen rollt und mir neckend in die Seite stößt. Ach so, er wollte sie nur trösten.

«Dich, Ella, schaut übrigens auch jemand mit gierigem Blick an. Die Teller auf dem Tisch. Nun iss mal was.» Er grinst dabei so freundlich, dass ich überhaupt kein schlechtes Gewissen habe wegen meines Appetits. Es ist das erste Mal, dass ich mich in der Gegenwart eines Mannes nicht zurückhalte. «Wer Hunger hat, muss was essen!», sagt er mir und pikst mit einem Zahnstocher ein Stück Käse und Schinken auf und steckt es mir in den Mund. Danach landet das Gleiche in seinem Mund. Maria schüttelt nur abwehrend den Kopf. Während wir essen, wird es laut. Die Band hat unbemerkt hinter uns auf der kleinen Bühne Platz genommen und beginnt zu spielen. Jazzig angehauchte Musik ertönt. Vier Männer am Saxophon, an den Drums, an der Trompete und am Mikro stecken den ganzen Raum an mit ihrer stimmungsvollen Musik. Alle wippen mit, klatschen und johlen. Unsere Augen glänzen, auch die von Maria. Ich befürchte allerdings, dass es Tränen sein könnten. Inzwischen ist es schon halb zehn, und ich bezweifle, dass Alex noch kommt. Mich plagt mein schlechtes Gewissen, weil ich mich neben Jens so wohl fühle, weil die Musik mich beschwingt und ich mich lebendig fühle wie lange nicht mehr. Maria verabschiedet sich kurz auf die Toilette. Ich frage sie, ob ich mitkommen soll, aber sie schüttelt nur den Kopf. Hoffentlich heult sie nicht auf dem Klo oder macht andere Dinge, die sie später bereuen würde.

«Glaubst du, dass sie ihn anruft?», fragt mich Jens und blickt Maria hinterher.

«Ich weiß es nicht, aber würdest du es als Mann nicht peinlich finden, wenn dich eine Frau am Tag zweimal anruft?»

«Kommt auf die Frau drauf an!», sagt Jens und blickt mir eine Sekunde länger als sonst in die Augen. Danach dreht er sich zur Bühne, lauscht der Musik und dreht sich wieder zu mir: «Mann, ist das ein guter Laden. Toll, dass du mich hierher mitgenommen hast», ruft er mir ins Ohr. Ganz dicht hat er sich zu mir gebeugt. Ich zucke leicht zusammen, weil mir sein männlicher Duft direkt in die Sinne knallt. Wenn ich mit Jens unterwegs bin, fühlt sich alles richtig und gut an. Ich muss mich nicht verstellen.

«Endlich mal nicht in dem stickigen Studio, nicht?», fragt er fröhlich und sieht dabei mindestens fünf Jahre jünger aus.

«Stimmt, ich habe mich viel zu sehr auf die Arbeit konzentriert. Es ist toll, dass wir hier sind!»

«Oh, das ist aber ein schönes Kompliment!»

Bei der ganzen Säuselei habe ich Maria ganz vergessen. Jens scheint noch vor mir zu wissen, was mir durch den Kopf geht. «Sie steht dort hinten an der Bar.»

Ich entdecke Maria, die sich mit irgendjemandem unterhält. Im Dunkeln kann ich nicht erkennen, wie der Mann aussieht. Ihre Niedergeschlagenheit scheint wie weggewischt, denn sie winkt uns zu. Kurze Zeit später erscheint sie wieder bei uns mit einem Typen im Schlepptau. «Das ist Alex», sagt sie aufgeregt.

«Ich weiß!», sage ich, denn ich habe Alex ja schon am Flughafen gesehen. Er beugt sich vor und gibt mir zwei Küsschen. Danach reicht er Jens die Hand. Für sein Zuspätkommen entschuldigt er sich nicht. Maria hat ihm offenbar innerhalb einer Nanosekunde verziehen, setzt sich auf die gegenüberliegende Couch und lässt genügend Platz für Alex.

«Was war denn nun?», frage ich.

«Äh, nichts!», stottert Maria.

«Seid ihr schon lange da?», fragt Alex plötzlich unschuldig.

«Na ja, seit einer guten Stunde!», antworte ich und wundere mich darüber, dass er so unbedarft ist.

«Eine Stunde?», ruft er und schaut Maria fragend an. «Du hast doch gesagt, wir treffen uns um halb zehn hier!»

Maria winkt ab und lacht. Sie hat völlig unnötig Panik gemacht, weil sie ihm eine falsche Uhrzeit durchgegeben hat.

Okay, jetzt ist alles gut. Und ich will tanzen. Bevor ich einen Ton sagen kann, beugt sich Gedankenleser Jens zu mir: «Hast du ein wenig Zeit für mich?», fragt er in mein Ohr.

Mir läuft ein Schauer den Nacken hinunter. «Zeit wofür?», frage ich und bemerke, dass ich noch gar nicht an Guillaume und Isabelle gedacht habe. Also nur mal jetzt eben kurz. Was die wohl gerade machen? Nicht so was Schönes wie ich, beschließe ich.

«Zeit zum Tanzen vielleicht?», fragt Jens und zieht mich hoch.

Ein paar Leute stehen dicht gedrängt auf der kleinen Tanzfläche. Jens nimmt mir das leere Glas aus der Hand, stellt es einem Kellner aufs Tablett und zieht mich an sich. So tanzen wir zu den entspannenden, launigen Klängen der französischen Combo, die vom freien Geist, wilden Abenteuern und verrückter Liebe singt.

«Weißt du eigentlich, warum ich mich so freue, dass Alex doch noch gekommen ist?», fragt Jens.

Ich zucke mit den Schultern.

«Weil sie jetzt nur noch Augen für ihn hat. Und ich so nur noch Augen für dich haben kann.»

Und dann sehen wir uns ziemlich lange an und sagen einfach mal gar nichts.

Richtig reden tue ich erst drei Stunden später wieder. Maria und ich liegen aufgedreht in meinem Bett und lassen den Abend Revue passieren. Meine Ohren dröhnen immer noch, obwohl wir schon lange keine Musik mehr hören. Den Duft der Bar und unserer Begleiter haben wir noch in der Nase. Maria hat nur ein Gesprächsthema: Alex. Über falsche Uhrzeiten und Tränen auf dem Klo verliert sie keine Silbe mehr. Ich will sie auch nicht triezen.

«Er will mich wirklich in Deutschland besuchen. Vielleicht kann er da einen Job bekommen!», berichtet sie aufgeregt.

«Und Daniel hat da nichts dagegen?», frage ich noch einmal.

«Ach, hör auf. Habe ich doch gesagt, das ist durch. Oh Mann, ich finde den so wahnsinnig nett. Seine Eltern haben ein Wochenendhaus in der Provence. Vielleicht können wir da mal hin.»

Alex scheint keine schlechte Partie zu sein.

«Gestern kanntest du ihn noch nicht, und jetzt willst du schon die Schwiegereltern besuchen?!», versuche ich Maria in die Realität zurückzuholen.

«Ja, nein, nicht gleich, egal, wie fandest du ihn?»

«Lässig. Und er sieht gut aus. In Jeans sogar besser als im Anzug!» Ich stehe einfach mehr auf Jeanstypen als auf Krawatten-Heinis. «Und wie findest du ihn?»

«Wie ich Alex finde?», fragt Maria scheinheilig. «Ganz toll. Ich weiß nicht, ob ich es schon sagte?»

Ich verdrehe die Augen. «Den meine ich ja nicht!»

Maria dreht sich zu mir. «Ich sage dir jetzt mal was. Jens ist total in Ordnung. Ein bisschen alt vielleicht. Aber du kannst gut jemanden gebrauchen, der reif ist und dich einfängt. Mein Eindruck: Er hat die drei H: Hirn, Humor und Herz, oder?»

Mir wird kribbelig warm, ich werde rot, was sie hoffentlich nicht sehen kann. «Keine Ahnung», gebe ich zurück, obwohl die Umarmung zum Abschied vor der Haustür schon sehr herzig war. Maria hat das nicht mitbekommen, weil sie mit Alex um die Ecke stand.

«Hoffentlich hat Guillaume mich nicht gesehen!», höre ich mich sagen und bin über mich selber erstaunt. Was mit Guillaume ist, ist doch total unwichtig. Der interessiert sich gar nicht wirklich für mich. Und außerdem betreibt er Vielweiberei. Ich habe es immer noch nicht verdaut, dass es ihn gar nicht gestört hat, mir zu erzählen, er würde bei Isabelle übernachten. «Ach nee, der schläft ja eh auswärts!»

«Ja, und?», fragt Maria.

«Stimmt ja. Jens ist schließlich auch einiges älter als ich. Also nur mal rein theoretisch! Dann kann Guillaume selbstverständlich auch etwas mit einer Älteren haben.»

Mit einem Ruck dreht Maria sich wieder zu mir. Durch den Schlitz in den blauen Fensterläden scheint der Mond auf ihr Gesicht. «Wie kommst du denn auf so einen Quatsch!», fragt sie. «Wieso sollte er was mit einer Älteren haben?»

«Na, mit Isabelle», gebe ich zurück. Maria hat sie doch selber vorhin in der Küche gesehen.

Ein lautes Lachen bekomme ich als Antwort. «Mann, Ella. Isabelle ist seine Mutter! Weißt du das nicht?»

Ich muss ziemlich blöd schauen, was leider auch vom Mond direkt beschienen wird. «Nee. Echt? Seine Mutter. Woher weißt du das denn?»

Sie verzieht ihren Mund und schüttelt den Kopf. «Na ja, weil sie es mir vorhin erzählt hat. Sie kommt manchmal und wischt durch und sorgt dafür, dass zumindest einmal pro Woche der Müll runtergebracht wird. Guillaume schläft heute bei ihr, weil sie morgen Geburtstag hat. Deswegen hat Isabelle auch den Kuchen mitgebracht. Was hast du denn gedacht?»

Mann, bin ich bekloppt. Seine Mutter. Natürlich. Die mal eben durchwischt. Wer sonst? Obwohl sie eine ganz schön junggebliebene Mutter ist. Wieso ich das nicht weiß? Weil ich kein einziges Wort mit ihr gewechselt habe, vor Eifersucht, ich Vollidiot. Maria jedenfalls hat in einem Fünf-Minuten-Küchengespräch mehr aus ihr herausbekommen als ich es in fünf Jahren geschafft hätte.

«Äh, was ich gedacht habe?», antworte ich. «Nichts, also nein, wirklich. Habe ich mir schon gedacht, dass das die Mutter ist. Und jetzt lass uns schlafen.»

«Is gut!», sagt Maria.

Sie sagt dann auch wirklich nichts mehr. Ich sehe aber genau, wie ihr Körper unter ihrer Bettdecke bebt – vor Lachen!

27.

Ich sitze in der Redaktion und bereite meine Sendung vor. Durch all den Trubel und die Ungereimtheiten rund um Janne habe ich meine Arbeit in den letzten Tagen etwas vernachlässigt. Außerdem habe ich den Tag gestern noch mit Maria ausgekostet. Wir waren lange am Strand, bis Alex am Nachmittag dazustieß und ich mir ein wenig wie das fünfte Rad am Wagen vorkam. Ich habe behauptet, arbeiten zu müssen, und habe die beiden noch zwei Stunden alleine gelassen. Heute Morgen ist Maria wieder abgeflogen. Alex hat sie zum Flughafen gebracht und versprochen, sich bald bei ihr zu melden. Hoffentlich hat Maria ihre Telefonnummer und E-Mail-Adresse genauer durchgegeben als die Treffpunktzeit beim *Jour et Nuit*. Zum Abschied hat sie versprochen, bald wiederzukommen. Ich bin mir nicht ganz sicher, ob ich der einzige Grund dafür bin.

Konzentriert schneide ich das Interview mit Charlotte zurecht. Ich habe noch eine Nachricht bei der Sprachenschule hinterlassen, um einen Interviewpartner für die Sendung zu bekommen, habe aber wie erwartet keine Antwort erhalten. Mein Chef Theo Reimer hat vorhin gesagt, ich solle mir keine grauen Haare wachsen lassen, ich könne auch wunderbar einfach nur so mit Anrufern sprechen. Das würde ihm sehr helfen. Er könne sich dadurch einen Eindruck verschaffen, wie ich live in der Sendung mit den Anrufern umgehe und wie viele Leute überhaupt anrufen. Das sei sehr gut für die Statistik. Ich ziehe einen Flunsch. Rein für die Statistik wollte ich diese Sendung eigentlich nicht machen. Immerhin bin ich froh, dass Reimer Jens offenbar wirklich kein Sterbenswort darüber erzählt hat, dass die Au-pair-Sendung weiter in Planung ist. Seine Fehde mit Schmidt und Jens passt mir ganz gut in den Kram, weil ich mich so nicht rechtfertigen muss. Trotzdem klopft mein schlechtes Gewissen immer lauter an. Mir ist nicht wohl dabei, dass ich Jens hintergehe, schließlich haben wir uns richtig angefreundet. Und nach dem Abend in der Bar könnte man sagen, dass das Wort «angefreundet» sogar stark untertrieben sein könnte. Vielleicht bekommt er von der Sendung ja nichts mit, hoffe ich.

Als ich meine Sachen zusammenpacke, kommt Jens aus dem Sendestudio heraus. Er grinst mich und Reimer an.

«Was war denn da vorhin schon wieder los?», fragt der Chef.

«Ach, ich habe die beiden Regler verwechselt. Deswegen ging die Musik nicht los. Tut mir leid.»

Ich horche auf. Hat Jens schon wieder einen technischen Fehler gemacht? Junge, Junge, die häufen sich allmählich. Es stimmt ja, dass die Technikausstattung in den einzelnen Studios unterschiedlich ist, aber allmählich sollte er sich doch an das Pult bei Radio Bleue gewöhnt haben. Jens tangiert es nicht weiter, er ignoriert Reimers Kopfschütteln. Neulich hätte ich mich über dieses Verhalten noch aufgeregt, hätte Jens überheblich gefunden. Jetzt möchte ich einfach nur, dass er keinen Ärger bekommt.

«Ich habe letztens auch die Regler verwechselt», springe ich ihm bei.

Reimer verdreht die Augen und geht in sein Büro. Wahrscheinlich kann er es nicht fassen, dass ich mich von diesem Jens Freese habe einfangen lassen.

«Wollen wir noch etwas essen gehen?», fragt Jens. Themenwechsel.

«Weil ich dich eben verteidigt habe?», gebe ich augenzwinkernd zurück.

«Ja, das auch. Aber du hast auch noch ein Essen gut bei mir.»

«Du müsstest doch eigentlich total satt sein», bemerke ich und zeige auf die leere Tüte vom Bäcker in seiner Hand.

«Stimmt schon, aber da passt immer noch etwas rein. Und du hast doch bestimmt großen Hunger?»

Es rührt mich, dass er so besorgt um mich ist. Aber ich habe Guillaume heute Morgen im Treppenflur getroffen, und er hat sich mit mir für heute Abend verabredet. Ohne seine Mutter, wie er grinsend hinzugefügt hat.

«Ich kann leider nicht. Ich bin schon mit meinem Nachbarn verabredet.»

Es fühlt sich merkwürdig an, Jens das zu sagen.

«Soll ich dich denn nach Hause bringen?»

«Woher weißt du, dass ich mit der Bahn da bin?»

«Ganz einfach. Dein Wagen steht nicht unten im Halteverbot!»

Recht hat er. Mein Wagen war heute Morgen in der engen Zufahrt zugeparkt und ich schon spät dran. Gut, dass Alex Maria zum Flughafen gebracht hat. Bis der Besitzer des Autos ermittelt worden oder der Abschleppdienst da gewesen wäre, hätte es zu lange gedauert. Deswegen bin ich mit der Bahn nach Monte Carlo gefahren.

Ein guter Schachzug, wie ich finde, denn es gefällt mir, neben Jens in seinem blauen Cabrio zu sitzen. Das Meer zur Linken, eine frische Brise um die Ohren, bei lauen Temperaturen über die hügelige Straße zurück nach Nizza zu fahren ist wahrlich nicht das Schlechteste.

«Wo wohnst *du* denn eigentlich?», frage ich Jens, als er vor meiner Haustür hält.

«Dahinten. Ist noch nicht ganz eingerichtet. Bin ja noch nicht so lange hier. Wenn es fertig ist, lade ich dich einmal ein, okay?»

Ich nicke. «Gerne!»

In dem Moment öffnet sich die Haustür, und Guillaume tritt auf die Straße. Mit einem Mädchen im Schlepptau. Die garantiert weder seine Mutter noch seine Oma ist. Die beiden kommen direkt auf Jens und mich zu. Wir alle machen uns etwas linkisch miteinander bekannt.

«Salut. C'est Louise!», sagt Guillaume.

«Deine Schwester?», frage ich vorlaut. Das konnte ich mir nicht verkneifen.

Er schüttelt nur den Kopf, scheint den versteckten Witz aber nicht verstanden zu haben. Oder verstehen zu wollen. «Wir sind auf dem Weg zum Unitreffen!» Er erwähnt mit keiner Silbe, dass dadurch die Verabredung mit mir platzt.

Ich bin mir plötzlich nicht mehr hundertprozentig sicher, ob wir wirklich verabredet waren, und möchte ihm deswegen vor Louise und Jens keine Szene machen.

Jens sieht sicher meinem Gesicht an, dass Guillaume nicht das Richtige gesagt hat.

Mein Magen krampft sich zusammen. Guillaume drückt mir zum Abschied zwei Küsse auf die Wangen, versichert, dass wir bald mehr Zeit füreinander haben, und ist auch schon verschwunden. Mir steigen vor Wut die Tränen in die Augen, und ich drehe mich weg, damit Jens es nicht sieht.

«Es gibt Momente im Leben, da hilft einfach nur eine schöne Mousse au Chocolat! Was meinst du, Ella?»

Das ist irgendwie süß. Sowohl die Mousse als auch Jens' Versuch, mich zu trösten.

In der Brasserie *Le Sud* hellt sich meine Stimmung wieder auf. Bisweilen geht das ganz schnell. Eben noch die Schmolllippe und kurze Zeit später das Plappermaul.

«Alex hat Maria heute zum Flughafen gebracht. Ich glaube, das wird was mit den beiden. Würde mich freuen!»

«Mich auch!», antwortet Jens mit einem warmen Lächeln. «Du hast eine sehr nette Freundin. Ihr seid ein gutes Team! Obwohl dir die Schuhe besser stehen, finde ich!»

Wir plaudern, und ich finde ihn witzig. Je persönlicher das Gespräch wird, umso unangenehmer ist mir die Sache mit der Sendung. Ich würde Jens so gerne von Jannes Verschwinden erzählen, traue mich aber nicht aus Angst vor einem Einlauf. Bestimmt könnte er mir einen guten Tipp geben, was ich machen soll. Aber ich wage es nicht. Wäre doch die Sendung schon gelaufen.

«Hast du vorhin wieder eine Sendung vorbereitet? Woran arbeitest du gerade?», fragt er mich, als könne er Gedanken lesen.

Normalerweise gefällt mir so was, in diesem Fall passt es mir gar nicht in den Kram. Was soll ich antworten? Dass ich ein Interview mit einem Au-pair-Mädchen geschnitten habe? Das kann ich auf keinen Fall sagen. Das wäre in etwa so, als würde ich einem Bankdirektor sagen, dass ich vorhabe, seine Bank auszurauben.

Glücklicherweise klingelt in dem Moment Jens' Telefon, und er wird abgelenkt. Er verlässt kurz das Bistro, spricht ein paar Minuten draußen vor der Tür und kehrt dann zu mir zurück. Er strahlt mich an und spricht darüber, wie mild es draußen noch ist. Er scheint seine Frage nach meiner Sendung komplett vergessen zu haben.

Wie gut, dass ich weitere Details verschwiegen habe.

«Komm, Ella, lass uns etwas zu essen bestellen. Ich habe Hunger.»

Das lasse ich mir nicht zweimal sagen.

Eineinhalb Stunden später verlassen wir die Brasserie und schlendern an der Promenade des Anglais entlang. Allmählich wird es dunkel, und am Meer brennen mehrere Lagerfeuer. Der Strand von Nizza ist wegen seiner vielen Steine ja wirklich etwas ungemütlich. Doch Jens breitet fürsorglich seine Jacke aus, damit wir uns setzen können. Es ist schon eine Kunst, die Steine mit den Pobacken so zurechtzuruckeln, dass sie nicht piksen. Einträchtig sitzen wir nebeneinander und lauschen deutschen und französischen Jugendlichen, die am Feuer Gitarre spielen. Dazu singen sie aber glücklicherweise nicht «How many roads», sondern französische Lieder.

«Das sind bestimmt Austausch- oder Sprachschüler», mutmaße ich und gebe Jens damit das entsprechende Stichwort.

«Au-pairs meinst du?» Ich könnte mich ohrfeigen, dass ich ohne Not das Thema wieder darauf gelenkt habe. Schnell ablenken. «Warst du vorher überhaupt schon einmal in Frankreich?»

Jens nickt.

«Ja, letztes Jahr mal im Urlaub. Und ich war ganz früher zum Austausch in einer französischen Familie. Abends musste ich mir immer die Kriegsgeschichten des Opas anhören, habe aber zum Glück kein Wort davon verstanden.

Ich weiß nur, dass er anscheinend sauer auf mich war, weil ich Deutscher bin. Ich habe immer nur brav ‹Oui, Monsieur!› gesagt und war am Ende der zwölf Tage vollkommen erledigt. Dein Französisch ist viel besser.»

Ich grinse schelmisch und stöhne auf. «Wundert dich das, weil ich noch ein halbes Kind bin?»

Er nickt. «Na ja, gerade mal mit der Schule fertig!»

«Ich hatte einen sehr guten Französischlehrer. Dafür war ich in Physik eine Niete.»

«In Mathe und Physik war ich ganz gut. Und in Sport», erzählt Jens.

«Für eine Sportskanone hast du gar nicht genügend Muckis!», necke ich ihn und teste den Umfang seines rechten Oberarms.

«Aha, du denkst also, ich habe keine Kraft.»

Jens rückt ein Stückchen von mir ab. Ist er jetzt beleidigt? Das wollte ich keineswegs, denn es ist sehr angenehm, neben ihm am dunklen Strand zu sitzen.

«Ich finde muskulöse Männer überhaupt nicht toll», rudere ich zurück. «Ich dachte bloß, du kennst vielleicht ein paar gute Tricks.»

«Was für welche meinst du denn?»

Jens steht auf und zieht mich mit einem Arm nach oben. Scheint doch nicht so unmuskulös zu sein.

«Na ja, irgendeinen Griff, um jemanden zu erschrecken oder um sich zu wehren!»

«Hast du jemanden Bestimmtes im Auge?», fragt Jens.

Schlagartig sehe ich meinen Exfreund samt Chemie-Tussi vor mir. Der könnte eine kleine Abreibung gut vertragen. Das sage ich auch Jens.

«Ach so. Guillaume? Gut, dann wählen wir was Heftigeres.»

Wieso bezeichnet er Guillaume als meinen Exfreund?

«Sieh mal, hier ist der Solarplexus, zwischen dem zwölften Brust- und dem ersten Lendenwirbel. Wenn du mich da triffst, dann führt das zu Schwindel oder Bewusstlosigkeit. Aber bei einem richtig starken Mann nützt das nichts, da bist du verloren. Also, lass das lieber! Wie stark bist du denn?»

«Ich kann nur so was hier», lache ich, balle meine Faust und haue Jens mit voller Wucht auf die Schulter. Schade nur, dass meine Faust hinterher schmerzt. Sicher mehr als Jens' Schulter. Ich schüttele meine Hand, in dem Moment schnellt seine zu meinem unteren Rippenansatz und stoppt kurz vorher.

«Du darfst nie vergessen, dass der Gegner immer den zweiten Schlag hat. Und hier an der Rippe ist man meist schlechter gedeckt als am Solarplexus», erklärt er fachmännisch.

Für heute habe ich genug.

«Ich glaube, das ist doch nichts für mich. Muss man so was als guter Moderator können?»

«Fans abwehren? Klar, du weißt ja, wenn die sich alle auf einmal auf einen stürzen.»

Wir grinsen, wohl wissend, dass wir bisher noch nicht einen einzigen Fan zu Gesicht bekommen haben und dass Désirées Autogrammkarten auch allmählich Staub ansetzen.

«Ich hätte immer Angst, dass jemand schachmatt geht und nie mehr aufwacht», merke ich an und sehe mich im weißen Anzug und gelben Gürtel über blaue Matten rollen. Jens reibt sich das Kinn.

«Ich glaube, darüber brauchst du dir keine Gedanken zu machen, obwohl du echt stark bist.»

Er lacht und versucht, böse zu schauen. Dann wendet er sich ab, und ich haue ihm von hinten noch mal auf seine Schulterblätter. Blitzschnell dreht er sich, greift meinen Arm, drückt ihn leicht nach hinten und hält seinen Arm um meinen Hals. Ich kann mich nicht mehr bewegen.

«Jetzt bist du im Schwitzkasten. Kommst du noch an meine Schulter?»

Haha, lustig! Ich weiß ja nicht mal mehr, wo meine eigene Schulter gerade ist.

«Das tut voll weh. Warum tust du das?», frage ich stöhnend.

«Damit du siehst, was einem so passieren kann, wenn man nicht damit rechnet», sagt Jens und lässt zum Glück locker.

Er fordert mich auf, das Gleiche bei ihm zu probieren. Ich versuche es mehrere Male, und wir balgen uns wie ein Wollknäuel auf dem steinigen Grund. Ich will seine Hand wegdrücken, erwische seinen Mund und verpasse ihm einen Kratzer an der Stirn.

Jens wischt sich ein wenig Blut ab. Ich schlage die Hände vors Gesicht.

«Oh Gott, Entschuldigung, das wollte ich nicht. Manchmal bin ich ein wenig trottelig.»

«Macht nichts. Hauptsache, du versprichst mir, das bei Guillaume auch noch mal zu machen!»

«Mal sehen. Genügend Griffe kenne ich jetzt ja. Tut's doll weh?»

«Ja, ein bisschen schon», bemitleidet Jens sich selbst. «Du bist nebenberuflich Catcherin, gib's zu.»

Er neckt mich schon wieder, heißt, der Schlag kann so schlimm nicht gewesen sein. Mal am Rande: Der einzige Schlag, der hier wirklich schlimm und doll ist, ist mein Herzschlag.

28. «Bitte lächeln!»

Ich drücke auf den Auslöser meines Handys. So schnell bekomme ich das ganze Team nicht wieder auf ein Foto.

Theo Reimer hat die gesamte Radio-Bleue-Mannschaft

zum Essen an den Hafen von Monte Carlo eingeladen. Als Dankeschön für die gute Zusammenarbeit und um irgendein Jubiläum zu feiern. Siebzehneinhalb Monate Radio Bleue, oder so ähnlich. Wahrscheinlich hat Reimer einfach nur einen Anlass gesucht, um einmal nicht zu Hause auf dem Sofa zu hocken.

«Es macht viel Spaß mit euch», sagt er in weinseliger Stimmung und hält sein Glas in die Runde. «Auch wenn der ein oder andere in nächster Zeit die Regler noch besser in den Griff bekommen muss.» Dabei wirft er Jens einen vielsagenden Blick zu, den dieser nur mit einem frechen Achselzucken quittiert.

Ich frage mich, ob ich eines Tages auch so cool mit Kritik umgehen kann. Ich selber bin aufgeregt wie vor meinem ersten Schultag. Morgen steht meine erste richtig große Sendung an. Ich hüpfe auf, setze mich wieder hin, um gleich darauf nervös in meiner Tasche herumzukramen.

«Na, ist das dein After-Work-out?», fragt Jens, der mich in aller Seelenruhe bei meinen hektischen Aktionen beobachtet hat.

«Sport ohne Fitnessstudio meinst du?», gebe ich zurück.

Er nickt amüsiert.

Ich lehne mich zu ihm über den Tisch: «Ja, das ist meine Lieblingssportart: Sie nennt sich nervöse Prä-Sendungs-Aerobic!»

«Darf man da mal mitmachen?»

«Aber Herr Freese. Doch nicht jemand mit Ihrem Erfahrungsschatz. Bei mir sind nur Menschen zugelassen, die sich mit den Reglern und der Studiotechnik noch nicht so richtig auskennen.»

«Ach so, stimmt, dann ist das wirklich nichts für mich.»

Wir lachen so laut, dass Désirée, die in ein Gespräch mit Tontechniker Jean-Luc vertieft ist, erstaunt herüberschaut. Nicht, dass Désirée sich bisher ansatzweise etwas aus Jens gemacht hätte, andere sollten sich möglichst aber auch nicht zu sehr amüsieren. Sie kneift ihre Augen zusammen, checkt die Lage und widmet sich danach intensiv Jean-Luc.

«Na, bist du schon aufgeregt wegen morgen?», fragt Theo Reimer, der hinter mir aufgetaucht ist und mir väterlich seine Hand auf die Schulter legt. Ich hoffe, dass er nicht vor Jens ausplaudert, was für eine Sendung ich habe. Jens geht davon aus, dass ich über die Sehenswürdigkeiten in Monte Carlo reden werde.

«Nein, sie ist die Ruhe selbst», antwortet Jens für mich. «Ich bewundere ihre innere Ausgeglichenheit. Was würde ich dafür geben, auch so zu sein.»

Ich trete Jens unter dem Tisch gegen sein Schienbein. Er verzieht keine Miene, obwohl der Tritt höllisch weh getan haben muss. Ich habe meine Kräfte eben nicht immer richtig unter Kontrolle.

«Na, dann ist ja gut!», freut sich Reimer. «Ich dachte schon, ich müsste dich beruhigen. Aber dann muss ich mir ja keine Sorgen machen.» Er klopft mir noch einmal auf die Schulter und verwickelt dann die Dame aus der Anzeigenabteilung in ein Gespräch. Puh, noch einmal Glück gehabt. Er hat nichts gesagt. Aber Jens bleibt unglücklicherweise am Thema dran.

«Hast du noch einen Interviewpartner gefunden für die Sendung?», erkundigt er sich interessiert.

«Ja, den Mann von der Tourismuszentrale.» Das ist alles nicht gelogen. Der Tourismusexperte kommt tatsächlich. Er hat zwar nicht so richtig viel mit Au-pairs zu tun, war aber der Einzige, der Deutsch spricht.»

Jens nickt mir aufmunternd zu. «Ich bin froh, dass du die Sache mit den Au-pairs aufgegeben hast.»

«Damit du ein gutes Gewissen deinem Kommissar gegenüber haben kannst?», frage ich mit einem aufmüpfigen Ton. Mich ärgert es, dass er so obrigkeitshörig ist. Und mich ärgert noch viel mehr, dass ich nicht genau weiß, wie er reagieren wird, wenn er hört, dass ich ihn beschwindelt habe. Das macht mir große Sorgen. Ich möchte ihm so gerne vertrauen. Und ich hätte auch ganz gern, dass er mir vertraut. So eine dicke Lüge zu Beginn ist kein wirklich guter Start.

«Mach dir keine Sorgen. Ich habe keine reichen Monegassen in ihrer Intimsphäre gestört», sage ich mit einem sarkastischen Unterton. Das stimmt auch nur so halb. Schließlich habe ich die Frau in der weißen Bluse belästigt.

Jens lächelt. «Na, du machst das schon. Alles gut. Ich habe auch keine Klagen mehr gehört. Ich hatte schon befürchtet, du könntest dich bei irgendwelchen Familien einschleichen», bemerkt er harmlos.

Ich schaue genauso unbedarft zurück und sage: «Nein, natürlich nicht!», denke aber, dass dies gar keine so schlechte Idee ist. Als Undercover-Au-pair-Mädchen könnte ich vielleicht etwas über Janne herausfinden.

Mit einer Handbewegung wische ich diese Gedanken zur Seite. Ich sehe Gespenster und sollte mich auf meinen Job konzentrieren, und das ist die Sendung morgen.

Schlaf, Kindlein, schlaf
Und mach nicht so 'nen Krach,
Sonst kommt er mit der Waffe rein
Und killt mein kleines Kindelein,
Schlaf, Kindlein, schlaf

29.

Fünf Anrufe in Abwesenheit. Allesamt von Guillaume. Der bemüht sich ja richtig, denke ich. Vielleicht war es ihm doch peinlich, mich zu versetzen. Oder er ist eifersüchtig auf Jens. Was so ein vermeintlicher Nebenbuhler nicht alles bewirken kann.

Als ich Guillaume gestern Abend auf der Straße mit dem Mädchen gesehen habe, hatte ich nicht das Gefühl, dass ich sein Ein und Alles bin. Und jetzt schwenkt er wieder um. Wahrscheinlich ist er einfach nur ein Blatt im Wind und mag sich null festlegen. Stehe ich ja eigentlich nicht so drauf, auf Jungs und Männer ohne Richtungsvorstellungen. Leider habe ich keine Zeit, Guillaume zurückzurufen. Bin zu sehr damit beschäftigt, mir von Jean-Luc ein letztes Mal die Telefon-Technik im Studio erklären zu lassen. Den Studiogast habe ich begrüßt. Und inmitten all der Aufregung ist auch noch Theo Reimer mit einer Nachricht hereingeplatzt.

«Ella, ich weiß, du hast genug um die Ohren mit deiner Sendung. Das wird schon werden. Aber was machst du eigentlich morgen früh?»

Ich blicke Reimer erstaunt an. Meine Wangen und Ohren sind gerötet, so nervös bin ich.

«Morgen früh? Ich bin froh, wenn ich den Abend hier überstanden habe. Was ist da?»

«Sag mir bitte, ob du schon etwas vorhast!»

«Morgen früh treibe ich entweder im Mittelmeer, weil ich mich vor Gram ertränkt habe, oder aber ich habe zehn Headhunter-Anrufe, die mich allesamt abwerben wollen. So funktioniert das doch, oder?», sage ich grinsend und zwinkere Reimer zu.

«Solltest du dich zwischen den vielen Angeboten nicht entscheiden können, hätte ich auch noch eins für dich. Wie wäre es morgen mit der Frühsendung?»

«Waaas?» Ich vergesse meine gute Erziehung.

«Das ist ein wenig blöd, weil du dich morgen bestimmt ausruhen möchtest. Aber Désirée ist spontan nach Deutschland geflogen. Wahrscheinlich wieder ein Vorstellungsgespräch. Sie kommt erst morgen Mittag zurück. Sie würde deine Nachmittagssendung machen, und du müsstest ihren Morgen übernehmen. Ginge das? Wäre sehr früh!»

«Die Morningshow? Die wichtigste Sendung überhaupt? Moi? Ich?»

«Du könntest gleich im Sender übernachten. Müsstest ja schon um fünf Uhr hier sein.»

Ich stoße einen trockenen Laut aus. «Das ist doch klasse. Wochenlang wünscht man sich nichts sehnlicher, als eine große Sendung moderieren zu dürfen ...»

«... und dann kommt alles auf einmal. Ja, ich weiß, so ist es immer im Leben.»

«Genau wie mit Bussen», stimme ich ihm zu. «Stundenlang wartest du auf einen, und plötzlich kommen drei auf einmal.»

«Und wie mit Männern. Nicht wahr, Ella?»

Meine Wangen leuchten in diesem Moment noch röter, wenn das überhaupt möglich ist. Woher weiß Theo Reimer schon wieder, dass bei mir momentan mehrere Männer im Spiel sind? Obwohl ich mir selber noch nicht einmal sicher bin. Um vom Thema abzulenken, sage ich zu.

«Ja, ist gut. Ich mach das. So eine Chance bekomme ich so schnell wohl nicht wieder.»

«Wer weiß. Vielleicht geht Désirée ja ganz nach Deutschland ... Wenn sie sie dann endlich mal beim Fernsehen nehmen.»

«Bekomme ich dann auch Autogrammkarten?», frage ich keck.

Reimer schüttelt missbilligend den Kopf. «So sind sie, die jungen Dinger. Reichst du ihnen eine kleine Sendung, wollen sie gleich das ganze Studio. Danke für morgen. Danach kannst du dich dann ausschlafen und deinen Ruhm auskosten. Viel Glück jetzt. Und morgen früh zwitscherst du fröhlich die Leute aus dem Bett!»

«Der frühe Vogel kann mich mal!», sage ich.

Wenn Reimer wüsste, dass ich vor Stolz platze, weil er mir die Sendung angeboten hat! Er hätte ja auch Jens fragen können. Bei dem Gedanken an Jens wird mir kurz schlecht. Wenn er mitbekommt, was ich hier gleich mache, ist die gute Stimmung zwischen uns dahin. Da bin ich mir sicher.

Er kann mir zwar nichts verbieten, Reimer ist der Chef, aber trotzdem habe ich das Gefühl, dass es nicht ganz richtig ist. Unkollegial zumindest. Das sage ich auch Theo Reimer. Er beruhigt mich sofort. «Jens hat überhaupt nichts mit deiner Sendung zu tun. Zum letzten Mal: ICH bestimme hier, was läuft!»

«Und die Sache mit dem Kommissar?», insistiere ich noch einmal, weil ich jetzt, so kurz bevor es losgeht, doch etwas kleinlauter werde.

«Mensch, Ella, hör auf damit. Jens wollte sich wichtigmachen, oder was weiß ich. Bei mir hat der sich noch nicht gemeldet, also kann es so wild nicht sein.» Theo Reimer sagt das mit einer Selbstsicherheit, die mich überzeugt. Bestimmt sehe ich Gespenster. Und sollte doch etwas schiefgehen, so hatte Theo zumindest sein Okay gegeben. Nicht, dass ich ihm die Schuld in die Schuhe schieben möchte, aber ich fühle mich nun nicht mehr so allein.

In dem Moment ruft Jean-Luc mir zu, dass die Sendung gleich losgeht.

Der Studiogast vom Tourismusverband braucht noch ein Glas Wasser. Ich suche meine Unterlagen zusammen und werfe einen letzten Blick auf die Musikplanung.

In all der Hektik habe ich wirklich keine Zeit mehr, mich um mein Handy zu kümmern. Sonst hätte ich gesehen, dass Guillaume weitere fünf Mal angerufen und auch eine Nachricht auf meiner Mailbox hinterlassen hat.

«Ella, hallo. Ich habe mal im Internet nach alten Zeitungsartikeln gesucht. In einem Artikel, der vor etwa einem Jahr erschienen ist, habe ich etwas gefunden. Da steht, dass eine alte Dame in Monte Carlo gestorben ist. Es ist nie ganz klar gewesen, ob sie ermordet wurde. Im Verdacht stand ein Au-pair-Mädchen. Eine gewisse Rebecca P., steht da. Sie soll danach ausgewandert sein. Sag mal: Rebecca!? Hieß so nicht die Freundin von Janne? Glaubst du, das ist Zufall? Ruf mich mal bitte schnell an.»

30. Die Sendung läuft wie geschmiert. Drei Au-pair-Mädchen haben schon angerufen, eine davon hatte gerade in der Küche ein Fläschchen für das Baby zubereitet. Dabei hatte sie das Radio angestellt.

«Wenn die Herrschaften nicht da sind, schalte ich immer Radio Bleue an. Dann habe ich nicht so Heimweh», hat sie erzählt. Sie sagte tatsächlich «Herrschaften», notiere ich kopfschüttelnd im Geiste.

Das Mädchen sagt zum Abschied noch: «Für alle Au-pairs, die das hören. Lasst uns doch mal wieder bei den *Secret Sisters* treffen.»

Ich finde, das klingt cool. Es gibt also einen Treffpunkt der Au-pairs. Von einer Kneipe, die *Secret Sisters* heißt, habe ich allerdings noch nie gehört. Vielleicht kann ich dort ja auch mal hingehen und mich nach Janne umhören. Außerdem wäre es schön, ein paar Freundinnen zu finden, jetzt wo Maria wieder weg ist.

Die Geschichte einer deutschen Frau rührt mich besonders. Sie war früher selber mal Au-pair in Frankreich, hat sich hier verliebt und ist für immer geblieben.

Der Tourismus-Experte ist ein wenig fehl am Platz, er weiß jedoch, sich geschickt in Szene zu setzen und seine Belange anzubringen. Außerdem regt er spontan eine Verlosung für ein Essen in einem Jugend-Szene-Bistro in Saint-Jean-Cap-Ferrat an. Ich fühle mich zuerst überrumpelt durch den Vorschlag, auch weil die Telefone nach dem Aufruf nicht mehr stillstehen. Doch insgeheim danke ich dem schnöseligen Tourismus-Mann. Theo Reimer wird Augen machen, wenn er sieht, wie viele Anrufe eingegangen sind. Muss man ihm ja nicht sagen, dass die alle nur das Essen gewinnen wollten.

«Ella, da ist noch ein Anrufer. Er hat einen französischen Akzent, spricht aber ein wenig Deutsch. Sollen wir ihn raufnehmen?»

Jean-Luc hat sich aus dem Technik-Cockpit per Taste im Studio gemeldet.

«Will er das Essen?», frage ich grinsend zurück. Man kann gut mit Jean-Luc scherzen, auch wenn er als Mann überhaupt nicht mein Typ ist. Er jongliert mit viel zu vielen Bällen.

«Ja, aber nur mit mir!»

«Dann stell ihn durch!» Ich muss lachen. Bislang habe ich die Sendung souverän gemeistert. Ich habe nett mit den Anrufern geplaudert und die Hörer gut unterhalten. Meine Stimme konnte ich auch halten, hab nicht zu hastig gesprochen und mich nicht verhaspelt. Jetzt werde ich die letzten Meter auch noch schaffen. Und wenn mir morgen die Frühsendung gelingt, könnte ich in den festen Moderatorenstamm von Radio Bleue aufgenommen werden. Der erste Schritt in Richtung Radiokarriere. Aber jetzt noch einmal volle Konzentration.

«Bonsoir, hier ist Radio Bleue! Wen haben wir dran?», melde ich mich zu Wort, nachdem der Musiktitel zu Ende ist.

«Isch sage Ihnen eine Sache», beginnt der Mann ohne Begrüßung. «Lassen Sie die Finger von den Au-pair-Mädschen. Ören Sie auf, darüber zu berischten, wenn Ihnen Ihr Leben lieb ist!»

Klack, aufgelegt!

Wie bitte!?!

Ich sitze mit offenem Mund vor dem Mikrophon und habe ein Déjà-vu. Diesmal kam die Drohung allerdings von einem Mann und keiner Frau.

War das tatsächlich wieder ein anonymer Anrufer, der mich on air bedroht hat?

Mir fehlen die Worte. Meine gute Laune ist mit einem Schlag verflogen. Kurz räuspere ich mich, nehme Blickkontakt mit Jean-Luc auf, der jedoch bloß mit den Schultern zuckt.

«Äh, wie wir nicht zum ersten Mal merken, gibt es immer wieder Witzbolde, die unbedingt mal im Radio sprechen wollen», versuche ich die beängstigende Situation ins Lächerliche zu ziehen. «Vielleicht hätte er sich etwas Besseres einfallen lassen sollen.» Wie bekomme ich nur all die Worte heraus, frage ich mich. Ob man mein Herz durchs Radio hindurch schlagen hören kann?

«Rufen Sie gerne weiter an bei Radio Bleue, wenn Sie etwas mit Inhalt loswerden möchten. Oder wenn Sie sich trauen, Ihren Namen zu sagen», setze ich noch einen Spruch obendrauf. Nach Witzen ist mir eigentlich gar nicht zumute.

«Solche Anrufer haben wir leider häufiger, müssen irgendwelche Verrückten sein», erkläre ich dem Mann von der Tourismusbehörde.

«Gibt es bei uns leider auch immer wieder», tröstet er mich. «Glauben Sie nicht daran. Hunde, die bellen, beißen nicht. Denn eins ist ja wohl klar, Frau Thomsen …»

Ich schaue ihn fragend an.

«Das Essen gewinnt *der* nicht!» Dann lacht er, erzählt etwas über Eventmöglichkeiten vor allem für junge Menschen, und die meisten Hörer werden den dubiosen, anonymen Anrufer schon wieder vergessen haben. Ich ganz und gar nicht.

Als die Musik läuft, frage ich hektisch bei Jean-Luc nach: «Schon wieder eine Drohung. Hast du diesmal die Nummer auf dem Display gesehen?»

Der Techniker schüttelt den Kopf.

«Nee, keine Ahnung. War eine unbekannte Nummer.»

«Den hättest du doch gar nicht durchstellen dürfen», beschwere ich mich.

«Mensch, wie soll ich denn ahnen, dass noch mal jemand so blöd ist?», gibt Jean-Luc zurück. Wie immer ist er komplett die Ruhe selbst. «Der klang wirklich zuerst ganz nett!», sagt er achselzuckend.

«Toll, das bringt mir jetzt auch nichts.»

Jean-Luc kommt ins Sendestudio, nimmt mich in den Arm und tröstet mich. «Beruhig dich doch. Das war bestimmt ein Nachahmer. Der hat neulich die Frau gehört und sich gedacht, hey, das versuch ich auch mal.»

«Klar, könnte ein neues Hobby werden. So wie Kartenspielen oder Beachvolleyball?» Ich bin so geladen, dass Jean-Luc mir ein «psst» zuraunen muss.

Jens hatte doch recht, ich hätte die Finger davon lassen sollen. Warum auch immer. Der Studiogast bestätigt, was der Techniker sagt.

«Es stimmt wirklich. Man hat ständig mit Bekloppten zu tun. Unter Tausenden Hörern oder Kunden ist einer, der schräg ist.»

«Zwei!», betone ich.

«Der hat sich gelangweilt und wollte dich ein bisschen ärgern!»

Erst Theo Reimer kann mich etwas beruhigen, der nach der Sendung anruft und mich überschwänglich lobt. «Das hast du richtig toll gemacht. Deine Stimme klingt sehr angenehm. Und du hast wunderbar locker geplaudert. Als hättest du nie etwas anderes getan. Prima, Ella.»

«Das sagst du doch nur, weil du mich morgen für die Frühsendung brauchst», kontere ich und habe beinahe wieder gute Laune.

Reimer tröstet mich noch, sagt, ich solle mich über den Anrufer nicht weiter aufregen, das sei ein feiger Nachahmer, und stößt damit ins gleiche Horn wie Jean-Luc.

«Wer weiß schon, was in den Köpfen der Hörer vor sich geht!?»

Ich atme auf. Ich bin eine Anfängerin, die vielleicht weiß, wie welcher Regler funktioniert und wie man besondere Interviews führt, aber von der Psychologie der Hörer habe ich keine Ahnung.

Nachdem ich aufgelegt habe, klingelt das Telefon erneut. Ich bin alleine in der Redaktion, das Klingeln schrillt in der Stille des menschenleeren Studios. Jean-Luc und der Studiogast haben sich bereits verabschiedet und sich beim Verlassen des Senders noch einmal überzeugt, dass die Türen gut abgeschlossen sind.

Eigentlich sollte ich mich also sicher fühlen. Das Klingeln hört nicht auf. Soll ich den Hörer abnehmen? Die Morddrohung des verrückten Anrufers geht mir nicht aus dem Kopf.

«Hallo!» Ganz vorsichtig habe ich den Hörer in die Hand genommen, meine Stimme zittert.

«Hey, hier ist Jens!»

«Ach, du bist es!», sage ich.

Einerseits bin ich erleichtert, andererseits habe ich Angst, weil ich mit allem rechne. Er hat bestimmt die Sendung gehört und ist stinksauer. Trotzdem freue ich mich, seine Stimme zu hören.

«Na, lief doch ganz gut!», sagt Jens mit einem undefinierbaren Unterton

«Jens, ich muss dir was erklären!», fange ich an.

«Das kommt ein wenig spät, finde ich.» Seine Stimme klingt jetzt schneidend. Kalt und unpersönlich, was noch viel schlimmer ist, als wenn er verletzt und beleidigt wäre. Natürlich hat er Grund, verstimmt zu sein. Wie kann ich das wiedergutmachen? Mir steigen Tränen in die Augen, so sehr ärgere ich mich darüber, dass ich unbedingt mein blödes Au-pair-Ding durchziehen wollte und Jens damit hintergangen habe. Nur weil ich dachte, das wäre gut für meine Karriere. Diese bekloppten Au-pairs. Jens sagt gar nichts mehr, er wartet, was von mir kommt.

«Es tut mir wirklich leid ...»

«Lass das! Darüber reden wir ein anderes Mal. Das war total dumm und unreif!», schneidet er mir barsch das Wort ab.

Ich schaffe es nicht länger, die Tränen zurückzuhalten, und schluchze.

«Hast du den Bekloppten gehört?», frage ich mit belegter Stimme. Natürlich hat er ihn gehört.

«Ja, habe ich. Wie kommst du denn nach Hause? Soll ich dich abholen?», bietet Jens an.

«Nein, brauchst du nicht. Ich schlafe im Sender, auf der ungemütlichen Couch hier, weil ich morgen die Frühsendung habe!»

«Ach so!» Plötzlich wirkt Jens unruhig. «Ich rufe dich gleich noch einmal an. Ich bekomme gerade einen anderen Anruf auf dem Handy!», sagt er.

Ich warte und kann nicht aufhören, die ganze Zeit an den anonymen Anrufer zu denken. Ob es wirklich ein Franzose war? Vielleicht war es jemand, der seine Stimme verstellt hat, damit man ihn nicht erkennt? Hatte ich diese Stimme schon mal gehört? Irgendwie kam sie mir bekannt vor. Ich muss sehr, sehr tief in meiner Erinnerung graben. Es will mir aber nicht einfallen. Irgendwann werde ich vielleicht drauf kommen.

«Da bin ich wieder!», sagt Jens, als ich ihn kurze Zeit später noch einmal am Apparat habe.

«Bist du richtig sauer auf mich?», will ich wissen.

«Ja, das bin ich. Weil du mir nicht die Wahrheit gesagt hast. Ich würde gerne mal ausführlicher mit dir darüber reden. Aber jetzt müssen wir uns um was anderes kümmern. Um den Anrufer!»

«Ich mach es wirklich wieder gut. Es war total blöd von mir. Ich wollte es dir ja erzählen, aber dann hat Reimer gesagt, es sei okay. Gibt das Ärger?»

«Ach, Ella. Jetzt auf einmal fällt dir das ein? Bisschen spät, oder?» Jens klingt ermüdet, aber nicht mehr so vernichtend schneidend.

Vielleicht komme ich noch einmal mit einem blauen Auge davon!?

«Du kleiner, störrischer, unvernünftiger Heißsporn. Mannomann. Aber mach dir keine Sorgen, wie du weißt, habe ich gute Kontakte zum Polizeipräsidenten. Soll ich zu dir kommen und bei dir übernachten?»

Ich halte die Luft an. Ob ich schon wieder frech sein darf? Ich traue mich: «Hast du mir gerade tatsächlich eine gemeinsame Nacht angeboten?»

«Na ja, im Grunde schon. Aber vielleicht nicht ganz so, wie ich es mir wünschen würde. Auf der Redaktionscouch. Da fällt uns ja vielleicht noch einmal etwas Besseres ein.»

«Ja, äh, sicher, bestimmt!» Ich stammele und bin völlig überrumpelt. Dieses direkte Angebot verwirrt mich. Nicht, dass ich etwas dagegen hätte. Es ist bloß schwierig umzuschalten. Eben noch eine Morddrohung und den Anschiss meines Lebens kassiert und jetzt gedanklich schon beim Tête-à-Tête.

«Darüber können wir ja noch einmal reden!», sage ich stockend. «Wenn ich dann noch lebe!», füge ich sarkastisch hinzu.

«Das wirst du», verspricht Jens. «Wir haben das im Griff!»

«Na dann. Danke, dass du nicht zu sauer bist. Hoffentlich sehen wir uns morgen. Wenn du mich nach der Frühsendung noch erkennst. Ich muss um fünf Uhr aufstehen.»

«Wahrscheinlich wirst du wie eine Leiche aussehen!», sagt Jens scherzend.

«Bitte keine Leiche!», gebe ich stöhnend zurück.

«Dann schlaf mal gut, Frau störrische Starmoderatorin. Bis morgen!»

«Bis morgen!», flüstere ich und fühle mich gut und extrem sanft behandelt.

Ich ziehe meine Sachen aus, behalte nur mein T-Shirt an, putze mir am Waschbecken die Zähne, rolle mich auf der Couch zusammen, sehe auf die Uhr und stelle entsetzt fest, dass ich nicht mal mehr sechs Stunden schlafen kann. Ruhelos wälze ich mich hin und her, grübele und grübele, woher ich die Stimme des Unbekannten kenne, komme aber nicht darauf.

Auf dem Redaktionstisch liegt mein Handy, immer noch mit der nicht abgehörten Nachricht von Guillaume. Kurz bevor ich in einen unruhigen Schlaf falle, flüstert mir mein Unterbewusstsein eine Frage zu: Wieso hat Jens gerade am Telefon die Worte gesagt: «*Wir* haben das im Griff!?» Wer ist *wir?*

31.

Wie durchgenudelt fühle ich mich. Und gleichzeitig high. Dann wieder elendig schlecht und kurz darauf himmelhochjauchzend. Meine persönliche Achterbahnfahrt des Lebens hat gerade einen weiteren Höhepunkt erfahren. Die Frühsendung ist prima gelaufen. Kein Patzer, alles flüssig, auch die politischen Themen habe ich souverän verkauft. Müde war ich auch nicht. Erst jetzt merke ich, wie sich die bleierne Erschöpfung breitmacht. Meine Augenlider rutschen immer weiter gen Süden. Aber ich kann stolz auf mich sein, hat mir Theo Reimer immer wieder schulterklopfend bestätigt. Er war extra früher zum Sender gekommen.

«Toll gemacht, Ella!», sagte er laut, und leise flüsterte er mir ins Ohr: «Von mir aus kann Désirée für immer in Deutschland bleiben!»

«Schön, dass es dir gefallen hat!», sage ich erfreut. «Allerdings macht mir die Sache mit dem Anrufer Angst. Ich weiß gar nicht so genau, ob ich überhaupt wissen will, wer das war?»

«Jean-Luc hat schon alles versucht, um das herauszufinden. Es war aber eine unterdrückte Nummer. Du musst dir keine Sorgen machen, Ella. Da passiert nichts!»

Ich weiß nicht, ob ich ihm glauben kann. Das ungute Gefühl bleibt.

«Schmidt hat deswegen sogar bei mir angerufen. Heute Morgen. Der Idiot. Was der damit zu tun hat? Wahrscheinlich hat Jens etwas weitergeplaudert. Werde ihn mir noch einmal vorknöpfen. So geht es ja nicht. Angeblich hat sich die Polizei mit ihm in Verbindung gesetzt. Er hat sie besänftigt. Ich weiß nicht, wie die das mitbekommen haben. Jedenfalls sollst du nun wirklich aufhören, über Au-pairs zu berichten, meinte er. Aber die Sache ist jetzt ja eh durch!»

Reimer klingt, als würde er über eine Diät reden. Als hätte er mit dem Arzt gesprochen, der meint, ich solle keine fettigen Speisen essen, aber das mache ich ja eh nicht mehr.

Und warum interessiert sich die Polizei für das Thema? Hat die nichts Besseres zu tun? Werden in Monaco nicht nur die Straßen mit Kameras überwacht, werden auch alle Radiosendungen auf gefällige Inhalte überprüft? Und was hat Jens damit zu tun? Hat er den Schmidt angerufen, um meinen Kopf aus der Schlinge zu ziehen? Ich bin viel zu müde, um weiter darüber nachzudenken. Ich verstehe das alles nicht. Vor ein paar Monaten haben sich weder Kommissare noch Mörder für mich interessiert. Ich komme mir vor, als würde ich mit Vollgas auf der Überholspur der Lebensautobahn unterwegs sein, obwohl ich dafür noch nicht einmal einen Führerschein habe. Hoffentlich finde ich bei Bedarf die Bremse.

Geistesabwesend schnappe ich mir den Inhalt meines Fachs, das kurz vorm Überquellen ist, und schlurfe zum Ausgang. Dort stoße ich mit Jens zusammen. Er lächelt nicht so herzlich wie bei unseren vorherigen Treffen. Ganz ist die Geschichte wohl noch nicht ausgestanden. Ich möchte so sehr, dass er mir verzeiht, mir irgendetwas Nettes sagt. Er tut mir den Gefallen: «Hi. Mensch, unsere Morgengranate. Das hast du toll gemacht! Fährst du jetzt nach Hause?»

«Ja, ich denke schon», antworte ich.

«Was heißt, du denkst schon?», fragt Jens sehr eindringlich. So als wolle er mich kontrollieren. «Ich würde es gut finden, wenn du nach Hause fährst und dich ausruhst.»

«Ja, ja. Ist ja gut. Ich gehe ja schlafen, kann die Augen eh nicht mehr offen halten. Lass mich mal machen!»

Beruhigt nickt Jens. «Aber diesmal wirklich das machen, was ich dir sage, ja?»

Ich verziehe den Mund zu einem schiefen, reuevollen Grinsen. «Ja!»

Ich nehme den Fahrstuhl, das monotone Aufzuggeräusch macht mich noch müder, als ich eh schon bin, wie in Trance gehe ich zu meinem Auto, entferne den Strafzettel mit einer geübten Bewegung von der Windschutzscheibe, werfe ihn auf die Rückbank und den Inhalt meines Fachs hinterher. Ich setze mich in den Wagen, kurbele das Fenster weit auf, um mir während der Fahrt die frische Luft um die Nase wehen zu lassen. Ich stelle das Radio sehr laut, um nicht einzuschlafen. Ich singe bei den Titeln mit und schaffe es so, ohne Hänger zu meiner Wohnung in Nizza zu gelangen. Dort angekommen, werfe ich meine Jacke auf einen Sessel. Meine Tasche landet in einer Ecke. Ich gehe ins Bad, spritze mir ein bisschen Wasser ins Gesicht, halte die Hände kurz unter den Hahn. Mehr als diese Katzenwäsche ist nicht drin. Um elf Uhr siebenundvierzig lasse ich mich auf das Bett fallen und bin gleich darauf eingeschlafen. Das Klingeln des Handys in meiner Tasche höre ich nicht. Vom Vorabend ist es immer noch auf stumm geschaltet.

Deswegen kann auch Guillaume mich nicht erreichen.

32.

Von einem Klopfen werde ich wach. Ich liege wie versteinert in meinem Bett und kann mich kaum rühren. Meine Glieder sind steif, und ich befinde mich in exakt der Position, in der ich vorhin eingeschlafen bin. Was heißt vorhin? Inzwischen ist es stockdunkel im Zimmer. Durch die Ritzen in den Fensterläden dringt kein einziger Sonnenstrahl ins Zimmer. Vielleicht liegt es aber auch daran, dass meine Augen nur einen Spaltbreit geöffnet sind. Mann, habe ich fest geschlafen. Da klopft es schon wieder. Ich orte, dass das Geräusch von der Tür her kommt. Außerdem dringt nun auch ein nerviger Klingelton an mein Ohr. Das Telefon. Alles gleichzeitig. Ich rappele mich ganz langsam hoch und schiele zum Radiowecker. Oh, es ist schon nach 21 Uhr. Ich habe tatsächlich gut neun Stunden geschlafen.

«Ella, bist du da?»

Guillaume steht vor meiner Wohnungstür. Ich würde mich gerne erst etwas frischmachen, aber er klingt so, als habe er keine Lust, noch länger zu warten. Komplett verstrubbelt öffne ich die Tür.

«Gott sei Dank, Ella, da bist du ja!», sagt Guillaume erleichtert und schaut an mir vorbei in Richtung Bett.

Wieso machen sich auf einmal alle Sorgen um mich? Ob Guillaume die Sache mit dem anonymen Anrufer mitbekommen hat?

«Hast du meine Sendung gestern gehört?»

«Ja, habe ich. Viel habe ich ja nicht verstanden. Deutsch ist nicht so mein Ding. Was hat der komische Typ gesagt?»

«Dass er mich tötet, wenn ich nicht meine Finger von der Au-pair-Geschichte lasse. Aber das meinte er bestimmt nicht ernst!», antworte ich um einiges cooler als gestern noch.

«Was? Der hat dich bedroht?»

«Ja, ja, aber so was kommt häufiger vor. Wirklich. So sind die Hörer. Lass uns nicht weiter drüber reden.»

«Okay», sagt Guillaume verwirrt, wechselt aber das Thema. «Wieso liegst du überhaupt im Bett?», fragt er. «Schläfst du schon?»

«Nee, ich schlafe *noch*! Ich hatte heute Frühsendung. Zum ersten Mal. Letzte Nacht bin ich deswegen im Sender geblieben.»

«Ach sooo!» Guillaume klingt erleichtert.

«Wieso machst du überhaupt so einen Alarm?» Ich gähne herzhaft und strecke mich. Als Guillaume mich intensiv betrachtet, bemerke ich, dass ich nur in Unterhose und T-Shirt vor ihm stehe.

«Hast du denn nicht meine Nachricht auf deiner Mailbox abgehört?»

Ich schüttele den Kopf.

Guillaume stöhnt kurz auf und streckt mir ein Stück Papier entgegen. «Sieh mal, was für einen Artikel ich im Internet gefunden habe. Von vor einem Jahr ungefähr. Eine alte Frau ist gestorben, wahrscheinlich umgebracht von einem Au-pair-Mädchen, und das hieß Rebecca P. Und die soll ausgewandert sein.»

Er reicht mir die Zettel. Ich überfliege die Zeilen, verstehe die Zusammenhänge nicht so schnell. «Ja und?»

«Wach auf, Ella. Rebecca P. Die Freundin von Janne hieß Rebecca. Das hat sie doch in dem Interview gesagt.»

Schlagartig bin ich hellwach. «Mann, du hast recht. Du bist total genial. Wie hast du das gefunden?»

«Ach, das willst du gar nicht wissen. Ich habe eine Nachtschicht eingelegt. Ich wollte dir helfen.»

Dann haben wir ja beide außerhalb der üblichen Arbeitszeiten geschuftet. Das finde ich sehr süß von ihm.

«Vielen, vielen Dank. Mein Bauchgefühl hat mir die ganze Zeit gesagt, dass etwas nicht stimmt. Und was ist mit Janne? Ob sie auch etwas damit zu tun hat?»

«Ich weiß es nicht.»

Ich lese den Artikel noch einmal ausführlich durch. Da ist noch eine Sache, die mir merkwürdig vorkommt. Ich lese und lese erneut.

«Madame Bonafont starb an einer Vergiftung. Noch ist nicht klar, ob sie das Gift selber genommen hat. Unter Verdacht steht das Au-pair-Mädchen Rebecca P. Sie soll größere Summen Geld von der alten Dame bekommen haben. Für Aufsehen sorgte auch Madame Bonafonts Testament. Ihr gesamtes Vermögen in Millionenhöhe ging an den Tierschutzbund.»

Ich strenge mich an, komme aber nicht darauf, was mein Unterbewusstsein so in Alarmbereitschaft versetzt.

«Hier hörst du. Das ist doch der Name: Rebecca.»

Guillaume spielt mir noch einmal das Tonmaterial vor. Ich lausche erneut. Eigentlich dachte ich, alles auswendig zu kennen.

«Wir waren oft am Meer. Aber als Rebecca etwas zugenommen hat, wollte sie nicht mehr.»

Stimmt, da ist wirklich der Name Rebecca gefallen, denke ich, gehe zum Kühlschrank und gieße mir ein Glas Orangensaft ein.

Als ich einen Schluck genommen habe, stelle ich das Glas abrupt auf den Tisch. «Der Name. Natürlich. Es ist der Name!», rufe ich.

Guillaume versteht nicht, wieso mich das so aus der Fassung bringt. «Das habe ich dir doch gesagt. Dass in dem Artikel Rebecca steht.»

«Den meine ich doch gar nicht», winke ich ungeduldig ab. «Der andere Name. Von der Frau!»

Guillaume beobachtet erstaunt, wie ich mir rasch eine Jogginghose überstreife, die Tür aufreiße und nach unten auf die Straße renne.

Kurz darauf bin ich mit einem Packen Papieren, dem

Inhalt meines Fachs bei Radio Bleue, zurück in meiner Wohnung. Die Papiere hatte ich achtlos auf die Rückbank des Autos geworfen.

«Was machst du?», will Guillaume wissen, als ich wild darin rumkrame. Er kommt nicht mehr ganz mit.

«Hier, guck. Hab ich's doch gewusst. Sie heißt genauso. Bonafont!»

Ich halte Guillaume einen gelben Post-it-Zettel unter die Nase. Darauf steht in Theo Reimers Handschrift «Madame Bonafont anrufen» und eine Telefonnummer.

«Aber die ist doch tot. Steht in der Zeitung!»

«Ja, aber die hat vor einer Woche im Sender angerufen und wollte mich sprechen, nachdem der Beitrag über Janne gelaufen ist.»

«Es könnte ein Zufall sein, dass sie auch Bonafont heißt!», merkt Guillaume an.

«Glaubst du das wirklich? Ich habe es bisher noch nicht geschafft, sie anzurufen. Das tue ich genau jetzt!»

Gerade als ich den Telefonhörer hochheben will, klingelt es.

Ich erschrecke, hebe ab, sage «Allô!» und höre gebannt zu.

«Wie bitte?», rufe ich nach einer kurzen Zeit, in der ich atemlos dem Anrufer gelauscht habe. «Ja, ist gut. Ich warte!»

«Was ist denn jetzt passiert?», fragt Guillaume.

Meine Knie werden weich, gewiss bin ich leichenblass. Ich lasse mich auf den Sessel sinken, ohne zu bemerken, dass ich mich auf meine volle Tasche setze. «Das war Jens. Désirée ist angeschossen worden. Irgendein Unbekannter ist ins Studio gekommen und hat auf sie geschossen. Sie ist im Krankenhaus! Nicht bei Bewusstsein. Wer der Schütze ist, weiß keiner.»

Ich flüstere die Worte auf Deutsch. Guillaume hat nichts verstanden. Er bringt mir ein Glas Wasser, und ich trinke langsam ein paar Schlucke. In sehr einfachem Französisch erkläre ich ihm dann, was passiert ist. Anspruchsvolle Vokabeln fallen mir momentan nicht ein.

«Jens ist auf dem Weg hierher.»

«Wieso das?» Guillaume gelingt es nicht, diese Frage beiläufig zu stellen. Ob Jens ihn so sehr nervt? Das spielt jetzt keine Rolle.

«Weil Désirée heute Abend *meine* Sendung moderiert hat. Wir haben getauscht.» Den Rest des Satzes flüstere ich fassungslos, weil mir genau jetzt bewusst wird, was ich da gerade sage. «Eigentlich wäre *ich* im Studio gewesen ...»

33.

Die Morddrohung war nicht nur so dahergeredet. Der Anrufer hat es wirklich wahr gemacht. Irgendjemand wollte mich umbringen und hat Désirée erwischt. Ich weiß, ich bin ein großes Plappermaul und tue so, als könne mir nichts etwas anhaben, aber das ist zu viel für mich. Ich zittere. Unkontrolliert. Unaufhörlich. Bin völlig durch den Wind.

Die durchschnittliche Lebenserwartung von deutschen Frauen beträgt 82 Jahre und sechs Monate. Für mich sollte schon mit neunzehn Jahren Schluss sein. Die geringste Lebenserwartung haben Bewohner des afrikanischen Landes Swasiland mit 34,1 Jahren, krame ich in meinem Hirn nach noch mehr nutzlosem Wissen. Selbst dort in Afrika wird der Durchschnittsmensch älter, als ich es werden sollte. Ich schlottere weiter am ganzen Körper. Wie gut, dass ich überhaupt noch zittern kann. Und nicht mausetot in einem Leichenschauhaus liege. Irgendein Irrer wollte mich niederschießen. Warum? Weil ich mit ein paar Au-pair-Mädchen gesprochen habe? Und deshalb liegt Désirée im

Krankenhaus, schwebt zwar nicht in Lebensgefahr, hat aber schwere Verletzungen.

Guillaume nimmt mich vorsichtig in die Arme: «Glaubst du wirklich, die hatten es auf dich abgesehen?»

Ich nicke.

«Aber wieso? Was kann denn an diesen Au-pair-Mädchen schon dran sein? Die haben doch nichts, was interessant sein könnte. Kein Geld, nichts.»

«Ich weiß es nicht!», sage ich.

Aber ich werde es herausfinden. Das beschließe ich in diesem Moment.

«Lässt du mich bitte allein. Ich will mich ein wenig hinlegen.»

«Du glaubst doch nicht, dass ich dich jetzt allein lasse», empört sich Guillaume. «Außerdem hast du doch bis vorhin geschlafen.»

«Mir ist aber nicht gut!», rufe ich eine Spur zu laut. «Verzeihung. Ich weiß selber nicht, was los ist! Du musst dir aber keine Sorgen machen. Jens kommt ja gleich.»

Guillaume stößt einen verächtlichen Laut aus. «Nein, sicher, dann muss ich mir natürlich überhaupt keine Sorgen machen ... Tschüs!»

Ohne sich noch einmal umzudrehen, verlässt Guillaume die Wohnung. Ich höre ihn wütend die Treppenstufen nach oben stapfen.

Auch wenn es nicht gerade freundlich war, ihn abzuweisen, nachdem er mir so viel geholfen hat, habe ich dieses Mal kein schlechtes Gewissen. Ich habe im Moment genug mit mir selber zu tun. Das muss er doch verstehen.

Minutenlang sitze ich regungslos auf dem Sessel und grübele, was mir alles hätte passieren können. Starr fixiere ich einen Fleck an der Wand und schüttele immer wieder langsam den Kopf. Die einzige Bewegung. Bis meinen Körper ein Impuls durchzuckt. Abrupt stehe ich auf, laufe hektisch hin und her, ordne mein Haar im Badezimmer, räume auf dem Tisch ein paar Zettel hin und her, bis ich wieder den gelben Post-it-Zettel in Händen halte mit der Nummer von Madame Bonafont.

Ich sollte sie mal anrufen, sagt mir eine innere Stimme.

Irgendetwas stimmt hier nicht. Der Polizeichef hat mich geradezu gezwungen, meine Finger davon zu lassen. Wieso? Hinter der Angelegenheit muss mehr stecken, etwas, was ich noch nicht greifen kann. Sonst würde sich doch nicht der Polizeichef höchstpersönlich darum kümmern. Dann wären nicht zwei Au-pair-Mädchen verschwunden, eine alte Dame vermutlich ermordet worden, und eine Moderatorin würde auch nicht auf der Intensivstation liegen.

Ein *Piep-Piep* schreckt mich hoch. Theo Reimer hat eine SMS geschickt. Er ist bei Désirée im Krankenhaus. Es geht ihr etwas besser, ihr Zustand ist stabil. Er erkundigt sich, wie es mir geht.

Ich antworte, dass mit mir alles okay sei. Er solle Désirée grüßen.

«Wenn sie aufwacht ...», schreibt Reimer zurück.

Er war es, der mir den gelben Post-it-Zettel mit Madame Bonafonts Nummer ins Fach gelegt hatte. Ich greife danach und nach meinem Telefon.

Es tutet siebenmal, bis jemand abhebt. Madame Bonafont ist über achtzig, wie sie erklärt, als ich sage, dass ich beinahe wieder aufgelegt hätte.

«Sind Sie die Dame vom Radio?», fragt Madame Bonafont.

Ich bejahe dies und entschuldige mich dafür, dass ich erst so spät auf ihren Anruf reagiert habe.

«Macht ja nichts. Ich hatte nur angerufen, weil Sie über Au-pair-Mädchen gesprochen haben. Wissen Sie, ich kann ein ganz klein wenig Deutsch. Meine Schwester und ich haben eine Zeitlang in Deutschland gelebt mit unseren Eltern. Unser Vater war Diplomat!»

Das klingt interessant. Nicht nur, dass sie in Deutschland gelebt hat, vor allem, dass Madame Bonafont eine Schwester hat.

«Finde ich toll!», lobe ich. «Es ist mir etwas unangenehm, aber ich habe in einem Artikel den Namen einer Madame Bonafont gelesen, die gestorben ist.»

«Ja, das war meine Schwester Marianne», bestätigt sie. «Vor knapp einem Jahr war das. Ach, wir haben uns immer so gut verstanden. Manchmal haben wir uns auch gestritten, deswegen hatten wir getrennte Wohnungen. Wir haben ja nie geheiratet. Aber meine Schwester wollte nicht, dass ich jeden Tag bei ihr auftauche. Dann hat sie geschimpft. Sie hatte ja auch andere Gesellschaft.»

Ich taste mich vorsichtig vor. «Wie meinen Sie das, andere Gesellschaft?»

«Na ja, Rebecca, das Au-pair-Mädchen ihrer Nachbarn! Sie war sehr oft da und hat sich um Marianne gekümmert. Ein sehr freundliches Mädchen. Niemals hat sie meine Schwester umgebracht. Was in der Zeitung stand, war Quatsch. Niemals hat sie so etwas getan, sie war immer so freundlich!»

«Aber die Polizei hat sie verdächtigt, Ihre Schwester getötet zu haben?»

«Ja, aber das war alles sehr merkwürdig. Als Rebecca weg war, haben sie die Ermittlungen einfach eingestellt. Nicht mehr unser Bereich, haben sie mir erzählt.»

«Und woher wissen Sie, dass Ihre Schwester das Gift nicht selber genommen hat?»

«Ach, Marianne war so lebendig, viel fitter als ich. War ja auch zwei Jahre jünger. Gerade mal 79. Sie hatte große Lust zu verreisen. Ich glaube sogar, dass sie irgendeine Reise mit Rebecca geplant hat. Sie hat mir nicht immer alles erzählt. Aber irgendetwas war merkwürdig.»

«Aber Sie wissen nicht, was?»

«Nein. Ich weiß nur, dass Rebecca sich auch verändert

hat. Ich habe sie ja ein paarmal gesehen. Um die Kinder in der Au-pair-Familie musste sie sich kümmern, und in ihrer Freizeit ist sie dann zu meiner Schwester gekommen. Ich habe gedacht, das Mädchen soll lieber ausgehen und Spaß haben. Sie war immer so gesellig und lebenslustig. Bis sie eines Tages dann sehr, sehr traurig schien. Keine Ahnung, warum. Marianne wusste, warum. Aber sie hat geschwiegen. Nur, dass Rebecca Angst hatte, sagte sie mir. Marianne hatte ihren eigenen Kopf! Hat man ja auch beim Testament gesehen. Aber das war mir egal. Ums Geld ging es mir nie. Was hätten andere für die Millionen gegeben. Na ja. Nur um den Schmuck hat es mir leidgetan. Alles Familienerbstücke. Ist aber nicht schlimm.»

Mir brummt der Schädel: Rebecca, Angst, Testament, Gift, Millionen, Schmuck, Erbstücke!?

Madame Bonafont plappert ohne Punkt und Komma und wirft mir immer wieder neue Brocken hin.

Wie viele kleine Mosaikstückchen schwirren die Informationen durch mein Hirn. Ich würde sie gerne ordnen und in meinem Kopf zu einem kompletten Bild zusammensetzen. Aber dazu fehlen mir sowohl einige Stückchen als auch ein klarer Kopf.

Ich will Madame Bonafont unterbrechen, um sie auf die einzelnen Hinweise anzusprechen und diese mit ihr Stück für Stück durchzugehen, als es an der Tür klingelt.

Das wird Jens sein. Hätte er sich nicht noch ein wenig Zeit lassen können?

«Na ja, so war sie eben, Marianne, sie hat sich nichts sagen lassen. Das mit dem Arzt und Rebecca war ja auch sehr merkwürdig, sie war doch bestimmt über die Au-pair-Familie versichert. Aber ich habe da auch nicht weitergefragt ...»

Ich würde zu gerne weiterfragen, muss Madame Bonafont in ihrem Wortschwall jedoch rüde unterbrechen, weil Jens zum zweiten Mal an der Tür klingelt.

«Madame, dürfte ich Sie vielleicht morgen mal besuchen?», frage ich spontan ins Telefon.

«Ja, sicher. Ich würde mich freuen. Seit Marianne nicht mehr ist, langweile ich mich ein bisschen.»

Das merkt man, denke ich. Ich würde ihr gerne etwas Gesellschaft leisten und ein paar weitere, weniger konfuse Informationen von ihr bekommen.

«Wann wollen Sie denn kommen?»

«Ich weiß noch nicht genau. Soll ich noch einmal anrufen?»

«Nein, nein. Ich bin ja hier.»

Flink notiere ich die Adresse von Rosalie Bonafont und lege auf.

34.

«Komme schon!», rufe ich und sprinte zur Wohnungstür.

«Ach, Gott sei Dank.» Jens sieht wirklich erleichtert aus. «Warum machst du denn nicht auf? Ich dachte schon ... Na ja, ich dachte ... Ach egal. Also, hallo!»

«Hallo! Das kann doch alles nicht wahr sein. Weiß man schon, wer es war?»

«Keine Ahnung! Der Concierge im Radiohaus war gerade auf Toilette, das hat jemand genutzt und sich eingeschlichen. Um die Zeit abends ist ja nicht mehr so viel los. Er ist ins Studio und hat direkt auf Désirée geschossen. Sie hat sehr, sehr viel Glück gehabt. Vernehmen konnte man sie aber noch nicht.»

«Und wieso glaubst du, dass er mich, also, dass ich ...»

«Weil du nicht auf mich gehört hast und weil dir jemand in deiner Sendung gestern gedroht hat und weil du eigentlich on air gewesen wärst. Die Polizei war da. Sie ermittelt.

Vielleicht wirst du noch vernommen. Ich habe vorhin schon mit ihnen gesprochen.»

Ich kann nicht so schnell verarbeiten, was Jens mir alles mitteilt, nur eins ist klar: Ich stecke mitten in einem Krimi und spiele auch noch eine der Hauptrollen.

«Dürfte ich mal bitte kurz ohnmächtig werden», frage ich und lasse mich wieder auf den Sessel sinken, auf dem ich vorher schon ohne jede Regung verharrt habe.

«Hast du Angst?»

«Ich weiß nicht so recht.» Ich zucke mit den Schultern. «Solange du hier bist, ehrlich gesagt nicht. Willst du mir jetzt die angekündigte Standpauke halten?»

«Später!», sagt Jens bestimmt. «Soll ich bei dir bleiben? Ich könnte auch hier übernachten. Im Auf-dem-Fußboden-Schlafen bin ich ein absolutes Ass.»

Ein Grinsen huscht über mein Gesicht. Wenn Jens seine Witze macht, finde ich ihn so richtig gut. Bei ihm fühle ich mich sicher. Trotzdem bleibt ein Zweifel, ein kleiner Stachel ist da, der mich in unregelmäßigen Abständen pikst und mir mitteilt, dass Jens ein falsches Spiel spielen könnte.

Wieso sonst hätte er sich in der Au-pair-Geschichte so sehr engagiert? Genau deswegen erzähle ich ihm auch nichts von Janne, Rebecca und Madame Bonafont. Mir fehlen noch einige Hintergrundinformationen. Die werde ich hoffentlich morgen recherchieren können.

Bis dahin beschließe ich, dass es um ein Vielfaches besser ist, Jens um mich zu haben, als alleine zu sein.

«Es wäre sehr nett, wenn du über Nacht bleibst. Vielleicht musst du ja gar nicht auf dem Fußboden schlafen», erkläre ich mutig.

«Ach nein?» Er schaut mich interessiert an, bevor ich antworte.

«Vielleicht schlafe *ich* ja auch auf dem Fußboden ...»

Jens lacht sofort los. Ist das nicht ein untrügliches Zeichen dafür, dass man dem anderen vertrauen kann? Wenn man gemeinsam lachen kann? Wäre doch sonst ein Witz!

Ich stimme in sein Lachen ein. Erst leise, dann wird es lauter, ich halte mir den Bauch – und plötzlich öffnen sich alle Schleusen. Die Tränen schießen nur so heraus. Erleichterung, Angst, Unsicherheit – die Gefühle überrollen mich.

Wenn meine Eltern wüssten, was beinahe mit ihrer Tochter passiert wäre, würden sie durchdrehen. Ich hoffe inständig, dass sie keinen Wind von meinen Problemen bekommen.

Ich will zu ihnen. Jetzt sofort.

Eigentlich bin ich gar kein Heimweh-Kind, aber die besonderen Umstände erfordern eine besondere Behandlung. Jetzt Mama hier zu haben, mal so ganz kurz zum Trösten, das wäre schön. Vielleicht könnte sie meine Tränen trocknen. Wenn man einmal mit dem Weinen angefangen hat, ist es so schwer, wieder aufzuhören.

«Entschuldige mich kurz», schluchze ich und verschwinde im Badezimmer, wo ich eine geschlagene Viertelstunde versuche, meine Tränen zu trocknen. Als ich aus dem Bad komme, will ich meine Verlegenheit und die roten Augen so gut es geht überspielen.

«Ich glaube, ich habe mir einen kleinen Sonnenbrand geholt», behaupte ich.

Jens nickt. «Alles andere wäre auch nicht schlimm, sondern sehr verständlich. Die Röte im Gesicht steht dir aber gut.»

Jens nimmt mich in den Arm, und ich wiege mich schluchzend darin. Das ist eigentlich noch besser, als in Mamas Armen zu weinen.

Nachdem sich der große Gefühlssturm gelegt hat, bekomme ich Hunger. Mann, Frau Thomsen. Nicht einmal ein Mordversuch kann mir auf den Magen schlagen. Jens geht es zum Glück ebenso.

«Ich habe keine Lust wegzugehen, aber vielleicht hab

ich noch was im Kühlschrank», sage ich, denn mit meinem verquollenen Gesicht kann ich mich keinesfalls unter Menschen wagen. Vielleicht lauert der Killer ja auch schon an der nächsten Ecke, denke ich sarkastisch.

Ich finde drei Eier, Senf, Salat, ein bisschen Aufschnitt, Käse, Milch und Kartoffeln. Nicht wirklich das Wahre.

«Damit bekommen wir nicht mehr viel zusammen», stelle ich resigniert fest.

Doch Jens sieht das ganz anders. «Ich versuche, noch irgendwo ein Baguette herzubekommen, und sehe zu, was ich hieraus zaubern kann. Du bleibst bitte in der Wohnung», befiehlt er mir und macht sich auf die Socken. Der Bäcker ist nicht weit.

Ich verlasse wie versprochen nicht das Haus, sprinte aber schnell zu Guillaume hoch, um ihm vom Telefonat mit Madame Bonafont zu erzählen. Hoffentlich ist er nicht mehr zu genervt wegen vorhin. Jens will ich vorerst lieber nicht einweihen.

Nicht Guillaume öffnet mir die Tür, sondern ein Mädchen. Ich hätte sie fast nicht erkannt. Es ist Louise, die Studentin von neulich, sorgfältig zurechtgemacht und stark geschminkt. Dagegen wirke ich mit meinen verheulten Augen wie ein Mauerblümchen, oder einfach nur wie ein stinknormales Mädchen. Das gerade einem Mordanschlag entgangen ist.

«*Du* hast ja schon anderen Besuch. Deswegen ist sie da!», sagt Guillaume wie zur Erklärung.

«Ja, stimmt! Ich wollte dir nur eben sagen, dass ich weiterkomme in der Sache», erkläre ich vage mit Blick auf Louise. Sie soll auf keinen Fall eingeweiht werden. Guillaume schiebt das Mädchen sanft in sein Zimmer und tritt zu mir auf den Hausflur hinaus.

«Ella, eben wolltest du nicht, dass ich bleibe. Jetzt stehst du hier wieder vor der Tür. Was willst du denn nun eigentlich?»

Keine Ahnung, denke ich und zucke mit den Schultern. Mich vermutlich für deine Hilfe bedanken. Ansonsten will ich eigentlich nichts von dir, schießt es mir klar durch den Kopf.

«Wie auch immer», sagt er, weil ich nicht antworte. «Bitte pass auf dich auf. Kannst du nicht einfach die Finger davon lassen?»

Wieder jemand, der mir sagen will, was ich tun und lassen soll. Realistisch betrachtet, hat er recht, bestimmt wäre es gesünder, nicht weiter nachzuforschen. Aber das geht nicht mehr. Nicht einmal mit dem Messer im Rücken oder der Pistole an der Schläfe. Ich habe schon immer gern das Gegenteil von dem getan, was andere mir geraten haben.

«Ich kann Janne nicht im Stich lassen. Ich weiß, ich kenne sie gar nicht richtig. Vielleicht ist sie wirklich abgehauen, aber irgendetwas sagt mir, dass sie in Gefahr schwebt.»

«So wie du heute!»

Wir schauen uns lange an. Louise tritt aus Guillaumes Zimmer und unterbricht unser Schweigen. Ich will die beiden alleine lassen, doch Guillaume meint: «Ach, eine Sache noch. Das eine Au-pair-Mädchen hat in deiner Sendung doch von den *Secret Sisters* gesprochen. Das habe ich gehört.»

«Du meinst diese Kneipe?», erinnere ich mich.

«Das ist keine Kneipe. Das ist ein Chat im Internet. Da tauschen sich Au-pairs aus aller Welt aus. Meist über die schlimmen Familien, in denen sie sind oder waren. Ich glaube, ich habe da etwas entdeckt.»

«Was denn?» Ich kaue an meinem kleinen Fingernagel.

«In dem Chat bin ich ins Archiv gegangen. Dort schreibt ein Mädchen unter dem Pseudonym ‹Astérie›, dass *er* sie wieder bedrängt hat und dass sie bei *ihm* wieder aufs Boot musste und dass sie nicht mehr will.»

«Hast du herausgefunden, wer ‹Astérie› ist?»

«Nein, noch nicht. War auch schwierig, überhaupt an die

Nachricht heranzukommen. Die war eigentlich schon gelöscht.»

«Woher weißt du, dass das ein Mädchen von hier war?», flüstere ich. «Sie könnte doch überall auf der Welt gewesen sein.»

«Einmal der französische Name. Und außerdem hat ein Freund von mir den Ländercode geknackt.»

«Wie das denn?»

«Ach, egal, das möchtest du gar nicht so genau wissen. Ich hoffe, ich kann dir damit helfen.»

«Mal sehen. Noch verwirrt mich das alles sehr.» Ich lächele Guillaume an. «Danke, dass du mir helfen willst!»

Unten im Hausflur höre ich die Tür aufgehen. Vermutlich ist es Jens, der zurückkommt. Er soll auf keinen Fall mitbekommen, dass ich die Wohnung verlassen habe.

«Wieso tust du das alles für mich?», frage ich Guillaume leise in sein rechtes Ohr, bevor ich schnell hinuntersprinte.

«Je ne sais pas! Keine Ahnung!», gibt er murmelnd zurück.

Schlaf, Kindlein, schlaf,
Am Himmel ziehn die Schaf,
Das Sternchen hängt am Kettelein,
Das soll schön dein Glücksbringer sein,
Schlaf, Kindlein, schlaf

35.

«Die Bäckereien haben um diese Uhrzeit natürlich längst geschlossen, aber ich konnte einen Restaurantbesitzer überreden, mir ein Baguette zu verkaufen.»

Jens freut sich wie ein kleines Kind über seinen Schachzug. Kurz bevor er den dritten Stock erreicht hatte, war ich wieder in die Wohnung geschlüpft. Nein, ich werde Jens nichts von all dem erzählen, was ich erfahren habe. Weder über Madame Bonafont noch über die *Secret Sisters*. Auch auf die Gefahr hin, dass er kein Wort mehr mit mir redet, wenn er es herausbekommt.

Ich decke den Tisch, während Jens einen Salat zubereitet. Das Kartoffelgratin, das er im Handumdrehen in der Auflaufform geschichtet hat, brutzelt schon im Ofen.

Ich kann gar nicht fassen, was man aus diesen paar Zutaten zubereiten kann, wenn man Talent dazu hat. Jens, der Mann der unentdeckten Möglichkeiten.

Wir setzen uns an den Tisch, stippen das knusprige Weißbrot in die *Salade Lyonnaise* mit angebratenen Speckstückchen und pochiertem Ei. Jens kann Eier pochieren! Das hätte ich niemals vermutet. Von jemandem, der die Regler verwechselt, hatte ich angenommen, er würde auch Thymian und Pfeffer durcheinanderbekommen. Hier präsentiert sich ein Mann, den man nicht zum Dessert abservieren sollte.

«Das ist gar nicht so schwierig», sagt Jens, als ich ihn als neuen Gott am Kochhimmel preise. «Ich kann es dir gerne beibringen.»

Auf diesen Vorschlag gehe ich vorerst nicht ein, denn ich schwelge gerade ekstatisch im Salatdressing, einer Vinaigrette aus Senf und Eiweiß, der noch etwas ganz Besonderes beigemischt ist. Ich drücke ihm zum Dank kurz die Hand.

«Du wirst noch ein richtiger kleiner Franzose, Jens! Von mir kriegst du einen Stern!»

«Na ja, ich war ja schon letztes Jahr mal in Frankreich. Da habe ich mir in den Restaurants etwas abgeschaut. Aber warte mal ab, du hast den Nachtisch noch nicht gegessen. Dafür muss ich aber noch mal schnell runter ans Auto.»

Nachdem Jens weg ist, beobachte ich durch die schönsten blauen Fensterläden der Welt hindurch, wie er einen kleinen Apparat aus dem Kofferraum holt.

«Was hast du da?», frage ich neugierig, als Jens wieder da ist.

«Einen Bunsenbrenner! Und voilà!» Er öffnet den Kühlschrank. «Eine Crème brulée pour Madame!»

«Crème brulée. Woher weißt du, dass ich die so gerne mag?»

«Vielleicht, weil du es schon ungefähr zwanzig Mal erwähnt hast? Und weil du alles magst, oder?», sagt er fröhlich.

Ich weiß nicht, worüber ich mich mehr freuen soll, über die Crème, oder über denjenigen, der sie zubereitet hat. Jens streut Zucker auf die Süßspeise und hält den Bunsenbrenner darüber, sodass die kleine Flamme den Zucker braun werden lässt, bis er karamellisiert. An den Rand drapiert er eine kleine Blume. Wo hat er die denn jetzt her?

«Wow, du hast innerhalb einer halben Stunde ein wahres Festmahl gekocht. Danke schön! Zwei Sterne für dich und ab in den Gault Millau», lobe ich überschwänglich und umarme Jens. Er hält mich fester als nötig. So ähnlich wie in der Bar. Mir wird ein wenig schwindelig, aber ich habe ja auch einen anstrengenden Tag hinter mir.

«Ich überlege, nach Hause zurückzugehen, also nach Deutschland», weihe ich Jens plötzlich in einen Entschluss ein, den ich gerade erst gefasst habe.

Jens schaut interessiert auf.

«Ja, ist es dir hier zu heiß?»

«Ja, mit mehr als 27 Grad komme ich einfach nicht klar», sage ich und verstehe ihn absichtlich falsch.

«Sag mal ehrlich!»

«Ja, irgendwie ist es mir wirklich zu heiß, zu gefährlich. Ich bin gerade mal 19. Ich würde gerne noch ein paar Jährchen leben. Ich vermisse meine Eltern und Maria. Die würden ausflippen, wenn sie wüssten, was hier alles passiert ist.»

Jens sieht erleichtert aus. «Dann müssen wir uns auch

nicht mehr solche Sorgen um dich machen. Schade wäre es ja schon. Aber du wärst hier nicht mehr in der Schusslinie!»

Ich lache höhnisch auf. «Sehr schönes Wort: Schusslinie. Ja, da wäre ich raus. Irgendjemand treibt hier ein verrücktes Spiel. Aber das soll die Polizei herausfinden.»

Überrascht stelle ich fest, dass ich genau so denke. Die Ereignisse der vergangenen Tage gehen entschieden zu weit. Verbotenerweise in Hamburg mit einem Freund auf dem Dach des Planetariums herumzuklettern ist in Ordnung, aber da wird man ja auch nicht gleich erschossen.

Monte Carlo ist eine Nummer zu groß für mich. Verschwundene Mädchen, Männer, vor denen man Angst haben muss. Nein, ich will da nicht länger mitspielen. Ich muss endlich vernünftig werden. Und nicht mehr so verdammt neugierig sein.

Leid tut es mir vor allem um den tollen Radiojob. Jens kann meine Gedanken lesen.

«Reimer kann dir ja vielleicht in Deutschland etwas beim Radio besorgen. Mit deinen super Referenzen», sagt er liebevoll und knufft mich in die Seite.

«Oder du legst ein gutes Wort für mich ein? Du müsstest doch auch gute Kontakte haben.»

Jens schaut belustigt an mir vorbei zu meinem kleinen Transistorradio.

«Wir könnten uns für eine Doppelmoderation bewerben?!»

«Warum nicht?», flachse ich. Mein Gewissen ist um einiges leichter, seitdem der Entschluss steht, zurück nach Hause zu gehen. «Aber dafür müssten wir uns wohl noch ein wenig besser kennenlernen.»

Ich grinse und blicke zur Decke.

«Würde es dir bessergehen, wenn ich heute Nacht hierbliebe?», fragt Jens noch einmal. «Also um auf dich aufzupassen, meine ich natürlich ...»

Ich nicke.

«Wenn du versprichst, dich richtig um mich zu kümmern …», murmele ich. «… ich habe übrigens doch keine Lust, auf dem Fußboden zu schlafen.»

36.

Am Morgen danach steht mein spontan gefasster Entschluss noch immer: Ich werde Theo Reimer im Laufe des Tages darüber informieren, dass ich Radio Bleue, Monte Carlo, Nizza, die Côte d'Azur verlassen werde. Ein weniger aufregendes Leben wird mir sicher guttun, versuche ich mir einzureden. Auch wenn mir der Abschied nicht leichtfallen wird. Und Jens? Nach der vergangenen Nacht hätte ich einen Grund mehr zu bleiben.

Der ist es! Habe ich gedacht, als ich nach einer kurzen, aber dafür umso schöneren Knutscherei selig in seiner Armkuhle eingeschlummert bin.

Er ist immer noch da. Liegt mit geöffneten Augen neben mir.

«Hast du gut geschlafen?»

Ich nicke und traue mich kaum, ihn anzugucken. Ich möchte auch nicht wissen, wie durcheinander meine Haare aussehen. Immerhin hat Guillaume mich auch schon in diesem Zustand gesehen. In der Hinsicht steht es also unentschieden.

«Ja, ich schon. Hast *du* denn überhaupt geschlafen?», frage ich besorgt und schmiege mich kurz an ihn.

«Ach, ein klein wenig. Das ist aber nicht so wichtig. Ich hatte eine sehr schöne Nacht!», flüstert Jens in meine Haare und küsst mich auf die Stirn.

«Moi aussi! Ich auch!», flüstere ich und will aus dem Bett hüpfen, da mich eine innere Unruhe gepackt hat.

«Wollen wir in den Sender fahren, uns nach Désirée erkundigen, und du sagst Reimer, was du beschlossen hast?» Jens, der Gedankenleser.

Ich stehe auf, seufze einmal tief und nicke zustimmend.

Kurze Zeit später sitze ich auf dem Beifahrersitz von Jens' Auto und lasse mich von ihm nach Monte Carlo fahren.

Ich drehe am Radio herum, bis ich einen passenden Sender gefunden habe.

«Wer moderiert denn jetzt eigentlich bei uns?», fällt mir auf einmal ein.

«Ich glaube, Jean-Luc darf mal. Oder sie fahren eine aufgezeichnete Musiksendung ab. Besondere Vorkommnisse, da darf man auch einmal vom normalen Fahrplan abweichen.»

«Oh, hör mal. *À nos actes manqués.* Das höre ich so gerne.»

«Auf all das, was wir nicht gemacht haben», übersetze ich den Titel für Jens.

«Hast du denn alles gemacht?»

«Na ja, fast!», sage ich. «Zumindest das Wichtigste», füge ich hinzu und lächele Jens glücklich an.

Beim Boulevard angekommen, lässt Jens mich aussteigen. «Du gehst auf direktem Weg hoch zu Reimer, und ich fahre ins Krankenhaus zu Désirée, okay?»

«Ja, ist gut!»

«Wir treffen uns dann nachher hier.»

In der Redaktion ist niemand. Kein Jean-Luc, kein Reimer, niemand. Ich blicke ein paar Sekunden lang gelangweilt aus dem Fenster und krame in meiner Tasche. Der Tonfall von Jens gefiel mir gar nicht. Seit ich ihn kenne, verfällt er zwischendurch immer wieder in diesen Kasernen-Befehlston. *Auf direktem Weg gehst du zu Reimer.* Sorgen machen schön und gut, aber ich kann ja wohl noch selber entscheiden, wann ich wohin gehe. Er ist doch nicht mein Aufpasser! Außerdem hatten wir so eine schöne Nacht.

Auch wenn wir nur gemeinsam in einem Bett geschlafen haben. Ich verstehe gar nicht, warum er plötzlich wieder so anders ist. Schade. Aber ich muss mir von ihm ja nichts sagen lassen.

Aus der Tasche befördere ich einen Zettel zutage, auf dem ich am Vortag die Adresse von Rosalie Bonafont notiert habe. Ich tue es ungern, weil ich Jens inzwischen so sehr mag, dass ich ihn nicht enttäuschen möchte. Aber noch viel mehr habe ich das Gefühl, zu spät zu kommen. Ich muss mich also beeilen, Vertrauensbruch hin oder her. «Bin gleich wieder da!», rufe ich in den leeren Redaktionsraum.

Die Wohnung von Madame Bonafont ist nicht weit entfernt. Zu Fuß bin ich in sieben Minuten dort. Die Frau hatte recht, sie ist tatsächlich zu Hause.

Durch einen großzügigen Hausflur mit Marmorfliesen gehe ich zum Fahrstuhl, der mich nach oben bringt.

«Ach, wie schön. Besuch!», freut sich die alte Dame.

«Ich bin Ella!», stelle ich mich vor.

«Ja, habe ich mir schon gedacht.»

Sie ist sehr alt, hat faltige Haut, aber wache blaue Augen. Rosalie tätschelt meine Hand, führt mich durch einen langen Flur an vielen Türen vorbei ins Wohnzimmer. Dort serviert sie mir ein Glas Traubensaft.

Ich sehe mich in dem hellen, großen Raum um. Auf der Anrichte stehen Fotos aus mehreren Jahrzehnten.

«Darf ich?», frage ich und trete nahe an die Fotos heran. «Ist das Ihre Schwester?», möchte ich wissen, als ich das Bild näher betrachte. Zwei Mädchen im Partnerlook. Beide tragen gestreifte Kleider. Auch die Ketten, die sie umhaben, sind gleich.

«Ja, das war Marianne. Sie war immer ein wenig hübscher als ich!», stellt Rosalie ohne Selbstmitleid fest.

«Finde ich gar nicht!»

«Oh doch, schwindel mich nicht an!», sagt Madame Bonafont lachend. «Aber die besseren Jungs hatte ich.»

«Geheiratet haben Sie aber nicht?»

«Nein», sagt sie wehmütig. «In Deutschland habe ich einen Mann kennengelernt, den ich heiraten wollte. Er ist dann aber gestorben.»

Lächelnd zeigt sie auf ein Foto, auf dem sie mit einem jungen Mann zu sehen ist. Er hält sie stolz im Arm, und sie grinst bis über beide Ohren.

«Sie sehen glücklich aus!»

«Ja, das waren wir. Ich hatte mir schon alles ausgemalt, mit Kindern und dem ganzen Pipapo. Aber es hat nicht sollen sein.»

«Und Ihre Schwester?»

Ich hoffe, dass ich nicht zu weit gehe und Rosalie nicht denkt, ich frage sie aus.

Sie freut sich, dass sie jemanden zum Reden hat.

«Sie hatte immer einen Freund, aber heiraten wäre für sie sowieso nichts gewesen. Dafür war sie viel zu frei. Das Gegenteil von mir. Deswegen haben wir beide auch immer unsere Mädchennamen behalten.»

Ich bitte Madame Bonafont, mir mehr über Rebecca und ihre Schwester zu erzählen.

«Über eine Bekannte hat Marianne Rebecca kennengelernt. Das Mädchen musste sich ja immer um die Kinder kümmern. Ist bestimmt nicht einfach, sich ständig von einer fremden Familie herumkommandieren zu lassen. Zu meiner Schwester ist sie, glaube ich, so oft gekommen, weil sie sich dort ausruhen konnte.»

«Aber merkwürdig ist es doch schon, dass sie so oft dort war?»

«Ja, fand ich auch. Aber Rebecca hat behauptet, Marianne sei wie eine gute Freundin für sie. Wie eine *alte*, gute Freundin hat meine Schwester dann lachend gesagt. Sie ist richtig aufgeblüht. Es hat ihr Spaß gemacht, sich um

Rebecca zu kümmern. Und andersrum wohl genauso.» Rosalie berichtet weiter, dass sie ein paarmal mit den beiden essen gegangen sei. «Sie haben sich ganz wunderbar verstanden, manchmal wollten sie mich auch nicht dabeihaben. Das mit dem Arzt haben sie mir auch nicht erzählt.»

Ich horche auf. «Mit welchem Arzt?»

«Na, unser Hausarzt. Die Sprechstundenhilfe hat mich gefragt, ob das junge Mädchen unsere Enkelin ist. Sie meinte Rebecca. Die hat meine Schwester nicht nur begleitet, sie war wohl auch mit beim Doktor drin. Keine Ahnung, warum. Sind Au-pair-Mädchen vielleicht nicht sozialversichert?»

Ich glaube schon, dass die Mädchen krankenversichert sind. So mysteriös finde ich die Geschichte gar nicht. Vielleicht hat Marianne Rebecca gebeten, sie zu begleiten, weil sie eine ernste Untersuchung hatte.

«Aber das hätte sie mir doch erzählt. Sie war kerngesund, wirklich!»

Rosalie hat ihre Schwester Marianne später auf den Arztbesuch angesprochen. «Sie hat nur abgewinkt und gesagt, da sei nichts gewesen. Doch kurz darauf ist sie gestorben.» Rosalie seufzt. «Ach, ich habe es wirklich nicht verstanden. Warum sollte ausgerechnet sie, so ein junges Mädchen, jemanden umbringen? Dass Rebecca unter Verdacht stand, war total lächerlich.»

«Könnte es sein, dass sie sich beim Arzt das Gift besorgt hat? Es eingesteckt hat?»

«Haben Ärzte einfach so Gift herumstehen? Kann ich mir nicht vorstellen. Möglich ist alles. Ich wünschte, sie würde noch leben. Dann könnte sie mir so einiges erklären ...»

Die freundliche Frau tut mir leid. Ganz alleine sitzt sie in ihrer riesigen Wohnung.

«Und was könnte sie Ihnen noch erklären?»

Rosalie schüttelt den Kopf und verzieht die Mundwinkel zu einer schrägen Grimasse. «Ich habe ja schon gesagt, dass sie ihren eigenen Kopf hatte, aber dass sie unseren Familienschmuck und ihr gesamtes Geld einfach so an einen gemeinnützigen Verein vererbt, das verstehe ich nicht.»

Interessiert schaue ich Rosalie an. Ich habe schon häufiger gehört, dass ältere Damen ihr Geld dem Sportverein, dem Roten Kreuz oder auch Greenpeace vererben oder große Summen für einen guten Zweck spenden. Die Idee gefällt mir sogar, wenn keine Familie da ist. Rosalie scheint selber genügend Geld zu besitzen. Beide Schwestern sind von ihrem Diplomatenvater offenbar gut versorgt worden. Schließlich ging es um einen Millionenbetrag.

«Nicht, dass ich selber das Geld haben wollte. Das ist mir überhaupt nicht wichtig. Ich fand es bloß merkwürdig. Auch, dass sie am Tag ihres Todes noch eine größere Summe per Scheck von ihrem Konto abgehoben hat.»

«Woher wissen Sie das?»

«Die Kontoauszüge sind ja noch gekommen!»

Rosalie deutet auf einen Schreibtisch, auf dem fein säuberlich gestapelt Rechnungen und Briefe, adressiert an ihre Schwester, liegen. Bank, Strom, Telefonrechnungen.

«Ich konnte es einfach nicht wegschmeißen. Ich vermisse sie ganz schön.» Rosalie sucht in ihrer Tasche nach einem Taschentuch. Sie schnäuzt sich. Ich möchte sie gerne trösten.

«Kann ich mal auf die Toilette?», flüstere ich.

«Auf der rechten Seite!», sagt Madame Bonafont und versucht, sich am Sessel abzustützen, um aufzustehen.

«Bleiben Sie sitzen, ich finde es bestimmt allein!», beruhige ich sie.

Ich verlasse das Wohnzimmer und schaue mich suchend in dem langen Flur um. Hinter der ersten Tür, die ich öffne, befindet sich die Küche. Ein heller Raum, der blitzblank poliert ist. Ob Rosalie eine Haushaltshilfe hat? Eine Tür weiter stoße ich auf das Schlafzimmer. Schnell schließe ich die Tür wieder. Die nächste Tür wird es sein. Ich öffne sie und blicke in einen Raum, in dem es im Vergleich zu den anderen sehr kühl ist. An edlen Kleiderstangen hängen ein paar Jacken, die in Plastiküberwürfen verpackt sind. Ich stoße einen leisen Pfiff aus. Sollte dies der Ort sein, den ich schon immer mal sehen wollte? Stehe ich tatsächlich in einer Pelzkammer? Es ist wirklich viel kühler als in den anderen Räumen. Damit die Pelze nicht anfangen zu schimmeln.

Ich schüttele schmunzelnd den Kopf. Niemals hätte ich das Märchen von der mottensicheren Pelzkammer geglaubt, ohne mich mit eigenen Augen davon zu überzeugen.

«Die Toilette ist eine Tür weiter», sagt Rosalie hinter mir. Unbemerkt ist sie aus dem Wohnzimmer gekommen und hinter mich getreten.

«Ich habe mich wohl in der Tür vertan. Ist das hier wirklich eine Pelzkammer?», frage ich ungläubig.

Rosalie nickt. «Ja, verrückt, oder? Wer braucht denn so was?»

Ich amüsiere mich darüber, dass diese Pelzkammer für mich immer der Inbegriff des Reichtums in Monaco war. Und nun behauptet die Besitzerin lapidar, die Kammer sei unnütz. Ich kann mir ein Lachen nicht verkneifen.

«Hängt da überhaupt ein Pelz drin?», frage ich.

«Ja, einer, dahinten. Den habe ich aber nie an!»

Höflich frage ich nach, ob ich ein Foto von der Pelzkammer machen darf. Das quittiert Rosalie mit einem verständnislosen Nicken.

«Von mir aus. Aber was willst du damit?»

«Es soll eine Art Beweis sein. Ich muss jetzt auch los», sage ich, nachdem ich auf der Toilette war, diesmal durch die richtige Tür. Ich habe es eilig, nachdem ich auf die Uhr geschaut habe. Jens denkt, dass ich bei Theo Reimer bin. Ich möchte auf keinen Fall, dass er von meinem Besuch bei Rosalie Wind bekommt.

«Tschüs, Madame, danke, dass Sie mir so viel erzählt haben.»

«Immer wieder gerne», antwortet sie herzlich. «Ihr jungen Leute habt ja auch Besseres zu tun, als euch den ganzen Tag um uns Alte zu kümmern.»

Als ich die alte Frau zum Abschied umarme, fällt mir noch etwas ein. «Sie haben vorhin gesagt, es hätte Sie gewundert, dass Ihre Schwester ihr ganzes Geld an eine karitative Organisation vererbt hat. Wieso eigentlich?»

«Wir haben mal gemeinsam vor vielen, vielen Jahren unsere Testamente aufgesetzt. Und uns gegenseitig als Erben eingesetzt. Marianne muss ihres kurzfristig geändert haben. Ist ja ihre Sache. Wenn das Geld an eine Kinderschutzorganisation oder an Waisenhäuser gegangen wäre, hätte ich mich nicht gewundert.»

«Aber?»

«Aber dass sie alles dem Tierschutzbund vermacht, nee, das habe ich bis heute nicht verstanden!»

Vermutlich wird der Tierschutzbund einen schönen Batzen Geld in Millionenhöhe bekommen haben.

«Wieso denn nicht?»

«Marianne mochte überhaupt keine Tiere. Wir hatten mal einen Hund. Gegen die Haare war sie allergisch. Sie hat Ausschlag bekommen. Und immer gesagt: Wer Hunde und Katzen mehr mag als Menschen, der hat einen Vogel!»

37.

Ich habe Glück gehabt. Im Sender ist immer noch niemand. Weder Theo Reimer noch Jens.

Im Studio überprüfe ich, ob das Musikband noch läuft. Nur eine absolute Ausnahmesituation kann dafür sorgen, dass in einem Radiosender tagsüber aufgezeichnete Tapes abgespielt werden. Ein Mordanschlag, eine schwerverletzte Moderatorin und die ein oder andere Ungereimtheit.

Désirée war genauso allein im Studio, wie ich es jetzt gerade bin, fällt mir fröstelnd ein. Was, wenn der Mann mit der Waffe wiederkommt? Daran habe ich bisher keinen Gedanken verschwendet. Als Jens mich vorhin abgesetzt hat, war er sicher, Reimer würde in der Redaktion auf mich warten. Wo steckt er nur?

«Bist du ganz allein?»

Ich zucke zusammen. Ich war so sehr in Gedanken versunken, dass ich Jens gar nicht bemerkt habe.

«Entschuldige, ich wollte dich nicht erschrecken.»

«Schon gut. Wie geht es Désirée?», frage ich und denke, dass mein Timing perfekt war. Ein paar Minuten länger bei Madame Bonafont, und Jens hätte mich nicht angetroffen.

«Besser, viel besser. Sie haben sie operiert, sie ist bei Bewusstsein und konnte auch schon vernommen werden. Den Täter hat sie aber nicht erkannt. Er trug eine Maske. Sie glaubt, dass es ein Mann war.»

Ob ich eine bessere Personenbeschreibung hätte abgeben können, wenn ich an Désirées Stelle gewesen wäre?

«Wird sie wieder richtig gesund?», frage ich ängstlich.

Ich habe Gewissensbisse und frage mich, ob ich Schuld habe. Hätte ich nach dem mysteriösen Anruf aufmerksamer sein müssen? Hätte ich ahnen können, was geschehen wird? Das kann doch kein Mensch vermuten, dass so ein Verrückter tatsächlich kommt und um sich schießt. Wäre es nicht auch Chefsache gewesen, Vorsichtsmaßnahmen zu treffen? Aber Reimer hat ja nur an seinen Streit mit Schmidt gedacht. Ich wünschte, ich wäre an Désirées Stelle gewesen, damit ich nicht ein Leben lang ein schlechtes Gewissen haben muss.

«Ja, mach dir keine Sorgen. Es wird schon wieder. Trotzdem bleibt es dabei, dass Monte Carlo kein sicheres Pflaster für dich ist. Reimer hast du noch nicht Bescheid gesagt?»

Ich schüttele den Kopf. «Er ist nicht hier!»

Jens zieht mich sanft am Ärmel zur Tür.

«Komm, wir suchen ihn am Strand oder am Hafen. Gut möglich, dass er einen Kaffee trinken gegangen ist, nach all der Aufregung.»

Wir reden nicht viel auf dem Weg zum Strand. Ich bin viel zu sehr in Gedanken versunken. Der Tag, an dem ich Jens zum ersten Mal getroffen habe, an meinem Auto mit der Kralle, scheint eine Ewigkeit her zu sein.

«Vielleicht sitzt er in einem der Bistros?»

Angestrengt suchen wir die Massen an Menschen ab, von Theo Reimer fehlt jede Spur. Hätte ich gewusst, dass es so voll am Strand ist, hätte ich es von vornherein gelassen. Um diese Uhrzeit war ich noch nie hier unten, meist liege ich ja in Nizza am Steinstrand. So wie mit Janne und Maria.

Wenn ich dort abends nach der Arbeit auftauche, geht die Sonne bald schon unter. Und am Wochenende war es bisher noch nie so rappelvoll wie jetzt gerade hier.

Kein Wunder. Ich bin erst im Herbst nach Frankreich gekommen. Damals war es zwar noch angenehm warm und einige Leute am Strand. Jetzt, im Spätfrühling, kommen sie bereits in Scharen. Einige Kinder planschen schon im Meer, die Sonne knallt vom Himmel, und vor den Eisständen drängeln sich die Menschen.

Jens und ich haben unsere Schuhe ausgezogen und spazieren barfuß über den warmen Sand.

Wie mag es wohl erst im Hochsommer aussehen? Die Touristen werden wie die Sardinen eng aneinandergedrängt auf ihren Laken liegen. Hier Theo Reimer auszumachen ist beinahe unmöglich.

«Autsch!»

Der spitze Schrei kam von mir.

Jens dreht sich zu mir um, als ich in die Hocke gehe und meinen Fuß befühle. «Was ist denn passiert?»

«Ich bin auf irgendetwas getreten», erkläre ich. Mein

wehleidiger Ton gefällt mir selber nicht. Seit ich dem Anschlag entkommen bin, bin ich dünnhäutig geworden.

«Sieh mal, hier. Ein Seestern. Das war's!»

Jens hebt den Seestern auf und reicht ihn mir. Er ist ganz klein und vertrocknet, durch den Tritt ist ein kleines Stückchen abgebrochen. Der Seestern fühlt sich gut an in meiner Hand.

«Ich wusste gar nicht, dass es hier Seesterne gibt», sage ich und wiege das Stück in meiner Hand. «Bei all der Arbeit habe ich das eigentliche Urlauberleben komplett vernachlässigt. Ob ich ihn mitnehmen darf?», überlege ich.

«Wieso nicht. Als Glücksbringer!»

Plötzlich bleibe ich stehen.

«Was ist los?», fragt Jens.

«Ich überlege nur etwas.»

Mein Erinnerungssystem hat mir gerade eine Nachricht geschickt, so als wolle es sagen: «Haaallooo, merkst du noch was?!»

Sosehr ich mich auch anstrenge und in meinem Gedächtnis krame, will mir einfach nicht einfallen, was mein Hirn mir mitzuteilen versucht.

Mir liegt etwas auf der Zunge, das passende Wort dazu versteckt sich aber und kommt nicht heraus. Der kleine Seestern muss irgendetwas damit zu tun haben. Aber was? Ich verstaue ihn in meiner Hosentasche.

«Ella, ich muss gleich noch einmal los. Suchst du weiter nach Reimer, und wir treffen uns nachher im Sender? Bei all den Menschen kann dir nichts passieren.»

«Okay! Vielleicht setze ich mich einfach noch ein bisschen in den Sand. Wenn ich bald wieder in Deutschland bin, würde ich mich sonst ärgern, dass ich das alles nicht ausgenutzt habe.»

Wehmütig blinzele ich in die Sonne und denke an all die verpassten Möglichkeiten. *À nos actes manqués.*

Ich hätte so viel auf die Beine stellen können, Radio Bleue

sollte mein Sprungbrett werden, nicht nur beruflich, auch privat.

Meine Persönlichkeit wollte ich hier formen, ausgeglichener werden, zufriedener, vielleicht sogar glücklich. Weiß ich eigentlich, was genau ich damit gemeint habe, als ich mir Abenteuer gewünscht habe? Sicher habe ich einiges erlebt, für meinen Geschmack sogar ein paar Abenteuer zu viel.

Und die Nacht mit Jens? War das auch nur ein Abenteuer? Es hat sich so gut angefühlt. Trotzdem drängt er mich, meine Sachen zu packen und zurückzukehren nach Deutschland. Ob er mich so stark vermissen wird wie ich ihn?? Auf einmal habe ich gar keinen Blick mehr für die Menschen am Strand und das Meer. Wieso auch – ich soll hier ja sowieso weg. Wieder steigen Tränen auf. Habe zurzeit sehr nah am Wasser gebaut.

Wie aufs Stichwort nimmt Jens, der die ganze Zeit still neben mir stand, mich in die Arme und drückt mich fest an sich. Jens streicht mir die langen Haare zurück und flüstert nur ein «Schsch» ins Ohr.

«Es wird doch alles gut! Nicht weinen.»

Neulich abends am Strand hatte ich bereits dieses innige Gefühl der Zusammengehörigkeit. Ich lehne mich an ihn. Das passt, denke ich jetzt wieder. Wie ein gemütliches Paar Schuhe, oder der Lieblingspulli. Die Menschen um mich herum verblassen, das Plappern der Kinder klingt wie weit entfernt. Aber Zeit anhalten ist nicht.

«Ich muss jetzt wirklich los. Bis nachher!» Jens zwinkert mir zu und stapft über den Sand zur kleinen Steintreppe. Dort schüttet er den Sand aus seinen Schuhen, bevor er sie anzieht. Ich könnte ihm ewig zuschauen.

Den Moment eben mit Jens werde ich festhalten. Mann, bin ich melancholisch. Damit muss Schluss sein.

Es gibt nur zwei Möglichkeiten, mich aus diesem Stimmungstief zu ziehen. Die erste heißt Maria.

Ich lande nur auf ihrer Mailbox, hinterlasse aber keine Nachricht. Dass ich fast ermordet worden wäre, möchte ich ihr doch lieber persönlich sagen. Das glaubt sie mir nie. Als sie da war, war noch eitel Sonnenschein und jetzt: düstere Wolken am Himmel. Maria wird gar nicht gerne hören, dass ich nach Deutschland zurückkomme. Dann braucht sie einen anderen Grund, um Alex in Nizza zu besuchen. Na, vielleicht schafft sie das ja auch ohne mich.

Da Maria nicht zu erreichen ist, muss Trostmöglichkeit zwei herhalten: ein dickes Eis.

Der Eisverkäufer strahlt mit der Sonne um die Wette. Ein braungebrannter Mann, der sein weißes Hemd bis zum Bauchnabel aufgeknöpft hat. Eine feiste goldene Kette blitzt aus seinem Brusthaar hervor. Ich amüsiere mich über das lebende Klischee. Während ich in der Schlange stehe, krame ich in meiner Jeanstasche nach ein paar Euro und erwische den kleinen Seestern. Ich drehe und wende ihn, halte ihn in die Sonne und betrachte die kleinen Hubbel. Während ich über die weltbewegende Frage nachdenke, ob ich Nuss oder Zitrone nehmen soll, oder lieber beides, bekommt das Wort, das die ganze Zeit auf meiner Zunge lag, eine Struktur, ein Gesicht! «Na klar! Dass ich da nicht gleich drauf gekommen bin», rufe ich, und der Eisverkäufer schaut erstaunt auf. Von der Eissorte «Na klar» hat er noch nie etwas gehört.

38.

Schweren Herzens lasse ich den Eisstand Eisstand sein und eile in eine ruhige Ecke. Der Seestern! Der hat mich drauf gebracht. Den habe ich doch schon einmal gesehen. Nicht genau diesen Seestern, einen anderen, aber der hier in meiner Hand hat mich darauf gebracht.

Mit zittrigen Händen nehme ich mir mein Handy vor, gehe ins Fotomenü und klicke mich durch die Bilder, die ich damit aufgenommen habe. Da ist es. Zwei Fotos habe ich von Janne gemacht. Auf dem ersten erkennt man sie nicht so gut. Aber hier, auf dem zweiten Foto, ist sie deutlich zu erkennen. Die Kette. Mit dem kleinen Anhänger aus Silber. Einem Seestern!

Es war der einzige Schmuck, den Janne getragen hat. Genauso wie es der einzige Schmuck war, den zwei junge Damen in blauen Kleidern getragen haben. Ich bin mir hundertprozentig sicher, dass Janne genau dieselbe Seesternkette um den Hals trug, wie ich sie auf dem Foto bei Rosalie Bonafont gesehen habe. Sie und ihre Schwester Marianne, beide mit einer Silberkette mit dem Seestern. Wie kommt die an Jannes Hals?

Ich strenge mein Hirn an. Hatte Rosalie nicht erzählt, dass ihre Schwester Geld und Schmuck vererbt hat? Es könnte ein Zufall sein, dass Janne diese Kette hat. Doch allmählich glaube ich nicht mehr an Zufälle.

Im Schatten einer Palme krame ich weiter in meiner Erinnerung. Jetzt bloß nicht ablenken lassen. Ich muss mich konzentrieren. Den Gedanken mit dem Schmuck darf ich nicht abreißen lassen. Ein Mosaikstückchen, da bin ich mir sicher, fehlt noch.

Angestrengt versuche ich mich zu erinnern, ob ich mit Janne über den Schmuck gesprochen habe. Verwirrt schüttele ich den Kopf. Das wäre doch absurd, denke ich. Wieso sollte ich bei einem Interview über Au-pairs mit Janne über Ketten reden? Und doch bleibt die untrügerische Sicherheit, dass der Schmuck wichtig war bei dem Gespräch.

«Guillaume. Ich bin es. Ja, mir geht es gut. Bitte, hilf mir noch einmal!»

«So, so!», antwortet er nur. «Helfen! Immer doch gerne, Mademoiselle!» Es klingt leicht spöttisch, aber nicht abgeneigt. Ich komme schnell zur Sache. Immerhin ist er nicht allzu nachtragend.

«Ich sitze am Strand von Monte Carlo. Hast du auf deinem Computer noch das Audio-Material vom Interview mit Janne?»

«Ich dachte, die Sache wäre durch?»

«Guillaume!», sage ich flehend. «Beantworte doch bitte nur meine Frage.»

«Ja, habe ich noch.»

«Kannst du mir das Interview bitte per mp3-Datei an meine Mail-Adresse schicken? Dann kann ich es mir gleich übers Handy anhören.»

«Wann brauchst du es denn? Ich wollte eigentlich noch mal los.»

«Am besten sofort!»

«Nee, klar. Hätte ich mir ja denken können. Typisch deutsch, Ella. Immer schnell, schnell!»

Es ist das erste Mal, dass ein Franzose mich daran erinnert, dass ich typisch deutsch bin. Dabei habe ich mir immer so viel darauf eingebildet, eben nicht typisch zu sein, sondern einen Hauch südländisches Temperament zu haben.

«Bitte, mach es einfach! Typisch französisch, ganz spontan!»

«Haha, schon gut! Ist unterwegs.»

Fünf Minuten später halte ich krampfhaft mein Handy ans Ohr und konzentriere mich auf Jannes Stimme.

Da! Da ist es. Wusste ich es doch. Janne hat vom Besuch bei ihren Eltern an Weihnachten erzählt. Entscheidend ist die Stelle, an der Janne sagt, dass sie ihrer Mutter Schmuck geschenkt hat. Bingo!

Tröpfchenweise kehrt die Erinnerung zurück. Jannes Mutter hatte bei dem Telefonat mit mir doch auch über diese Geschenke gesprochen und wie sehr sie sich darüber gefreut habe.

Ich muss herausfinden, ob der Schmuck von Jannes Mutter auch einen Seestern als Anhänger hat. Erfreut stelle ich fest, wie sich Teil für Teil des unbekannten Puzzles zusammensetzt. So eifrig wie ich dabei bin, kommt mir gar nicht in den Sinn, darüber nachzudenken, was es überhaupt bedeuten würde, sollte sich herausstellen, dass Jannes Mutter auch einen Seestern an der Kette hat. Wäre das ein Beweis? Und wenn ja, wofür? Ich wische den Zweifel zur Seite, habe Feuer gefangen und brauche weitere Informationen.

39.

Ich muss es ihnen sagen. Irgendjemand muss es schließlich tun. Auch wenn ich lieber in der Sonne liegen und Wassermelone essen würde. Diesmal werde ich die Wahrheit sagen. Aber wie macht man das am besten? Mit klopfendem Herzen wähle ich.

«Schön guten Tag, Frau Schuster. Mein Name ist Ella Thomsen. Ich arbeite beim Radio in Monte Carlo, störe ich Sie?»

Wie erwartet klingt Jannes Mutter zögerlich, nicht so aufgeschlossen wie beim letzten Mal.

«Worum geht es denn?», fragt sie.

«Ich habe neulich schon einmal bei Ihnen angerufen. Dafür wollte ich mich entschuldigen. Ich habe behauptet, eine Umfrage zu machen!»

«Ach, das waren Sie!?», sagt Frau Schuster langsam. Sie ist angespannt, hört sich an wie jemand, der eine schlechte Nachricht zu erwarten hat, und das hat sie ja auch. «Was sollte das denn?»

«Ich wollte etwas über Janne herausfinden. Es war blöd von mir, es tut mir wirklich leid. Es ist bloß so, dass Janne weg ist!» Jetzt ist es raus. Hart und schnell, aber raus.

«Wie weg?», fragt Jannes Mutter nach.

Ich finde, sie klingt noch relativ ruhig dafür, dass ich ihr gerade gesagt habe, dass ihre Tochter verschwunden ist.

«So ganz genau kann ich es auch nicht sagen. Ich habe ein Interview mit ihr gemacht über ihr Leben als Au-pair, habe einen tollen Tag mit ihr verbracht, und ein paar Tage später hat sie mich angerufen, weil sie nicht mehr wollte, dass ich den Beitrag sende, und dann war sie verschwunden. Vielleicht ist gar nichts passiert, vielleicht hatte sie einfach nur keine Lust mehr auf ihre Familie. Aber ich erreiche sie nicht mehr. Haben Sie etwas von ihr gehört in den letzten Tagen?» Ich rede ohne Punkt und Komma, will nicht aufhören, um nicht die entsetzte Reaktion von Frau Schuster zu hören. Meine Eltern würden ausflippen, wenn ihnen jemand telefonisch mitteilen würde, dass ich einfach mal so verschwunden bin.

«Wieso haben Sie das denn neulich noch nicht gesagt?»

«Habe ich mich nicht getraut!», antworte ich zerknirscht. Jede Sekunde rechne ich damit, dass Frau Schuster anfängt zu schreien, zu schimpfen oder zu heulen.

Stattdessen lacht sie: «Na, Sie sind mir eine! Sie haben das gar nicht schlecht gemacht. Ich habe Ihnen geglaubt.»

Mit der Reaktion hatte ich gar nicht gerechnet.

«Äh, Ihre Tochter ist verschwunden, also, äh, haben Sie das verstanden?»

«Ja, aber das muss ein Missverständnis sein. Ihr geht's gut! Sie hat gestern angerufen!»

«Waaas?», rufe ich laut und undamenhaft in den Hörer. «Was hat sie gesagt, von wo hat sie angerufen?»

«Von ihrem Handy! Sie hat mir sogar erzählt, dass sie sich mit Ihnen getroffen hat!»

«Echt?» Ich bin völlig platt und bekomme keine vollständigen Sätze mehr heraus.

«Ja, sie meldet sich eigentlich regelmäßig. Aber die Familien sehen es nicht so gerne, wenn die Au-pairs ständig telefonieren. Deshalb hat Janne ihr Handy aus.»

Ich sammele mich wieder.

«Ja, aber Janne ist nicht mehr in ihrer Familie.»

«Weiß ich, hat sie gesagt. Sie ist in einer anderen. Die Adresse will sie mir noch mailen.»

«Ehrlich? Aber warum ging das alles so schnell?»

«Ja, bei Janne denkt man immer, sie schluckt alles. Sie ist ja immer so nett. Aber was zu viel ist, ist zu viel. Sie kam mit der Familie einfach nicht zurecht. Das hat mich schon geärgert, dass die meine Tochter nicht so gut behandelt haben. Aber jetzt ist sie in einer netten Familie. Die heißen irgendwie Dupont oder so ähnlich.»

Das ist in etwa so, als wenn man in Deutschland Müller, Meier oder Schmidt heißt. Schwer ausfindig zu machen.

«Na, dann bin ich ja froh!» Ich stoße ein krächzendes Lachen aus. «Ich hatte so eine Angst, bei Ihnen anzurufen wegen der schlechten Nachricht. Gott sei Dank ist alles in Ordnung!»

Ich bin total erleichtert über die Wende. Janne ist quietschlebendig. Ich sehe also doch Gespenster. Ein wenig beleidigt bin ich nun allerdings darüber, dass Janne sich nicht bei mir gemeldet hat. Erst so einen Aufruhr machen, und dann ist gar nichts los. Wenn ich sie das nächste Mal sehe oder spreche, werde ich ihr klipp und klar sagen, dass das nicht in Ordnung ist. Schließlich habe ich mir Sorgen gemacht. Und ich dachte auch ein wenig, dass wir vielleicht Freundinnen werden könnten.

Ich entschuldige mich noch einmal bei Frau Schuster für die Unannehmlichkeiten und will schon auflegen, da fällt mir ein, dass ich ja noch eine wichtige Frage habe.

«Sagen Sie mal. Eine Sache noch, wenn es Sie nicht stört. Janne hat Ihnen doch Weihnachten eine Kette geschenkt, oder?»

«Ja, das stimmt. Wieso?»

«Ich muss etwas für meinen Beitrag recherchieren!» Das stimmt ja mehr oder weniger auch. «Ist es eine schlichte Silberkette?»

«Nein. Sie hat einen Anhänger.»

Ich halte den Atem an, bin ich hier doch noch auf einer heißen Spur? Steckt Janne vielleicht selber ganz tief im Schlamassel? Hat sie reiche Leute beklaut, ist deswegen untergetaucht und hat ihren Eltern und mir eine Lügengeschichte aufgetischt? Hat sie komplett mit mir gespielt und ist in echt viel abgebrühter, als sie gewirkt hat? Jetzt will ich nur eins wissen: Was hängt an der Kette dran? Ich warte auf das entscheidende Wort von Jannes Mutter, das mit See anfängt und mit Stern aufhört.

«Es ist ein Schmetterling!», sagt Jannes Mutter, und meine imaginäre Sandburg fällt in sich zusammen.

«Ach so!», sage ich enttäuscht. Es hätte aber auch zu gut gepasst, wenn Jannes Mutter die zweite Seesternkette gehabt hätte.

«Ist das schlimm?»

«Nö!», sage ich lapidar und weiß gar nicht genau, ob das nun schlimm oder gut ist. Und vor allem für wen.

«Wenn meine Tochter das nächste Mal anruft, sage ich ihr, dass sie sich bei Ihnen melden soll, in Ordnung?»

«Ist gut. Aber ich versuche es auch selber noch einmal.»

«Machen Sie es gut! Tschüs!»

«Tschüs!», sage ich tonlos.

Ein merkwürdiges Gespräch. Damit hätte ich niemals gerechnet.

Janne hat sich gemeldet. Sie lebt also. Ob sie ihre Mutter angeschwindelt hat und gar nicht mehr in Monte Carlo ist, ist unklar. Das mit der anderen Familie kann ich irgendwie nicht glauben. Mein Gefühl sagt mir, dass an der ganzen Sache etwas faul ist und sie nicht aus eigenem Willen gegangen ist. Vielleicht hat ihr Entführer sie telefonieren lassen, um die Gemüter zu beruhigen. Ein kluger Schachzug.

In meinem Display suche ich nach Jannes Handynummer. Wie vermutet, springt ohne Klingeln direkt die Mailbox an. Das Handy ist ausgestellt, was für meine letzte Theorie spricht. Ich werde aber nicht noch einmal bei ihrer Mutter anrufen. Ich glaube, meine wäre trotzdem schon auf dem Weg nach Frankreich, selbst wenn ich am Tag zuvor angerufen hätte. Nur ein Hinweis darauf, dass mit mir etwas nicht stimmen könnte, würde sie lossprinten lassen. Nun ja, jeder ist anders.

Janne, wo steckst du nur? Hast du Madame Bonafonts Schmuck geklaut? Und wenn ja, wieso? Und weshalb hat deine Mutter einen Schmetterling als Anhänger und keinen Seestern?

Ich überlege, ob man Jannes Anruf bei ihren Eltern zurückverfolgen kann? Wie soll ich das tun? Das dürfte selbst Guillaumes Fähigkeiten übersteigen. Vielleicht sollte ich mich doch Jens anvertrauen? Selbst wenn er mir bei den Recherchen nicht weiterhelfen kann, so wäre es doch schön, seine Meinung zu hören in diesen wilden Zeiten. Ich stehe mit einem energischen Ruck auf, klopfe mir den Sand vom Po und marschiere in Richtung Sender.

Ich werde Jens alles sagen: Was ich herausgefunden habe und wie ich ihn finde. Nämlich gut. Ziemlich gut sogar.

Was ich im selben Augenblick sehe, finde ich ganz und gar nicht gut. Wie zur Salzsäule erstarrt stehe ich mitten auf der Straße und fixiere ein kleines Restaurant. An einem Tisch unter einem Sonnenschirm sitzt Jens. Das alleine wäre ein Grund, sich zu freuen. Aber Jens ist nicht alleine. Er sitzt dort mit einem fremden Mädchen. Genau genommen ist sie mir gar nicht so fremd. Es ist Charlotte, das Mädchen, das ich vor der Sprachenschule interviewt habe. Ich beobachte, wie Charlotte Jens ein Päckchen überreicht. Danach muss ich mit ansehen, wie Jens Charlotte innig umarmt. Exakt so, wie er es vorhin mit mir gemacht hat.

40.

Ich bin so eine bescheuerte Kuh. Verklärt bis zum geht nicht mehr. Vor lauter Verliebtheit habe ich nicht bemerkt, dass Jens ein falsches Spiel spielt. Was genau er in Monte Carlo treibt, ist mir noch nicht klar, aber legal ist es bestimmt nicht.

Verwirrt, verstört, verletzt: So fühle ich mich. Ich habe mich zu sehr auf Jens eingelassen, auf einen Betrüger. Anders kann es nicht sein. Es passt alles so gut zusammen. Und damit meine ich diesmal nicht Jens und mich. Sondern die kriminellen Mosaikstückchen. Jens wollte nicht, dass ich die Au-pair-Geschichte mache, vermutlich, damit er seine düsteren Machenschaften ungestört fortsetzen kann. Welche auch immer.

Diese Charlotte und er scheinen ein Team zu sein. Vielleicht haben sie Janne und Rebecca entführt, weil die beiden Mädchen irgendetwas herausgefunden haben. Sind Drogen im Spiel? Mein Kopf rauscht. Ich habe keinerlei Beweise. Aber dass Jens etwas mit den Au-pair-Mädchen zu tun hat, ist offensichtlich. Die Ungereimtheiten um Madame Bonafonts Millionen-Testament fallen mir ein. Könnte Jens auch darin verwickelt sein?

Halt, stopp! Du hast keine Beweise, Ella Thomsen. Nur aus Eifersucht darf ich nicht ungerecht werden. Es ist bitter, aber Jens zu Unrecht zu verurteilen wäre extrem unfair.

Ich kann nur eins tun: weitere Beweise sammeln und mich vorerst von Jens fernhalten. Das wird schwer genug werden.

«Rosalie, ich kann nicht viel erklären, ich muss nur eben etwas fragen!», rufe ich atemlos ins Telefon.

«So viele Anrufe habe ich in einem ganzen Jahr nicht bekommen», freut sich Madame Bonafont. «Was gibt es denn?»

«Denken Sie nicht, dass ich bekloppt bin, ich wollte wissen, ob Sie auch eine Kette mit Schmetterlingsanhänger hatten oder nur die Seesterne!»

Rosalie antwortet prompt, so als habe ich sie nach der Uhrzeit gefragt. Es ist sehr hilfreich, dass sie keine überflüssigen Fragen stellt.

«Nein, nur die Seesterne. Die sind leider weg.»

«Ja, ich weiß», unterbreche ich sie. «Und noch was anderes. Haben Sie eigentlich mal nachgefragt, was die beim Tierschutzbund mit dem Geld Ihrer Schwester angestellt haben?»

«Das habe ich tatsächlich mal. Es war aber sehr merkwürdig. Die Dame am Telefon wusste überhaupt nicht, wovon ich rede. Sie war richtiggehend unfreundlich. Blaffte mich an, dass es allen Tieren besserginge, wenn sie mal ein bisschen mehr Geld hätten. Sehr undankbar, wenn Sie mich fragen!»

«Warum haben Sie mir das denn nicht schon vorher erzählt, Rosalie?»

«Ach, ich habe mich so über die Frau geärgert. Das habe ich verdrängt!»

Puh! Wie am Fließband geht es hier zu. Ein neues Indiz jagt das nächste. Mit dem Tierschutzbund stimmt auch etwas nicht. Sind die Au-pair-Mädchen angestiftet worden, sich mit den alten Damen gutzustellen, ihr Vertrauen zu erlangen, um sie bezüglich ihres Testaments beeinflussen und sie bestehlen zu können? Aber warum haben die Mädchen das getan? Haben sie einen Anteil bekommen? Und was hatte Jens damit zu tun? Die vielen Fehler in der Moderation deuten darauf hin, dass Radio Bleue gar nicht der Hauptgrund für seinen Aufenthalt hier ist. Plötzlich wird mir übel. Hatte er mir nicht erzählt, dass er vor einem Jahr schon einmal in Frankreich war? Ich hoffe, dass es nicht zu dem Zeitpunkt war, als Rebecca verschwand. Rebecca, die so eine Angst vor jemandem hatte. Vor Jens?

Wütend balle ich die Fäuste. Wie hatte ich mich stets auf meine gute Menschenkenntnis verlassen, wie stolz war ich darauf, mein Gegenüber schnell einschätzen zu können. Damit bin ich hier bitterböse gescheitert.

Mir bleibt nur noch Schadensbegrenzung. Ich werde weiterrecherchieren, ich muss einfach wissen, wie alles zusammenhängt, aber ich muss meine persönlichen Befindlichkeiten außen vor lassen. Wie es eine gute Journalistin tut. Männergeschichten sind ab jetzt tabu.

Als Erstes werde ich herausfinden, ob Jens der unbekannte Mann ist, derjenige also, vor dem sich die Mädchen so fürchten. Ich verdränge den unheimlichen Gedanken, eine ganze Nacht mit ihm verbracht zu haben. Wem kann ich noch vertrauen? Theo Reimer? Unsicher. Auch er könnte mit Jens unter einer Decke stecken und nur so tun, als habe er etwas gegen ihn. Vielleicht ist der Senderboss Schmidt der ganz große Drahtzieher. Radio Bleue nur eine Scheinfirma. Rosalie Bonafont ist bestimmt vertrauenswürdig, Guillaume vielleicht. Kann ich mir selbst vertrauen? Gar nicht. Ich bin befangen. Aber so beschränkt wie bisher werde ich mich nicht noch einmal anstellen.

41.

Ich muss es einfach wissen. Ich stehe vor der Tür, doch nicht die weiße Bluse öffnet mir, sondern die Köchin.

«Bonjour. Ah, Sie sind es noch einmal …»

«Ich bräuchte kurz ein paar Informationen, haben Sie einen Moment Zeit?», leite ich das Gespräch ohne große Erklärungen ein.

«Sie haben Glück. Madame ist gerade außer Haus. Worum geht es denn?»

Ich halte der Köchin mein Handy hin. Ich öffne den Foto-

Speicher und zeige ihr die Bilder vom Radio-Bleue-Abendessen. Ein paar nette Schnappschüsse sind dabei entstanden und die entscheidenden Personen gut zu erkennen. Désirée, Jean-Luc, Reimer und Jens.

Die Frau wischt sich ihre Hände am Spültuch ab und nimmt das Handy in die Hand.

«Können Sie mir sagen, ob eine dieser Personen neulich hier war, um Jannes Sachen abzuholen? Sie haben doch gesagt, es sei jemand hier gewesen. Sie haben ihn doch gesehen?»

«Ja, ich habe ihn ganz kurz gesehen. Puh. Ich weiß nicht, ob ich mich so gut daran erinnern kann. Wieso müssen Sie das denn wissen?», will die Köchin wissen.

Ich stocke kurz, frage mich, ob die Frau auch etwas mit der Sache zu tun hat. Nein, bestimmt nicht. Deswegen erkläre ich ihr, dass ich Janne finden möchte.

«Gut!», sagt die Frau nur und scrollt sich durch das Foto-Archiv.

Sie schaut sich sehr lange meine Bilder an, es sind eine ganze Menge im Speicher, bis die Köchin plötzlich auf ein Foto zeigt.

«Das hier, das ist er!»

Ich schnappe mir das Handy, betrachte das Bild, ziehe die Stirn in Falten und frage erstaunt: «*Der*? Wirklich?»

«Ja, ganz sicher!»

Damit hatte ich überhaupt nicht gerechnet. Mit allem, nur nicht damit. Ich wollte einfach nicht wahrhaben, dass überhaupt jemand in die Geschichte verwickelt ist. Viel lieber wäre mir gewesen, ich hätte mir alles zusammenphantasiert, die verschwundenen Mädchen, das Geld, die tote Madame Bonafont, den Anschlagsversuch, und Janne und Rebecca würden mir lachend auf der Straße entgegenkommen.

Ich verabschiede mich freundlich, aber schnell. Ich fühle

mich verloren, so ohne Zufluchtsort. Zu Radio Bleue kann ich auf keinen Fall, in meine Wohnung auch nicht. Wenn doch nur Maria noch hier wäre. Obwohl ich sie dann ja auch mit hineinziehen würde.

Wo soll ich nur die Nacht verbringen? Vielleicht kann ich bei Marias Alex Unterschlupf finden? Schwachsinnige Idee. Dessen Adresse habe ich ja gar nicht. Allmählich wird es dunkel, ich habe Hunger und bin erschöpft von den Eindrücken, Neuigkeiten und Enthüllungen.

Am sichersten fühle ich mich jetzt dort, wo viele Menschen sind. Ich gehe zurück zur Strandpromenade. In einem Restaurant setze ich mich an einen kleinen Tisch, der in der Ecke im Dunkeln liegt.

Mein Handy klingelt, ich schaue auf den Absender und drücke den Anruf weg. Nach kurzem Überlegen schalte ich mein Handy ganz aus und entferne die SIM-Karte. Sicher ist sicher. Momentan möchte ich nicht entdeckt werden.

Würde ich meine Eltern in Deutschland anrufen und ihnen mein Leid klagen, würden sie ohne Zögern einen der Hubschrauber bestellen, der mich nach Hause bringt. Mein Vater würde sein ganzes Hab und Gut investieren, damit der Hubschrauberpilot seine Tochter auf direktem Weg nach Hamburg fliegt. Und vorher würde Papa noch Marias Vater k. o. schlagen, der mir den Job besorgt hat.

Und all den anderen dubiosen Männern im Fürstentum einen linken Haken verpassen und einen rechten hinterher.

Ich müsste mich mal wieder zu Hause melden, nur um zu sagen, dass alles gut ist. Aber das ist es ja leider nicht. Zu Hause hilft mir jetzt auch nicht weiter.

Meine Hände zittern, als ich durch die Speisekarte blättere. Dahinter könnte ich mich gut verstecken, sollte jemand Verdächtiges das Restaurant betreten. Die Eingangstür lasse ich nicht aus den Augen.

Bei dem jungen, freundlichen Kellner bestelle ich ein saftiges Entrecôte mit Pommes. Ich muss Kraft tanken.

Als ich kurz darauf das Fleisch verschlinge, bleiben mir beinahe die Pommes frites im Hals stecken. Durch das Restaurantfenster beobachte ich Beata, das Mädchen, das ich in der Sprachenschule getroffen habe. Zwar habe ich sie nur kurz gesehen, aber lange genug, um sie wiederzuerkennen. Die Straßenlaterne hilft dabei. Sie spaziert auf Stöckelschuhen, die für meinen Geschmack ein paar Zentimeter zu hoch sind, die Straße entlang und blickt sich suchend um.

Neben Beata hält ein dunkler Sportwagen. Mit den Marken kenne ich mich nicht aus, schätze aber, dass es ein Jaguar sein könnte.

Theo Reimer hatte sich so darüber gefreut, dass mit meinem Wagen endlich mal ein Auto in Monte Carlo parkt, dessen Preis sein Jahresgehalt nicht übersteigt.

Das trifft auf den Wagen, in den Beata einsteigt, nicht zu.

Den Fahrer kann ich auf die Entfernung und in der Dunkelheit nicht identifizieren. Oh Mann, jetzt benutze ich schon kriminalistische Wörter wie «identifizieren».

Ich wüsste zu gerne, zu wem Beata ins Auto gestiegen ist. Hastig zwänge ich mich aus der Tischnische und laufe zur Tür. Von hinten erkenne ich gerade noch das Kennzeichen des Autos. Ich wiederhole es leise murmelnd, bis ich wieder an meinem Tisch angekommen bin. Dort notiere ich es auf einer Serviette.

Mir fällt nur ein Mensch ein, der für mich herausfinden könnte, wem der Wagen gehört. Guillaume. Soll ich? Ich muss ihm ja nicht sagen, wo ich bin. Ich könnte so tun, als wenn ich nichts wüsste. Ich werde ihm nicht berichten, was ich alles erfahren habe.

Ich pfriemele die SIM-Karte wieder in mein Handy und wähle Guillaumes Nummer. Bevor es tutet, lege ich wieder auf. Günstiger wäre es, nicht mit Guillaume sprechen zu müssen. Er würde garantiert versuchen, mich abzuhalten, wovon auch immer.

Statt eines Anrufs schicke ich ihm eine SMS, mit dem

Autokennzeichen und der Bitte, mir zu simsen, wer der Fahrzeughalter ist.

Ha! Welch Wörter: *identifizieren* und *Fahrzeughalter*. Von der Volontärin Ella zur Ermittlerin Thomsen.

Seelenruhig esse ich mein kalt gewordenes Fleisch auf. Wenn ich mich einmal in etwas verbissen habe, lasse ich nicht locker. Nachdem ich Beata in dem teuren Auto gesehen habe, steht für mich fest, was zu tun ist. Ich muss herausfinden, ob Beata auch drinsteckt im Sumpf von Erbschaftstricksereien und Mordanschlägen. Und ich weiß auch schon, wo ich möglicherweise an Informationen herankommen kann. Nicht ganz legal, aber wen schert das schon. In meiner Lage.

42.

Im Schatten der Palmen und der Häuser schleiche ich nach meinem Restaurantbesuch durch die Straßen in Monaco. Vor einem unscheinbaren Haus bleibe ich stehen, schaue nach links und rechts, so unauffällig wie möglich. Maria würde schreien vor Sorge, weil sie weiß, dass ich der auffälligste Mensch unter der Sonne bin. Selbst wenn ich einen Fahrschein für die U-Bahn habe, werde ich als Erste von den Kontrolleuren angesprochen, weil ich immer so aussehe, als habe ich kein Ticket. Der Versuch, unauffällig zu schauen, geht jedes Mal schief.

Im Gegensatz zu den dauerüberwachten Wohnanlagen, die sonst in Monte Carlo zu finden sind, ist dieses hier ganz ohne Sicherheitspersonal. Ob es eine Kamera gibt, wie an so vielen Orten, kann ich nicht mit Sicherheit sagen. Es ist mir auch egal, ich brauche Beweise. Mit einem Stein werfe ich ein kleines Fenster an der Seitenwand der Sprachenschule ein. Glücklicherweise geht keine Alarmanlage los, kein Scheinwerfer wird auf mich gerichtet, und auch keine Hunde bellen. Mit etwas Mühe und klopfendem Herzen ziehe ich mich am Fenstersims hoch, greife durch die kaputte Scheibe, öffne das Fenster von innen und klettere in das Haus. Das ging einfach. Zu einfach?

Vorsichtig steige ich über die Glassplitter auf dem Fußboden und orientiere mich. Die Taschenlampe am Handy will ich noch nicht einschalten, zu groß wäre die Gefahr, der Lichtschimmer könnte nach draußen dringen.

Langsam schleiche ich in den Flur. Im Dunkeln sieht die Schule ganz anders aus als neulich, als sie so belebt war.

Mein Herz schlägt mir bis zum Hals.

Leise öffne ich die Tür eines kleinen Seitenraums, an dem ein Namensschild hängt. Ich überzeuge mich davon, dass ich vor dem richtigen stehe, bete, dass die Tür nicht abgeschlossen ist, drücke die Klinke hinunter, atme erleichtert auf, als sie sich öffnen lässt, und trete ein.

In dem Raum stehen ein Schreibtisch und mehrere Regale. Genau die habe ich gesucht. Ich blinzle aus dem Fenster, um mich zu vergewissern, dass mich niemand beobachtet. Ich überfliege die Ordner in den Regalen und ziehe einen mit der Aufschrift «Au-pair» heraus.

Fein säuberlich geordnet finde ich die Namen der Sprachschülerinnen, beim genauen Durchsehen stoße ich auf Janne und Rebecca. Auch Charlotte hat ein eigenes Register.

Ich suche auf meinem Smartphone die Taschenlampe, stelle sie ein und beleuchte damit die Unterlagen.

Beim Überfliegen von Rebeccas Seite stoße ich leise pfeifend die Luft aus, die sich in meinem Mund angesammelt hat.

«Madame Bonafont, Tierschutzbund» steht dort. Der Eintrag ist mit einem Haken versehen. «Problem mit Familie» lese ich weiter und «Zurück nach Hause».

Sehr kryptische Einträge, die nur Eingeweihten etwas sagen.

Bei Janne findet sich auch der Name «Madame Bonafont» sowie ein «Monsieur Fabien».

Auch bei den anderen Mädchen sind mehrere Namen eingetragen, bei Charlotte die Zahl 100 mit einem weiteren Haken dahinter.

Ich hoffe, dass die knappen Einträge als Beweise durchgehen. Wie ich weiter verfahren soll, ist mir unklar. Mein Plan stand nur bis zu diesem Moment, in dem ich Namen und Fakten finde. Und nun? Soll ich das Material einfach mitnehmen? Ich sehe mich nach einem Kopierer um. Gerade als ich in die Stille hinein überlege, welch einen Mordskrach das Anwerfen eines Kopierers machen würde, werde ich geblendet.

Jemand leuchtet mir mit einer sehr grellen Taschenlampe mitten ins Gesicht. Mein klopfendes Herz bleibt kurzzeitig stehen, und mir rutscht der Ordner aus der Hand. Mit einem lauten Knall kracht er auf den Boden. Reflexartig will ich mich danach bücken, als eine Stimme mich zurückhält.

«Liegen lassen und stehen bleiben!»

Ich kenne die Stimme. Ich habe sie schon ein paarmal gehört. Im Radio, beim Essen – und auch im Bett. Die Stimme gehört Jens.

Als ich mich an das helle Licht gewöhnt habe, bemerke ich, dass Jens nicht bloß eine Taschenlampe in der Hand hält, sondern auch eine Pistole.

«Jens? Wa-wa-was machst *du* denn hier? Du hast mich zu Tode erschreckt!»

«Was zum Teufel machst *du* hier?», fragt er, behält mich im Visier und sondiert gleichzeitig die Umgebung.

«Ich habe ein paar Akten zusammengesucht.»

«Wieso?»

«Weil ich weiß, was mit den Au-pair-Mädchen passiert»,

platzt es aus mir heraus. «Aber das muss ich dir ja nicht erklären, oder?»

«Nein, das brauchst du mir wirklich nicht zu erzählen. Das weiß ich alles», sagt Jens lapidar.

«Schade!», antworte ich, und ich finde es tatsächlich schade, dass er ein Gangster ist, denn eigentlich wäre er es gewesen. Nicht Guillaume. Der ist nur ein guter Kumpel, der von mir aus gerne alle Mädchen seiner Uni in seine Küche lotsen kann. Ich will Jens. Bisher zumindest. Mit der Pistole in der Hand kann ich das nicht mehr ganz uneingeschränkt behaupten.

«Blöd, wenn man die Beute immer teilen muss, oder?», wage ich mich vor. «Verdient man als Moderator nicht genug?»

«Was meinst du?», fragt er zurück, und ich habe ihn tatsächlich kurz verwirrt. «Sei ruhig jetzt!», zischt er mir zu.

Ich selber bin auch ruhig, bloß mein Handy hält sich nicht an die Anweisung.

Das unverwechselbare *Piep-Piep*, das Zeichen dafür, dass eine SMS eingegangen ist.

«Was ist das denn jetzt?», fragt Jens genervt und schaut auf mein Handy.

Diesen einen kurzen Augenschlag nutze ich, um mich, weiß der liebe Gott wieso, auf Jens zu stürzen. Ich versuche ihm die Pistole aus der Hand zu treten und ihn gleichzeitig in den Würgegriff zu nehmen. Genau so, wie Jens es mir bei der launigen Balgerei am Strand gezeigt hat. Schneller, als ich Luft holen kann, hat Jens meinen Arm fixiert und mich in den Klammergriff genommen. Ich kann mich nicht mehr rühren. Er ist verdammt schnell.

«Hör auf mit dem Mist, hast du verstanden?»

Ich nicke. Er dreht mir so den Arm auf den Rücken, dass es schmerzt. Seine andere Hand mit der Waffe liegt auf meinem Mund, damit ich nicht schreie. Lautlos rollen einige salzige Schmerzenstränen aus meinen Augen auf Jens' Handrücken.

«Zeig mir dein Handy!»

Da ich mich nicht bewegen kann, deute ich nur leicht mit dem Kopf auf meine Hosentasche.

Jens greift sich das Handy, öffnet den SMS-Ordner und findet eine Nachricht von Guillaume.

«Das Kennzeichen gehört zum Auto eines Monsieur Cochet. Wenn mich nicht alles täuscht, ist er Kommissar. PS: Das Auto war kein Jaguar, sondern ein Lamborghini», liest Jens halblaut vor. «Was soll das?»

«Das weißt du doch am besten», sage ich und sehe mich nach Erhalt der SMS in meinem Verdacht voll und ganz bestätigt. Der Kommissar und Jens machen gemeinsame Sache.

«Wieso sollte ich das am besten wissen?»

«Weil du mich doch zum Kommissar gebracht hast, damit ich nicht herumschnüffle, und ihr weiter eure Betrügereien machen könnt.»

«Moment mal! Du hältst dich wohl für ganz schlau. Mensch, Ella, du blödes Ding, warum bist du hierhergekommen? Ich hab dir doch gesagt, du sollst nicht alleine unterwegs sein.»

«Auf dich hör ich gar nicht mehr», sage ich trotzig.

«Äußerst schade! Wieso bist du hier?»

«Weil die Köchin von Jannes Familie ihn auf dem Foto in meinem Handy erkannt hat. Deswegen bin ich hier.»

«Wen?»

«Den Hausmeister hier aus der Sprachenschule, Monsieur Richez. Er hat Jannes Sachen abgeholt. Aber das weißt du doch alles. Du hast doch Janne mit verschwinden lassen.»

«Ich ganz bestimmt nicht!»

Ich runzele die Stirn.

«Auf welchem Foto hat die Köchin ihn erkannt?»

«Als ich hier in der Schule war, hat Maria heimlich ein

paar Bilder mit ihrem Handy gemacht und an mich weitergeleitet. Da war er auch drauf. Ich habe mich noch gewundert. Eigentlich habe ich der Köchin nur die Fotos von Radio Bleue und von dir gezeigt.»

«Von mir? Und hat sie mich erkannt?», fragt Jens mit einem genervten Tonfall.

«Nö, natürlich nicht. Du schickst ja deine Leute.»

«Ach ja, klar. So. Und was sollte das mit dieser SMS hier mit dem Autokennzeichen?»

«Dir sage ich gar nichts mehr. Das ist mir zu blöd. Du erschießt mich ja sowieso!»

Jens nimmt die Waffe herunter und stößt einen Laut aus, der wie ein Lachen klingt.

«So ein Quatsch. Obwohl, Gründe genug hätte ich, weil du mir ständig in die Ermittlungen grätschst. Weil du einfach nicht hören willst.»

«Was für Ermittlungen?», frage ich vorsichtig.

«Ella, ich bin kein Radiomoderator! Kapiert?»

«Das habe ich gemerkt», erkläre ich vorschnell.

Jens verdreht die Augen. «Ich bin auch kein Gangster, Ella. Ich bin von der Polizei. Vom Betrugsdezernat!»

«Ja, klaro! Du und Polizist!»

Ich lache laut auf. Es ärgert mich wahnsinnig, dass er versucht, seinen Kopf aus der Schlinge zu ziehen.

«Und wieso waren wir dann ausgerechnet beim Kommissar?»

«Weil ich ihn kennenlernen wollte. Du warst mein Lockvogel!»

«Wie bitte?»

«Reg dich jetzt nicht auf. Wir haben nicht so viel Zeit. Wir wollen doch Janne finden, oder?»

«Na klar! Du bist wirklich bei der Polizei?»

«Ja doch! Wir ermitteln mit den Monegassen. Ich bin extra aus Deutschland angefordert worden, weil so viele deutsche Au-pair-Mädchen in die Testamentsfälschungen und in den Diebstahl verwickelt sind. Millionen von Euro sind unterschlagen worden und fließen in irgendwelche dubiosen schwarzen Kanäle. Die Verwandte einer Toten hat Alarm geschlagen, als das Testament geändert worden war. Es fehlten bisher die stichhaltigen Beweise. Die Mädchen sind die Handlanger. Sie müssen irgendwie erpresst worden sein. Und seit Rebecca weg ist, sind wir im ganz großen Stil dran.»

Jens erläutert kurz und knapp, dass die Bande sich reiche, alleinstehende Menschen ausgesucht hat. Die Au-pair-Mädchen haben sich mit den alten Leuten angefreundet, ihnen beim Einkaufen geholfen, sie zum Essen begleitet, um sich das Vertrauen zu erschleichen. Dann haben sie sie jedes Mal überredet, ihr Testament zu ändern.

«Und ihr Geld dem Tierschutzbund zu vermachen?»

«Woher weißt du das schon wieder?»

«Von Madame Bonafont. Sie ist die Schwester der alten Frau, die vor einem Jahr gestorben ist. Die von Rebecca umgebracht worden sein soll.»

«Es war vermutlich nicht Rebecca. Aber das müssen wir beweisen! Wie bist du an die Bonafont gekommen?»

Ich zucke die Achseln. «Ich bin eben eine gute Journalistin», sage ich mit zurückgewonnenem Selbstbewusstsein.

Jens grinst und schüttelt den Kopf.

«Steckt Reimer mit drin?», frage ich mit Pokerface.

Jens lacht. «Ach, Quatsch. Der ist einfach nur sauer auf mich, weil er natürlich gemerkt hat, dass ich kein richtiger Moderator bin. Er denkt, Schmidt ist total bekloppt. Schmidt weiß Bescheid über mich! Reimer hätte fast alles vermasselt, weil er dir hinter meinem Rücken grünes Licht für die Sendung gegeben hat. Wir hätten ihn informieren sollen. Das war ein Fehler.»

Ich nicke langsam, um Zeit zu gewinnen und die Informationen zu verarbeiten.

«Nach dem Kennzeichen habe ich übrigens gefragt, weil

ich gesehen habe, wie Beata vorhin in das Auto gestiegen ist. Sie ist hier aus der Sprachenschule, eine Polin», erzähle ich.

«Ja, sie ist eine Helfershelferin! Sie hat dich bedroht am Telefon», erklärt Jens.

«Kein Lockvogel?», erkundige ich mich.

«Nein! Sie nicht!»

«Ich glaube dir irgendwie immer noch nicht!»

Jens schaut mich enttäuscht an, pfeift einmal durch die Zähne, und prompt stehen zwei weitere bewaffnete Polizisten im Raum. Einer davon ist Alain Magnien, den ich im Polizeikommissariat kennengelernt habe. Derjenige, der Jens und mich zum Polizeichef gebracht hat. Es ging also nie um mein Auto. Hätte ich mir ja denken können, dass sich keiner für so einen Billigwagen interessiert.

«Janne lebt!», rufe ich plötzlich.

Jens dreht sich ruckartig zu mir um.

«Woher weißt du das?»

Ich blicke verlegen zu Boden, weil ich zugeben muss, mich auch nach dem Streit wegen der Sendung nicht immer an Jens' Anweisungen gehalten zu haben. Aber da wusste ich ja auch noch nicht, dass er vom Betrugsdezernat ist. Wenn ich das gewusst hätte, dann, ja dann, hätte ich wahrscheinlich erst recht heimlich recherchiert.

«Ich habe mit ihrer Mutter telefoniert. Die hat mir gesagt, Janne habe gestern von ihrem Handy aus angerufen.»

Bevor Jens mich tadeln kann, presche ich nach vorne. «Mir taten die Eltern so leid, es war ein Freundschaftsdienst, hatte nichts mit dir zu tun. Verstehst du?»

Er beachtet mich gar nicht, tippt stattdessen eine Nummer in sein Handy ein. Im leisen Kommandoton weist er jemanden am anderen Ende der Leitung an, Jannes Handy zu orten.

«Das geht nicht», erkläre ich altklug. «Ich habe sofort nach dem Gespräch mit ihrer Mutter versucht, sie zu erreichen. Das Handy ist wieder abgeschaltet!»

«Na, das überlass mal uns. Hast du eine Ahnung, wo sie sein könnte? Wir befürchten, dass sie in Gefahr sein könnte. Janne weiß zu viel. Genau wie Rebecca.»

Ich zucke nur mit den Schultern. Wo Janne ist, wüsste ich auch gerne.

«Wie haben sie die Au-pair-Mädchen denn eigentlich so weit bekommen, mitzumachen bei den Betrügereien?», will ich wissen.

Ich sehe überhaupt keinen Grund, warum die ehrliche Janne, ihre Freundin und andere Au-pairs sich so haben vereinnahmen lassen, anstatt zur Polizei zu gehen.

«Das erklär ich dir später. Dafür haben wir keine Zeit. Wenn sie herausfinden, dass hier eingebrochen wurde, müssen sie handeln. Dann könnte es für Janne zu spät sein.»

Es wäre meine Schuld. Weil ich meine Nase immer in fremder Leute Angelegenheit stecke. Krampfhaft überlege ich, ob es einen Hinweis auf Jannes Aufenthaltsort geben könnte.

Jens erhält einen Anruf, hört zu und nickt. Ohne sich zu verabschieden, beendet er das Telefonat.

«Sie ist noch in Monte Carlo. Das konnten wir herausfinden. Wo genau, weiß keiner. An irgendeinem geheimen Ort.»

43.

Ein geheimer Ort. Ich habe eine Assoziation. Einmal habe ich ein Buch gelesen, das «A secret place» hieß. Das sollten wir für die Schule auf Englisch durcharbeiten. Ich habe mich sehr damit gequält, weil es nicht so spannend war, wie der Titel versprach. Das wahre Leben kann um einiges aufregender sein. Ausgerechnet jetzt fällt mir dieses blöde Buch ein. «A secret place». Geheimnis. Secret! Die *Secret Sisters*!

Na klar doch.

«Der Chat!», rufe ich.

«Welcher Chat?»

Ob Jens sich wohl blöd vorkommt, weil ich ihm Dinge erzähle, von denen er noch nichts weiß? Egal. «Guillaume hat sich während meiner Sendung in den Au-pair-Chat der *Secret Sisters* eingeloggt. Im Archiv hat er den Eintrag einer Chatterin mit Namen ‹Astéride› gefunden, die vor vielen Monaten von dem großen Unbekannten *Lui* geschrieben hat. Dass sie Angst vor ihm habe und wieder zu ihm aufs Schiff müsse. Vielleicht ist das ein Hinweis?»

Hektische Betriebsamkeit breitet sich im Raum aus.

«Findet heraus, ob Cochet oder Richez eine Yacht im Hafen von Monaco haben», ordnet Jens an.

Durch einen Seiteneingang führt er mich ins Freie, an ein paar Häusern vorbei zu einem Auto. Er schiebt mich in den Wagen, setzt sich neben mich und nennt dem Fahrer eine Adresse. Wenn sie mich jetzt zu einer einsamen Felsschlucht fahren und dort in die Tiefe schubsen, bin ich wirklich zu blöd gewesen. Eine Polizeimarke hat Jens mir nämlich nicht gezeigt. Gegen meine Kopfzweifel spricht mein Bauchgefühl. Das sagt mir, dass ich mich verdammt gut neben ihm fühle.

«Du bleibst hier! Diesmal wirklich!» Jens erklärt nichts weiter, liefert mich einfach nur bei Theo Reimer ab, der in Jogginghose und Sweatshirt die Tür öffnet. Besonders verwundert scheint er nicht zu sein.

«Bitte passen Sie auf sie auf», schärft Jens Reimer ein. «Sie hat sich schon viel zu sehr in Gefahr gebracht.»

«Nichts lieber als das», verspricht Reimer und verdreht die Augen.

Ich weiß nicht, ob meinetwegen oder wegen Jens.

Er zieht mich ins Wohnzimmer und drückt mich sanft auf die Couch. Kurz verschwindet er in der Küche und kehrt mit einem Teller Baguette und Salamischeiben zurück.

Obwohl ich erst vor kurzem das Entrecôte gegessen habe, könnte ich einen ganzen Tierpark verdrücken. Ermittlungen machen hungrig.

«Wusstest du, dass er gar kein Moderator ist?», frage ich mit vollem Mund.

«Ja. Wäre schlimm, wenn ich das nicht gemerkt hätte. Aber Schmidt hat mich erst vorhin aufgeklärt, was wirklich mit ihm los ist. Hätte er auch gleich sagen können.» Reimer klingt ein wenig gekränkt.

«Wieso ist er ausgerechnet zu uns gekommen, zu Radio Bleue? Er hätte doch auch als Tourist hier sein können.»

«Dann hätte er aber keine Wohnung mieten können. Ist mir alles auch erst vorhin klargeworden.»

«Ach so!»

Jens wohnt also gar nicht in Nizza.

Mir fällt ein, dass ich in all der Aufregung komplett vergessen habe, mich nach Désirée zu erkundigen. Theo Reimer beruhigt mich.

«Es geht ihr schon viel besser. Sie wird Monte Carlo aber verlassen. Das hätte sie sowieso getan. Sie hat ein Angebot vom Fernsehen.»

«Wenn sie den Anschlag noch ein bisschen aufbauscht, wird sie bestimmt ein großer Star», sage ich.

Reimer lächelt.

«Wirst du Jens weiterbeschäftigen?»

«Ich hoffe nicht!»

«Dann wäre ja ein voller Platz frei für eine Topmoderatorin», stelle ich fest und grinse mampfend vor mich hin.

«Willst du denn hierbleiben?»

«Ach, mal sehen. Mir ist das hier einfach nicht spannend genug!», sage ich und grinse.

Ich schlucke den letzten Bissen Baguette hinunter, spüle mit einem Schluck Wasser nach und schlucke noch einmal. «Schön hast du es hier!», sage ich anerkennend, mit einer kleinen Portion Wehmut.

Er nickt nur. Ob hier jemals eine Frau gewohnt hat, kann ich nicht sagen. Mir fällt auf, dass ich ihn noch nie nach seinem Privatleben befragt habe.

Nach einiger Zeit des Schweigens nimmt Reimer die Fernbedienung und schaltet den Fernseher ein. Während ein Spielfilm an meinen Augen vorbeiflimmert, versuche ich die vergangene verrückte Woche Revue passieren zu lassen.

Ich bin froh, dass Jens offenbar doch nicht der Gangster ist, den ich in ihm vermutet habe. Eins geht mir jedoch nicht aus dem Kopf: der Moment, als ich Jens Arm in Arm mit Charlotte gesehen habe. Ich seufze und frage Theo Reimer: «Wusstest du, dass Jens eine Freundin hat?»

Reimer blickt mich amüsiert an. «Wieso fragst du?»

«Ach, keine Ahnung.»

44.

Stimmen wecken mich. Ich rappele mich auf. Ich muss auf der Couch eingeschlafen sein. Gegen den schalen Geschmack im Mund nehme ich einen Schluck aus dem Wasserglas. Ich stehe auf und gehe in Richtung Flur. Ich erkenne die Stimmen von Reimer und Jens. Außerdem höre ich eine Mädchenstimme.

«Janne!», rufe ich und stoße die Tür weit auf. Da steht sie. Noch blasser als bei unserem letzten Treffen. In einer dreckigen Jeans und einem kaputten T-Shirt. Janne zittert. Ich umarme sie sanft und ziehe sie ins Wohnzimmer auf die Couch, auf der ich die Decke über sie breite.

«Wie geht es dir?», frage ich leise.

Janne flüstert ein Okay und bricht in Tränen aus.

«Wir haben sie wirklich auf einem Schiff gefunden. Im Lagerraum war sie eingesperrt.»

«Wessen Boot war es denn?»

«Es gehört tatsächlich Richez, dem Hausmeister der Sprachenschule. Er muss so viel Geld zusammenergaunert haben, dass er sich eine kleine Yacht leisten konnte. Wir vernehmen ihn gerade. Auch der Vorsitzende vom Tierschutzbund ist festgenommen, ein Notar, der die geänderten und teils gefälschten Testamente durchgewinkt hat, und Cochet, der Kommissar. Sie alle haben sich die Beute geteilt. Die eigentliche Idee hatte aber der Hausmeister.»

Sicher haben ihn die vielen Au-pairs dazu gebracht, vermute ich. Als Hausmeister wird er keine großen Summen verdient haben. Aber ständig junge Mädchen vor der Nase, die man leicht beeinflussen kann.

«Er hat sich so oft die Geschichten über die stinkreichen Familien angehört und über die Omas, dass er eines Tages die Betrügereien entwickelt hat.»

Janne schluchzt, als sie die Geschichte aus Jens' Mund hört.

«Ja, das stimmt. Aber ich wollte es wirklich nicht. Er hat uns gezwungen. Komme ich ins Gefängnis?» Janne ist am Boden zerstört.

«Nein, bestimmt nicht!», tröste ich Janne.

Jens schaut mich kopfschüttelnd an und mischt sich ein. «Meine Assistentin hat recht», sagt er nicht ohne Ironie in der Stimme und deutet auf mich. «Du musst uns aber alles sagen, was du weißt.»

«Wie haben sie euch denn dazu gekriegt mitzumachen?», frage ich.

«In der Sprachenschule lag neben dem Tresen ein Hundert-Euro-Schein. Ich weiß nicht, wieso ich ihn genommen habe. Die Familie hat mir so wenig Taschengeld gegeben, und hier ist alles so teuer. Es war so verlockend!»

«Du hast den Geldschein genommen, der Hausmeister und Beata haben dich erwischt und dann erpresst?», folgert Jens.

«Genau so war es», schluchzt Janne. «Ich weiß jetzt, dass es total schwachsinnig war, weil wir ihn hätten anzeigen können. Aber wir hatten so eine Angst. Bitte sagen Sie meinen Eltern nichts davon! Ich habe meiner Mutter sogar etwas vom Diebesgut zu Weihnachten geschenkt. Eine Kette mit einem Schmetterling. Die war von einer alten Dame, die ganz viele Katzen hatte. Bei ihr war es ganz einfach, sie zu überreden, das Geld dem Tierschutzbund zu spenden. Bei ihr war ich abwechselnd mit einem anderen Au-pair-Mädchen.»

«Wieso sollten wir nicht mit deinen Eltern sprechen?», fragt Jens und wirft mir einen bedeutungsvollen Seitenblick zu.

«Sie würden es nicht verstehen!»

«Sie würden sich bestimmt wahnsinnig freuen zu hören, dass es dir gutgeht. Deine Eltern sind sehr nett!», erkläre ich.

«Woher weißt du das?»

«Ich habe zweimal mit deiner Mutter gesprochen. Einmal inkognito und einmal unter meinem echten Namen. Von ihr wusste ich, dass du angerufen hast. Ruf sie doch einfach morgen mal an und grüß schön von mir!»

«Ja, ist gut! Jedenfalls haben Richez und Beata gesagt, sie würden mich nicht verpetzen, wenn ich ein paar Dinge für sie tue. Sie haben mir die Adresse einer alten Dame gegeben, da sollte ich ein Schmuckstück klauen. Es ging ganz leicht. Sie fand mich sehr nett. Bei Rebecca lief es genauso. Madame Bonafont hat sie richtig in ihr Herz geschlossen. Ich fand sie auch nett! Es tat uns allen so leid. Vor allem, als wir merkten, dass es hier um richtig feiste Millionenbeträge geht. Der hat sich eine Yacht davon gekauft. Den Hausmeisterjob hat er nur noch pro forma gemacht, damit es nicht auffällt. Er wäre bestimmt bald abgehauen.»

«Was ist mit Rebecca passiert?», fragt Jens. «Ist sie wirklich ausgewandert?»

«Niemals. Ich weiß es nicht.» Janne schlägt die Hände vorm Gesicht zusammen, die Tränen strömen aus ihr heraus. «Vielleicht lebt sie gar nicht mehr.»

«Wann hast du das letzte Mal etwas von ihr gehört?»

«Sie hatte große Probleme. Richez hat sie immer mehr bedrängt. Sie sollte Madame Bonafont dazu bekommen, das Testament zu ändern. Und es auf den Tierschutzbund auszustellen. Madame Bonafont war zwar alt, aber nicht blöd. Ich glaube, Rebecca hat sich ihr anvertraut. Ihr alles gestanden. Und dann haben sie bestimmt Madame Bonafont und Rebecca umgebracht, weil sie es mitbekommen haben.»

«Wie sollen sie es denn mitbekommen haben?»

«Es hängen ja überall Kameras in Monaco, bestimmt haben sie die beiden gefilmt oder belauscht. Ich weiß nur, dass Rebecca total verzweifelt war. Sie brauchte dringend Geld, um abzuhauen. Sie wollte zu Madame Bonafont und sie überreden, ihr einen Scheck auszustellen. Sie brauchte nur noch die Unterschrift. Mit dem Geld wollte sie fliehen. Sie hatte fürchterliche Angst, dass ihr Vater etwas merkt.»

«Was? Dass sie betrügt?»

«Ja, das auch. Der ist total streng!»

Jannes nächste Worte gehen in einem Schwall weiterer Tränen unter.

«Ich hätte sie aufhalten sollen, wir hätten zur Polizei gehen sollen.»

«Na ja, die steckt ja selber mit drin!», merke ich an.

«Und dann war Marianne Bonafont tot. Und Rebecca stand unter Mordverdacht. Aber sie war es bestimmt nicht!»

«Beruhige dich!», tröste ich Janne und denke, dass mich auch mal jemand trösten könnte. Ich sollte schließlich auch getötet werden.

Jens ist auf den Flur hinausgegangen und spricht wieder leise in sein Handy. Als er mich sieht, hebt er kurz die Hand und bedeutet mir zu warten. Ich nutze die Zeit, um auf die

Toilette zu gehen. Als ich wieder herauskomme, nickt Jens mir zu.

«Richez hat zugegeben, die Testamente gefälscht zu haben. Auch dass er und Beata mit verstellter Stimme bei dir in der Sendung angerufen haben.» Ich schlucke kurz und denke an mein fröhliches Gespräch mit ihm in der Schule. Es ist immer anders, als man denkt. Man kann den Leuten eben immer nur vor den Kopf gucken. «Den Mord an Madame Bonafont streitet er aber ab. Auch will er keine Ahnung haben, wo Rebecca sein könnte.»

«Und wer hat auf Désirée geschossen?», frage ich zögernd.

«Das war auch Richez. Zugegeben hat er das noch nicht. Aber die Kameraaufnahmen vom Radio-Bleue-Gebäude beweisen es. Die Bilder sind inzwischen ausgewertet. Ich vermute, es sollte wirklich gegen dich gehen. Du hast ihnen zu viel herumgeschnüffelt.»

«Na, das ist ja beruhigend!»

Jens hält mich am Arm fest. «Er hätte dir aber nichts tun können. Du standest die ganze Zeit unter Polizeischutz. Auch als du nach deiner Frühsendung zu Hause geschlafen hast. Vor deiner Haustür hat jemand auf dich aufgepasst!»

«Ehrlich?», frage ich. «Wer denn?»

«Na, ich. Mir war ja klar, dass du gefährdet warst. Nur an Désirée hat leider niemand gedacht. Das war schlecht!»

«Sag einmal. Du hast eben etwas von den Kameras gesagt. Gibt es vor Marianne Bonafonts Haus auch eine Kamera?»

«Ja, die Bilder haben wir uns auch angeschaut von dem betreffenden Tag vor einem Jahr, als Rebecca verschwand. Man sieht, wie sie das Haus nachmittags verlässt. Ansonsten betritt niemand Verdächtiges das Haus. Zumindest nicht durch die Hauptpforte. Es gibt einen Hintereingang, der nicht kameraüberwacht ist. Und der Concierge war nicht die ganze Zeit am Platz. Als Rebecca das Haus mit einem großen Rucksack auf dem Rücken verlässt, ist unklar, ob Madame Bonafont noch lebt oder nicht.»

«Wohin ist sie denn dann gegangen?»

«Erst zur Bank, dort hat sie tatsächlich einen Scheck eingelöst. Danach verliert sich Rebeccas Spur.»

«Hmm!» Ich seufze verzweifelt. Die Indizien sprechen dafür, dass Rebecca die alte Dame überredet hat, den Scheck zu unterschreiben, und ihr dann Gift in den Tee gemischt hat.

«Sie sollte es tun, aber sie hat es bestimmt nicht getan!», versichert Janne schluchzend, als alle wieder im Wohnzimmer sind.

«Mir tut auch ihre Schwester so leid. Rosalie Bonafont. Sie war so freundlich.» Janne lässt verzweifelt ihren Kopf in ihre Hände fallen. Vor kurzem noch war sie ein braves Schulmädchen. Die große, weite Welt wollte sie erkunden, um fremde Sprachen und Kulturen zu erlernen. *Au-pair* bedeutet auf Deutsch Gegenleistung. *Diese* Gegenleistung hätte sie sich in ihren kühnsten Träumen nicht ausgemalt.

«Natürlich. Madame Bonafont!» Wie ein HB-Männchen komme ich mir vor. Jedes Mal, wenn ich einen Geistesblitz habe, springe ich vom Sofa hoch. «Wir müssen zu Madame Bonafont. Ich weiß es nicht genau, aber es könnte sein, dass der Beweis bei ihr liegt.»

Ich habe keinen konkreten Beweis, weiß aber, dass die Lösung bei Rosalie liegt. Dass ich dort irgendetwas gesehen habe, was hilfreich sein könnte. Und damit meine ich nicht nur die Seestern-Kette, die immer noch um Jannes Hals hängt. Und ihr sehr gut steht!

«Es ist mitten in der Nacht, Ella. Meinst du, wir können sie jetzt wecken? Du musst mir schon sagen, was genau du meinst!?»

Jens befürchtet, ich könne den Bogen überspannen.

«Na gut. Dann gehen wir aber gleich morgen früh hin!»

«Das ist besser. Komm mit, Ella, du kannst bei mir übernachten!»

Jens verabschiedet sich von Theo Reimer, verfrachtet Janne in das Auto seines Polizeikollegen. Er wird sie in ein

Hotel bringen und ausschlafen lassen. Danach müssen ihre Aussagen protokolliert werden.

«Ich kann Madame Bonafont niemals mehr unter die Augen treten. Ich habe ihr diese Kette geklaut.» Janne öffnet den Verschluss und reicht mir die Kette mit dem Seestern.

Ich verstaue sie in meinem Portemonnaie. «Ich werde ihn ihr zurückgeben.»

«Ich bin so froh, dass alles raus ist. Danke dir, Ella. Mit dir hatte ich den ersten schönen Tag seit einem Jahr!»

«Wir werden noch mehr davon haben.»

Kurze Zeit darauf fahren Jens und ich in die Tiefgarage eines typisch monegassischen Hochhauses. Jens parkt, steigt aus, hält mir die Autotür auf und geht mit mir zum Fahrstuhl. Wir fahren in den zwölften Stock und betreten ein Appartement.

«Hab ich möbliert gemietet! Ist ein wenig unpersönlich», sagt er entschuldigend, gerade als ich denke, dass sich hier ein paar Blumen ganz nett machen würden. Jens hat doch glatt etwas mit Theo Reimer gemeinsam. Auch hier hat in letzter Zeit garantiert keine Frau gewohnt.

«Macht doch nichts», sage ich zu Jens. «Ist mir gar nicht aufgefallen.» Die beste Dekoration ist der irre Blick auf den beleuchteten Yachthafen von Monte Carlo. Obwohl ich so kaputt und ausgelaugt bin, habe ich ein Auge dafür. Noch mehr Augen habe ich für Jens. Wir berühren uns nicht, könnten aber, so dicht stehen wir voreinander. Es fühlt sich aber so schon sehr prickelnd und beinahe noch besser als eine echte Umarmung an. Im dunklen Raum stechen seine grünen Augen hervor. Ob er weiß, wie strahlend sie sind? Ob er weiß, wie sehr ich strahle? Jens schiebt mich sanft in sein Schlafzimmer, ich ziehe mir die Hose aus, wir legen uns hin und schlafen auf der Stelle ein.

Kurz vorher flüstert Jens noch: «Schlaf gut, du kleine Rebellin!»

45.

Frische Croissants, Orangensaft und Jens, das sind die besten Zutaten für ein leckeres Frühstück. Ich sitze eindeutig lieber auf dieser unpersönlichen Terrasse der penibel ordentlichen Wohnung mit Jens als in der unordentlichen Studentenbude mit dem oft unpersönlichen Guillaume. Na klar, hat der mir oft geholfen. Aber hätte er nicht auch irgendeiner Bäckersfrau, einer Oma oder einer Straßenlaterne geholfen? Richtig wohlig umarmt und als Ella willkommen geheißen habe ich mich nie gefühlt. Was hatte Maria einmal gesagt? Die Sache mit dem Wein. Je älter, umso besser. Jawoll. Jens hat genau meinen Reifegrad. Vielleicht darf ich wirklich mal von ihm kosten. Nichts wünsche ich mir mehr, als mit ihm an diesem Frühlingsmorgen auf seiner Terrasse zu sitzen. Immerhin hat er mir meine Geheimnistuereien verziehen. Das hätte ich andersrum, glaube ich, nicht so leicht getan.

«Eins habe ich noch nicht verstanden, Jens», nehme ich das Gespräch auf und vertiefe mich noch einmal in den Fall, den wir «gemeinsam» gelöst haben. «Wieso hat der Polizeipräsident denn bei alldem mitgemacht und das gedeckt. Hat er das nötig? Mit einem Hausmeister?»

Jens legt den Finger auf den Mund, damit ich nicht so laut rede. Müssen ja nicht alle Nachbarn auf den anderen Terrassen mitbekommen.

«Der steckt in tiefen finanziellen Schwierigkeiten. Zwei Scheidungen sind nicht billig. Außerdem hat er weit über seine Verhältnisse gelebt. Schöne Frauen, teures Essen, wertvolle Kleidung – das kostet alles. Als Polizeipräsident verdient man zwar nicht schlecht, aber so gut auch nicht!»

«Wie seid ihr darauf gekommen?», frage ich.

«Wir haben sein Konto gecheckt. Das hat etwas gedauert, bis wir die Genehmigung hatten. Ist nicht so einfach, in Monaco an solche Daten zu kommen. Hier sind die Menschen geschützter und nicht so gläsern. Na ja, und die Ausgaben waren bei ihm immer höher als die Einnahmen. Und auf einmal ging eine extrem hohe Summe ein. Schön blöd. Das Geld einfach so auf das eigene Konto zu zahlen. Er muss sehr verzweifelt gewesen sein. Wenn sie verzweifelt sind, machen sie immer Fehler.»

Ich bestreiche mein Croissant mit Erdbeermarmelade und stecke es mir genüsslich in den Mund. Hoffentlich bekommt Janne auch gerade ein leckeres Frühstück, denke ich.

«Wieso haben die Au-pair-Mädchen sich eigentlich nicht zusammengetan? So schlimm hätte es doch nicht werden können, oder? Nur weil sie hundert Euro gestohlen haben. Die Millionenbeträge sind doch viel krimineller.»

«Das stimmt! Die *Secret Sisters* haben sich auch zusammengetan. Zwei von ihnen sind zur Polizei. Bloß rate, bei wem sie gelandet sind?»

Ich überlege nicht lange. «Beim Präsidenten persönlich!? Der selber mit drinsteckte?»

«Richtig kombiniert, Watson. Der hat den beiden so die Hölle heißgemacht. Du weißt ja, dass er das kann.»

Ich nicke in Gedanken an unser erstes Treffen.

«Er hat ihnen gedroht, sie des Landes zu verweisen, die Konten der Eltern zu pfänden, ihnen die berufliche Laufbahn zu zerstören, was auch immer. Man dürfe keine Monegassen anschwärzen. Na ja, mit Zwanzigjährigen kann man es offenbar machen. Die lassen sich leider leicht einschüchtern!»

Ich beiße mir auf die Lippe und grinse ein wenig, obwohl es eine traurige Geschichte ist.

«Ah ja!», ruft Jens «Natürlich nicht alle. Einige Zwanzigjährige lassen sich natürlich von gar nichts einschüchtern!»

Ich lege meinen Finger auf den Mund. «Psst, nicht so laut. Muss ja schließlich nicht jeder mitbekommen.»

Jens legt sich vor Schreck die Hand auf den Mund und lächelt schelmisch. Genau so wie ich.

Hätten wir das auch geklärt. Alles ist perfekt. Fast alles. Janne ist wieder da, Reimer nicht mehr sauer. Nur Rebecca fehlt noch. Und Charlotte. Charlotte!? Verdammt, die hätte ich beinahe vergessen. Da war doch was mit ihr und Jens. War ja klar, dass das Ganze einen Haken hat.

Als wir beide nebeneinander im Wagen auf dem Weg zu Madame Bonafont sitzen, nehme ich all meinen Mut zusammen. Ich will wissen, was es mit Charlotte auf sich hat.

«Du, Jens, also, ich wollte mal fragen ...»

«Ach, guck mal, da ist das Haus schon», unterbricht Jens mich und bremst. Auch meine Frage hat er ausgebremst.

Um 10:12 Uhr klingeln wir an ihrer Haustür. Es vergehen endlose Minuten, bis die Tür geöffnet wird.

«Rosalie, Verzeihung, ich bin es schon wieder. Das ist Jens. Er ist von der Polizei. Haben wir Sie geweckt?»

«Nein, Quatsch. Ich bin schon seit drei Stunden wach. Habe mich nur noch nicht angezogen. Aber ich freue mich ja immer über Besuch!»

Rein gar nichts kann diese alte Dame aus der Ruhe bringen. Sie bindet die Kordel ihres Morgenmantels fester um den Bauch und setzt sich auf das Sofa.

«Wie kann ich euch helfen?»

«Wir wollen beweisen, dass Rebecca nicht Marianne umgebracht hat.»

«Ich bin mir sicher, dass sie es nicht war.»

«Wir brauchen Beweise, Madame!», schaltet sich Jens ein.

Ich streife durch die Wohnung, schaue die Regale an, betrachte wieder und wieder die Fotos, hebe eine Zeitschrift hoch und finde dann, was ich gesucht habe.

«Hier, das ist es. Die Rechnungen von Marianne.»

«Stimmt ja. Die hatte ich schon vergessen!», sagt Rosalie.

Jens ist mit zwei Schritten bei mir, nimmt mir den Stapel ungeöffneter Briefe aus der Hand und blättert ihn durch.

Er fragt, ob er die Telefonrechnung öffnen darf. Rosalie nickt.

«Ella, du bist nicht die Schlechteste!», sagt er lobend.

Die Rechnung stammt aus dem vergangenen Jahr. Aus dem Monat, als Madame Bonafont vergiftet wurde. Mit einer Spritze. Den Einstich hat der Arzt nach ihrem Tod entdeckt. Er hat auch festgestellt, dass es sich um ein Gift gehandelt hat, das sehr schnell, innerhalb von zehn Minuten, gewirkt und zum Herzstillstand geführt hat. «Von wann ist der letzte Anruf?», dränge ich ihn.

«Ich sehe ja schon nach! Warte. Um 16:32 Uhr hat die alte Dame noch telefoniert.»

«Und um wie viel Uhr hat Rebecca das Haus verlassen?» Ich bin so aufgeregt, dass mein Herz wieder mal durch meinen Körper galoppiert. Sollten sie recht haben mit der Annahme, dass Rebecca unschuldig ist, müsste Rebecca mindestens zehn Minuten *vor* 16:32 Uhr das Haus verlassen haben. Um zu wissen, dass sie bereits weg war, als Madame Bonafont noch telefoniert hat. Und Rebecca sie somit gar nicht umgebracht haben *kann*. Weil sie noch gelebt hat. Und weil das Gift sonst längst gewirkt hätte, wenn Rebecca es ihr gegeben hätte.

Jens gibt mal wieder Anweisungen in sein Handy. «Bitte checkt den Timecode auf dem Tape vom Bonafont-Haus. Ich muss wissen, wann Rebecca das Haus verlassen hat. Ja, beeilt euch!»

«Jetzt können wir nur noch warten.»

Jens und ich gesellen uns zu Rosalie Bonafont auf das beige Sofa. Sie schenkt uns etwas zu trinken ein.

«Es wäre schön zu wissen, wer es wirklich war. Die Ungewissheit ist zermürbend.»

«Wieso sprechen Sie eigentlich so gut Deutsch?», möchte Jens wissen.

«Unser Vater war Diplomat, wir haben lange in Deutschland gelebt. Ich hätte dort fast geheiratet.»

Jens hört der alten Dame nachdenklich zu.

Als sie fragt, was denn nun eigentlich alles passiert sei, erzählt er ihr die gesamte Geschichte. Klar und präzise, ohne Schnörkel.

Ich öffne unterdessen mein Portemonnaie und halte Rosalie eine Kette entgegen.

«Ich soll Sie von Janne grüßen. Es geht ihr gut. Die Polizei hat sie gefunden. Es ist ihr schrecklich peinlich, was sie getan hat. Sie möchte Ihnen gerne die Kette zurückgeben.»

«Ach, die Liebe. Mon Dieu, was diese Mädchen alles aushalten mussten, in dem Alter. Geben Sie sie ihr zurück. Ich brauche sie nicht mehr. Es ist zwar ein schönes Erinnerungsstück, aber ich habe ja das Foto.»

Liebevoll schaut sie zum Kaminsims, auf dem das Foto von ihr und ihrer Schwester steht.

«Rebecca wird bestimmt die andere Kette haben. Mit dem zweiten Seestern.»

«Glauben Sie?», fragen Jens und ich gleichzeitig.

«Kann ich mir vorstellen. Marianne würde es gefallen zu wissen, dass zwei Mädchen unsere Ketten tragen. Übrigens habe ich noch einen Ersatzstern. Wie wäre es, wenn du dir eine Kette daraus machst?»

Ich nehme das gute Stück, das Madame Bonafont aus einer Schublade kramt, und halte es ganz fest in meinen Händen. Ich bin gerührt, zu Tränen gerührt. Dieser Seestern bedeutet mir so viel. Einzig ein Ring am Finger wäre noch wertvoller.

«Hoffentlich geht es Rebecca gut», sagt Jens, dem es wahrscheinlich zu sentimental wird.

«Der Seestern ist ein Glücksbringer!»

«*Astéride!*», rufe ich. «Das war der Name von der Chatterin. *Astéride* heißt Seestern.» Ich haue mir mit der flachen Hand vor die Stirn. «*Astéride* muss Rebecca sein. Bestimmt hat sie damals den Hinweis bei den *Secret Sisters* hinterlassen. Das Chat-Protokoll, das Guillaume im Archiv gefunden hat, meine ich. *Astéride* hat damals geschrieben, dass sie Angst hat und wieder aufs Schiff muss. Das heißt, dass sie auch einmal auf dem Boot von diesem Richez war.»

«Kann gut sein. Aber wir haben alles durchsucht. Gestern war sie da nicht», erklärt Jens.

«Was haben sie dort bloß mit ihr gemacht? Wieso hatte sie so eine Angst?»

Jens' Handy unterbricht unsere Überlegungen, alle halten die Luft an.

Jens sagt nichts, sondern nickt nur und legt nach kurzer Zeit auf.

Sein Gesicht ist ausdruckslos, verrät nichts.

«Rebecca hat das Haus um 16:20 Uhr verlassen! Und Madame Bonafont hat kurze Zeit später noch telefoniert. Sie lebte also noch, Rebecca kann es nicht gewesen sein, das Gift hätte sie längst gelähmt», sagt er lächelnd. Ich weiß, dass er als Ermittler bestimmt eiskalt sein kann, habe aber trotzdem das Gefühl, dass er auch erleichtert ist.

«Gott sei Dank», sagen Rosalie und ich wie aus einem Munde.

«Rebecca ist unschuldig. Jetzt frage ich mich nur noch, wen Madame Bonafont so kurz vor ihrem Tod angerufen hat.»

46.

Der Ort heißt Saint-André-de-la-Roche. Er liegt etwas oberhalb von Nizza, im Landesinneren. Das Haus befindet sich an einer sehr staubigen, ruhigen Straße. Es ist im typischen Pierre-Dorée-Stil erbaut. Das sind die hübschen gelben Steine, die in der Sonne wie Gold leuchten.

Hier ist man weit abseits von den großen Städten wie Cannes, Nizza und Monte Carlo. Der nächste Supermarkt ist nur mit dem Auto zu erreichen. Am Meer ist man in zwanzig Minuten. Ein perfekter Ort, um sich zu verstecken.

Unsere kleine Prozession steht vor dem Tor und klingelt. Im Hof bellt ein Hund, der über den Kies zum Eingang läuft.

«Arrête!», ruft eine Frau. Mit ihr hat Jens vor dem Besuch ausführlich telefoniert. Ihr alles erklärt und ein paar Fragen gestellt. Danach war alles klar.

Die Frau öffnet die Tür, sie ist Ende 30, hält einen kleinen Jungen an der Hand und strahlt übers ganze Gesicht.

«Entrez, kommen Sie herein! Ich bin Agnès, und das hier ist Nicolas», sagt sie. Der kleine Junge dreht sich verschämt zur Seite.

Über den hübschen Kiesweg, vorbei an einer Palme und einer alten, knarzigen Bank, gehen wir vier in das alte Haus mit den blauen Fensterläden.

Jens, Janne, Rosalie Bonafont und ich betreten die Halle. Sie ist mit hellen Möbeln eingerichtet, die pures Sommerfeeling vermitteln. Auf einer Anrichte aus Holz steht eine Vase mit einem bunten Blumenstrauß. Aus der Küche tritt ein Mann um die 40, der uns freundlich begrüßt. Aus der oberen Etage hört man ein Baby weinen.

«Sie ist beim Baby», sagt der Mann und bittet uns nach oben.

Janne steigt schnellen Schrittes die Treppe hoch und stürmt ins Kinderzimmer.

«Rebecca!», ruft sie und umarmt die Freundin stürmisch. Rebecca steht an der Wickelkommode, hält mit einem Arm Janne und mit der anderen Hand das Baby fest. Beide Mädchen weinen.

Aus dem Türrahmen beobachten wir gerührt die Szene.

«Du bist also Rebecca!», sage ich. «Schön, dich kennenzulernen!»

«Finde ich auch!», sagt Rebecca lächelnd. Vorsichtig hebt sie das Baby vom Wickeltisch und legt es ins Bett. Die

Eltern des Hauses müssen froh sein, so ein umsichtiges Au-pair-Mädchen zu haben, denke ich.

Als Rebecca Rosalie entdeckt, wird sie knallrot. «Ich war es wirklich nicht, Madame, die haben mich gezwungen.»

«Ich weiß doch, ich weiß!», erwidert Rosalie beruhigend.

«Aber ich habe Ihrer Schwester alles erzählt. Sie wäre noch am Leben, wenn ich sie nicht eingeweiht hätte.»

«Das weiß man doch nie. Sie hat sich doch so gefreut, dass sie dich hatte.»

Jens erklärt Rebecca, dass sie sich keine Sorgen machen muss. Richez hat gestanden, Madame Bonafont umgebracht zu haben. Er hatte Angst, sie könne zur Polizei gehen, nachdem sie und Rebecca sich immer besser verstanden haben.

«Er hat gestanden. Alles?»

«Ja, alles!», erklärt Jens.

Rebecca atmet auf. «Ich habe ihn vor ein paar Wochen in Nizza gesehen, als ich einen kleinen Ausflug dorthin gemacht habe. Ich hatte so eine Angst, dass er mich erkennen könnte. Er hätte mich bestimmt sofort umgebracht!»

Hoffentlich muss ich nie wieder Todesangst haben. Von Richez beinahe angeschossen worden zu sein und mich von Jens bedroht zu fühlen reicht mir.

«Danach bin ich nur noch hier im Dorf geblieben», erzählt Rebecca weiter. «Wie habt ihr mich gefunden?»

«Die letzte Person, die Marianne angerufen hat, war Agnès. Wir haben einfach dieselbe Nummer angerufen, und schon hatten wir dich. Wie bist du hierhergekommen?»

«Marianne wusste, dass Richez mich bedroht hat, ich hatte sie ja gezwungen, ihr Testament zu ändern und ihre Unterschrift unter das neue Testament zu setzen. Das hat sie gemacht, obwohl sie doch allergisch gegen Tiere war. Und dann musste ich Richez auch noch den Zweitschlüssel zu ihrer Wohnung geben. Es tut mir so leid, Rosalie. Und all das Geld!»

«Vergiss es, was soll ich damit? Außerdem hat die Polizei einiges an Geld sichergestellt beim Tierschutzbund.»

Rebecca atmet durch. «Wenn ich bedenke, dass er auch Janne entführt hat, wird mir übel. Gott sei Dank ist alles gut ausgegangen. Ich hatte damals nicht gewusst, wo ich hinsoll. Marianne hat mir von einer Familie erzählt, die sie vor ein paar Jahren kennengelernt hat.»

«Wir sind uns durch Zufall mal begegnet und haben uns angefreundet», erklärt Agnès, die sich zur Runde hinzugesellt hat.

«Marianne hat uns am Tag ihres Todes angerufen und die Situation kurz geschildert. Sie sagte, egal, was passiere, wir sollten Rebecca bei uns behalten und gut auf sie aufpassen.»

«Das haben sie auch gemacht», sagt Rebecca nickend. «Selbst als in der Zeitung stand, ich hätte Marianne umgebracht. Es war so ein Schock! Aber Agnès und Richard sind so nett zu mir. Wie eigene Eltern. Mein richtiger Vater würde ausflippen! Oh Gott, was werden meine Eltern bloß von mir denken!»

«Hast du unter dem Namen *Astéride* bei den *Secret Sisters* über das Boot geschrieben?», frage ich.

Rebecca nickt. «Ich wollte die anderen warnen, niemals auf das Schiff von Richez zu gehen. Er war schrecklich.» Rebecca beugt sich über das Kinderbett und summt «Schlaf, Kindlein, schlaf» für das Baby.

«Wie alt ist sie denn?», erkundige ich mich.

Janne blickt interessiert auf.

«Sechs Monate!», antwortet Rebecca und drückt dem Baby sanft einen Stoffhasen an die Seite und einen Kuss auf die Stirn.

Agnès beobachtet die Szene lächelnd.

«Und wie heißt sie?», frage ich weiter.

«So ähnlich wie du», sagt Agnès. «Sie heißt nicht Ella, sondern Stella!»

«Ach!» Ich grübele und blicke von einem zum anderen. An Jens' Gesicht bleibe ich hängen. Ihm scheint nichts aufgefallen zu sein.

«Stella bedeutet doch Stern auf Deutsch, oder?»

«Kann schon sein!», meint Rebecca lapidar.

Ich blicke auf ihren Hals und entdecke etwas Funkelndes unter ihrem Kragen.

«Ist das die Kette mit dem Seestern?»

Rebecca hebt die Hände an den Hals, um die Kette zu verstecken.

«Rosalie ist nicht sauer deswegen», flüstert Janne Rebecca zu.

«Habe ich doch gesagt, dass die Ketten an den jungen Mädchenhälsen besser aussehen als an mir. Bitte behaltet sie!»

Glücklich über den guten Ausgang dieses Abenteuers, betrachte ich all die Hauptpersonen in diesem Drama, die so friedlich beieinanderstehen. Rebecca hatte ich mir ganz anders vorgestellt. Sie ist groß und sehr schlank. Hatte Janne nicht im Interview gesagt, dass Rebecca nicht mehr an den Strand wollte, weil sie etwas zugenommen hatte? Danach sieht Rebecca überhaupt nicht aus. Die Sorgen haben den Kummerspeck wohl weggefressen. Oder? Vielleicht hält Stella sie auch so auf Trab. Stella, der Stern!

In Mathe war ich nie gut, deswegen rechne ich beim Alter des Kindes noch einmal nach. Sechs Monate ist es.

«Wie lange bist du schon hier?»

«Seit elf Monaten», erklärt Rebecca.

«Dann warst du ja schon hier, als das Kind geboren wurde.»

Rebecca wird rot und blickt von Agnès zu Janne und wieder zurück.

«Stella ist ein schöner Name, finde ich», sage ich. Allmählich sieht auch Jens so aus, als würde er verstehen.

«Ihr zweiter Name ist Marianne», flüstert Rebecca.

Agnès nimmt sie in den Arm. Meine Intuition war also richtig.

Rebecca ist die Mutter von Stella. Sie hat sie hier in diesem kleinen Dorf zur Welt gebracht, sie «Stern» genannt und auch Marianne Bonafont unsterblich gemacht.

Rebecca schnieft und streichelt ihr Baby.

«Marianne war mit mir bei ihrem Arzt, als ich befürchtete, schwanger zu sein. Sie hat mir so sehr geholfen, mich unterstützt. Sie hatte sich so drauf gefreut, *Oma* zu werden. Ich wusste nicht, was ich tun soll. Mein Vater würde mich umbringen, wenn er es wüsste. Nach Hause konnte ich nicht.»

Als Rebecca von ihrem Vater erzählt, brennt mir die nächste Frage unter den Nägeln. Wer ist der Vater von Stella? Jens ist diesmal schneller.

«Rebecca, auf der Yacht des Hausmeisters. Was ist da passiert?»

Das Mädchen sackt in sich zusammen und beginnt, am ganzen Körper zu zittern.

«Wenn ich das nur wüsste. Ich kann mich nicht mehr erinnern. Ich war auf einer Party auf dem Boot und habe einen von Richez' Cocktails getrunken. Als ich am nächsten Morgen aufgewacht bin, lag ich in seiner Kabine. Meine Kleidung war auf dem Boden verstreut. Ich weiß nicht, was er mit mir gemacht hat.»

«Wahrscheinlich K.-o.-Tropfen», sagt Jens betroffen.

«Ich bin schnell weggerannt. Kurze Zeit später habe ich gemerkt, dass ich schwanger war, da wollte ich auch gar nicht mehr genau wissen, was er mit mir gemacht hat. In einem war ich mir ganz sicher: Er durfte nicht wissen, dass ich schwanger bin. Kein Baby sollte so einen Vater haben. Meinem eigenen Vater konnte ich nichts davon erzählen, wir kommen aus einem ganz kleinen Dorf. Ein uneheliches Kind wäre für ihn eine Schande. Er denkt, ich bin hier in dieser Familie als normales Au-pair. Jedenfalls wurde ich immer dicker, Janne hat es ja auch geahnt, oder?»

Janne nickt bloß und lächelt das kleine Mädchen an.

«Vergewaltigung, Erpressung und Urkundenfälschung. Das kostet ihn ein paar Jährchen», murmelt Jens vor sich hin.

«Aber jetzt ist ja alles gut. Du kannst weiter hierbleiben, das weißt du ja.»

Rosalie ist an das Babybett getreten.

«Und wenn du eine Ersatzoma brauchst, ich hätte noch ein bisschen Zeit.»

47.

Ich ziehe das Mikrophon herunter. Gerade eben lief eine Sondersendung bei Radio Bleue über den Kriminalfall «Au-pairs und die Testamentsfalle in Monte Carlo». Der neue Polizeichef hatte mich zwar nicht abgehalten, darüber zu berichten, mich aber gebeten, in Hinsicht auf die besonderen Lebensumstände in Monaco die Dramatik etwas zurückzufahren. Die spinnen doch, denke ich. Alle Menschen sind gleich, einige Monegassen sind gleicher.

Es war eine spannende Sendung, richtig befriedigt hat sie mich aber nicht. Als ich mit den Recherchen begann, hatte ich nur ein Thema vor Augen, inzwischen verbinde ich Menschen und persönliche Schicksale damit.

Theo Reimer wünscht mir einen schönen Abend. Er hat mich gefragt, ob ich Désirées Frühsendung übernehmen möchte, ich weiß es aber noch nicht.

Ich weiß, dass ich gleich ein Rendezvous mit Jens habe, aber nicht die passende Kleidung. Kurzerhand verlasse ich das Gebäude von Radio Bleue, überquere betont lässig die Straße, schleiche mich zum gegenüberliegenden Mülleimer. Ich blicke mich dreimal um, öffne die Mülltonne, grinse und ziehe eine schicke Glanztüte mit lilafarbenen Kordeln hervor. Fröhlich renne ich mitsamt der Tüte zurück ins Funkhaus, verziehe mich auf die Toilette und begutachte meine Beute. Jean-Luc hatte recht. Die Frau von gegenüber schmeißt wirklich ihre Designer-Kleidung weg.

Als ich mich umziehen will, klingelt mein Handy.

«Ella, endlich! Hier ist Maria. Was macht meine Lieblingsfreundin in meinem Lieblingsland?»

«Sie löst ein paar Kriminalfälle!», antworte ich.

«Ach ja. Ist Janne wieder da?»

«Ja! Aber das ist eine lange Geschichte, erzähle ich dir bald ausführlich. Sei froh, dass ich noch lebe!»

Maria schreit durchs Telefon. «Waaas? Was ist denn da unten nur los, seit ich weg bin?!»

«Ach, nix weiter: Sag mal schnell: Glaubst du, dass mir eine weiße dreiviertellange Hose und dazu eine braune Tunika stehen?»

Beide Kleidungsstücke habe ich gerade aus der Tüte befördert.

«Das kann ich so schlecht sagen», antwortet Maria. «Das müsste ich mir persönlich anschauen. Ich glaube, ich komm bald mal wieder vorbei! Wärst du sauer, wenn ich dann auch so eine weiße Hose und eine Tunika anziehe?»

«Nein, niemals. Ich habe sogar Schuhe, die dazu passen ...»

Wir legen fröhlich auf. Weil Maria bald wiederkommt, zugegebenermaßen nur zu zwanzig Prozent meinetwegen und zu achtzig Prozent wegen Alex. Die Hose und die Tunika passen. Und ich finde, dass ich zu ihm passe.

Zufrieden betrachte ich mich im Spiegel. So kann ich mich bei ihm blickenlassen.

«Was ich noch einmal fragen wollte», nehme ich den Faden von vor einigen Tagen wieder auf, als ich neben Jens an der Theke vom *Vin sur Zinc* sitze. Ich stecke mir Erdnüsse in den Mund.

«Was denn?»

«Diese Charlotte, das Au-pair, ich habe euch neulich am Strand gesehen. Also, bist du ... Ich mein, hast du ... Also seid ihr ...?»

Jens schüttelt nachsichtig den Kopf. «Nein! Wir waren nicht, wir sind nicht, und wir werden auch nicht!»

«Ach so!», sage ich erleichtert.

«Sie ist Polizeianwärterin. Wir haben sie als Au-pair eingeschleust!»

«Ach so!», sage ich noch einmal und ärgere mich, dass mein Wortschatz so zu wünschen übriglässt. «Hätte ich vermutlich genauso gemacht.»

«Und du und Guillaume?», fragt Jens zurück.

«Ach, ich glaube, er fand es einfach toll, mit seinen Computerkenntnissen zu glänzen.»

«Ich muss ihn mir übrigens noch einmal vorknöpfen wegen des Autokennzeichens. Möchte wissen, wo er die ganzen Infos herhatte.»

«Ach nee, mach das nicht!», bitte ich.

«Schon gut, schon gut!»

Jens schaut mich erwartungsvoll an.

«Ich habe ihn gestern wieder mit Louise gesehen. Die passen viel besser zusammen.»

«Ach so!», sagt diesmal Jens. «Und willst du hierbleiben?»

«Vielleicht noch ein wenig.»

«Wenn ich zurück in München bin, könnte ich mich ja mal umhören, ob dort bei einem Sender eine Spitzenmoderatorin mit außergewöhnlichen Recherchetechniken und übrigens sehr schicken Klamotten gesucht wird! Vielleicht für eine Modesendung?»

Ich grinse. Mir ist ein wenig wehmütig ums Herz, weil Jens' Auftrag in Monte Carlo vorbei ist. Ob er in München jemanden hat, der seine Wohnung dekoriert?

«Kannst du gerne machen mit der Jobsuche für mich. Das wär nett», ermutige ich ihn. «Das geht natürlich nur, wenn der Sender ein Parkhaus hat», erklärt er. «Es soll ja Mitarbeiter geben, die das ein oder andere Knöllchen bekommen!»

Ich stoße ihm zum Spaß meinen Ellbogen in die Seite und streife dabei total unbeabsichtigt seine Hand.

«Und wenn du nichts findest für mich beim Radio», fahre ich fort, «dann könntest du mich zur Not ja als Au-pair zu dir nach Hause holen!»

Ich könnte mich ohrfeigen, weil ich so forsch bin. Vielleicht warten in München wirklich Frau und Kinder auf Jens.

«Nee, das mach ich nicht!», antwortet Jens auch prompt mit undurchsichtiger Miene.

War ja klar.

«Das Einzige, was ich mir vorstellen könnte, Ella ...», sagt Jens, streicht kurz über die Seesternkette an meinem Hals und streift dann extrem beabsichtigt meine rechte Hand, «... wäre, dass wir irgendwann mal *zusammen* ein Au-pair-Mädchen einstellen ...»

Schlaf, Kindlein, schlaf,
Fort ist das schwarze Schaf,
Fort ist das böse Gangsterlein,
Weckt nicht mehr auf mein Kindelein,
Schlaf, Kindlein, schlaf!

MIX
Papier aus verantwortungsvollen Quellen
FSC® C083411

Das für dieses Buch verwendete FSC®-zertifizierte Papier *Lux Cream* liefert Stora Enso, Finnland.